枕草子及び尾張国歌枕研究

榊原邦彦 著

和泉書院

榊原温泉　旅館清少納言

別所温泉　足湯ななくり

二村山

二村山頂上

目次

口絵写真
第一章　枕草子解釈の問題点……一
一　あかりて……一
二　家のこたち……五
三　かうふりにて……一一
四　中納言まいり給て御あふきたてまつらせ給……一八
五　みうちき……二三
六　女官とも……二六
七　御まかなひ……二八
八　み丁……三三
九　みかうしあけさせて……三九
十　さることはしり……四二
十一　哥……四六
十二　かゝせ給へる……五二
十三　なゝくりのゆ……五七

第二章　枕草子「しきの御さうしにおはします此にしのひさしに」の段の読み……六四
一　おりひつ……六四
二　四日……六六
第三章「清涼殿のうしとらのすみの」の段の読み……六九
一　円融院……六九
二　御時……七一
三　御前……七八
四　関白……八一
五　三位……八五
六　古今……八七
七　宣耀殿……九〇
八　女御……九四
九　左大臣殿……九七
十　御むすめ……一〇一
十一　一……一〇五
十二　きんの御こと……一一〇
十三　御かくもん……一一三
第四章『枕草子』延徳本……一一六
第五章『枕草子』古本……一三四

第六章　古梓堂文庫本枕草子の濁点……一九一
第七章　枕草子の「み」……二三六
第八章　枕草子註釈書綜覧　昭和時代篇　続……二五〇
第九章　尾張国の西行伝説……二六六
第十章　尾張国の歌枕……二七〇
一　年魚市潟……二七〇
二　上野　上野の道……二七三
三　こまつえ……二七六
四　汐見坂……二七九
五　鳴海潟……二八一
六　鳴海寺……二八五
七　鳴海の渡り……二八九
八　根山　続……二九五
九　二村山……二九七
十　星崎……三〇八
十一　松炬嶋……三一〇
十二　夜寒里……三一四
後書……三一九

第一章　枕草子解釈の問題点

一　あかりて

榊原邦彦『枕草子本文及び総索引』　第一段　「春はあけほの」の段　一頁

　春はあけほのやう〳〵しろく成行山きはすこしあかりてむらさきたちたる雲のほそくたなひきたる

の「あかりて」には解釈上の問題がある。

諸本の本文を『校本枕冊子』で示す。

三巻本　　　　　　　　　　　成・行・

能因本　春・はあけほの・・・・・・・・・・・・・やう〳〵しろくなりゆく山・きは・すこし・・あかりてむら

前田本　はる　　　　そらはいたくかすみたるに　　やま　の　　つゝ　み

さきたちたる雲のほそくたなひきたる

堺本　　春はあけほの、空はいたくかすみたるにやう〳〵白くなり行山のはのすこしつゝあかみてむらさきたち

たる雲のほそくたなひきたるもいとをかし

「春は曙」の段の解釈は夙に田中重太郎「どれが枕草子の正しい解釈だろうか」（「国文学　解釈と鑑賞」第二百八十一号）があり、「あかりて」についても多くの註釈書を挙げて考察してある。しかし取上げられたのは近代に限られ、昭和時代の註釈書が多い。註釈史の上からは古い時代の註釈書の説を知る必要があり、落穂拾ひの意味で江戸時代から大正時代初期迄の註釈書を取上げることにした。

一　上る　　山鹿素行写『古注枕草子』『枕草紙旁註』の一説

二　赤くなる　　『枕草子春曙抄』　岡本保孝『枕草紙存疑』　田山停雲『清少納言枕草紙新釈』　中村徳五郎『新訳枕草子』　池辺義象『校註国文叢書　枕草紙』

三　明るくなる　　『枕草紙旁註』　斎藤彦麿『傍註枕草子』　萩野由之他『日本文学全書　枕草子』　黒川真頼「國學院雑誌」第二巻第一号「国文　枕草紙」　松平静『枕草紙詳解』　三教書院『袖珍文庫　枕の草紙』　坪内孝『新訳国文叢書　枕の草紙』　溝口白羊『訳註枕の草紙』

四　「あかみて」の本文に拠る。　　藤井高尚『清少納言枕冊子新釈』

五　明《あか》りて。但ここは赤む《あかる》の意。　　金子元臣『枕草子評釈』　金子元臣『枕草子通解』

四の説は二の説に含まれる。五の説は二の説と三の説との折衷であり、一説、二説、三説が主な考へ方である。

一　「上る」の説について

江戸時代の書には説明がない。林和比古『枕草子新解』は一の説を採り、

前田本では「山ぎはのすこしづゝあかみて」と述べてあり、「赤りて」と解したいが、(2)の例によつて、「赤くなる」場合は「赤みて」「赤う見ゆる」と言って、「あかりて」とは言わない。また「明りて」は「しろくなりゆく山際」と重複する。それで、こゝでは(3)「上りて」と解しておく。

とある。(2)の例とは第二百二十七段「日は」の段の「日は入日いりはてぬる山のはにひかり猶とまりてあかうみゆるにうすきはみたる」を指す。

二　「赤くなる」の説について

田中重太郎『枕冊子全注釈』

「赤りて」「明りて」の両説が考えられるが、「しろく」を「白く」と解した以上、「あかりて」は、「赤味を帯びて」と考えたい。奈良時代における「あかる」には、①明るくなる、②赤らむの二意があるが、「初火《ホノ》燄《ホ》明《あかる》時ニ生児火明命《ホノアカリノ》」、「有二神一……且口尻《カクレ》明耀《あかり》」(『神代紀』下)の「あかる」「あかり」(明)にも「赤」の感覚があり、関西方言の「あかい」は、赤い・明るい両意に用いられている。前田本・堺本に「あかみて」とあるのを考えあわせて、一往「赤りて」と見る。(後略)

前嶋成『枕草子詳解』

赤みを帯びて。①「赤《あか》りて」②「明りて」の説があるが、「やうやうしろくなり行く山際」の「しろく」を「白く」と解した以上「あかりて」は「赤みを帯びて」と考える。前田本・堺本に「あかみて」とあるのは「赤みて」の意であろう。しかし、この①②の適否については古典の用例や関西方面の方言など考え合せるとにわかに断じがたい。

三　「明るくなる」の説について

池田亀鑑『清少納言枕草子評釈』

明るくなっての意であろう。一説に赤くなるの意にもとられてはいるが、おそらくそうではあるまい。また堺本・前田家本等に「あかみて」とあるが、これも本文としてどうであろう。「あかむ」という動詞は、他動でも自動でも、少し意味が限られ、顔色を赤くするという意に用いられるのが普通である。本文としては「あかりて」をとりたい。

阿部秋生『国文学評釈叢書　枕草子評釈』

明りてで明るくなって。これにも異説があって赤りてとするのである。これは堺本や前田家本に赤みてとあるのから得た解であり、つまり、赤くなってと解するのである。だが、もし赤くなってと取れば、後の紫だちたる雲の色と重なってしまって印象が薄れる。明るくなってと解すべきであろう。しろくも白くでなければならない。だんだん白くなって来た山の際が赤くなってでは矛盾するからである。

五　「赤くなる」と「明るくなる」とを折衷した五の説について

松田武夫『評解枕草子』

「赤りて」とも「明《あか》りて」とも解されるが、「しろく」を「白く」と解し、「白」に対するものとすれば「赤りて」であり、作者の色彩感覚の表出された語だとすれば、「明るくなる」とするよりも、あけぼのの空そのものが赤みを帯びてくるといった視覚的な印象を、言葉で写したものと考えたほうがよい。赤みを帯びるようになれば、自然、空は明るくなるので、「明りて」の意味も含むようになる。

「あかる」は語の発生当初渾然としてゐたのが時代の推移に伴ひ、「赤る」と「明る」とに分化したものである。上代には既に分化した用法があり、平安時代の枕草子の時代に両方を包含した使ひ方があつたとは考へがたく、「赤くなる」と「明るくなる」との両方の意味があるとする五の説には従ひがたい。

「あかる」の平安時代の用例があれば、それに照し合せて判断することが出来るものの、今のところ『古語大辞典』に、左のやうにある。

「明かる」と「赤る」との区別は微妙で、文脈によらなければならない場合も多い。枕草子・一の「やうやうしろくなり行く山ぎは少しあかりて」などはその判別の微妙な例である。

前田本、堺本の成立した時代には「赤る」と考へ「赤む」の語に変へたのであらう。ここで枕草子「あかむ」の用法を調べたい。『枕草子本文及び総索引』に拠る。

顔、面　五例　三③　一五⑨　四八⑭　一〇二⑬　一六二③
葉末　一例　三九②
紙　一例　一八九⑬

身体の一部や、木の葉、紙といふ具体の事物に言ひ、自然現象などに使つた例は無い。「あかる」を「あかむ」とした妥当性や、「あかる」を、「赤くなる」意とする必然性は乏しいやうである。日の出の直前に空が赤くなるのは確かである。しかし夜が明け出して白くなり始めた直後に赤くはならない。全体がより明るくなつての意と解するのが適当であると考へられる。

結論として、一説、二説、四説、五説は適当でない。「あかる」は「明るくなる」であるとする三説が適当である。

拙著の『古典新釈シリーズ　枕草子』（中道館）には、左のやうに記した。

明るみを帯びて。「明《あか》りて」であり、「赤《あか》りて」ではない。

二　家のこたち

榊原邦彦『枕草子本文及び総索引』　第三段「正月一日は」の段　二頁

十五日せくまいりすへかゆの木ひきくかくして家のこたち女房なとのうかゝふをうたれしとよういしてつねにうしろを心つかひしたるけしきもいとをかしきにいかにしたるにかあらんうちあてたるはいみしうけうありてうちわらひたるはいとはへ〳〵し

の「家のこたち」は解釈上の問題がある。

『校本枕冊子』に拠ると、本文は次の通り。

三巻本　　家のこたち女房なとの

能因本

底本　　家のこの君たちわかき女房の　　富岡家本　　家の子の君達女房の

古活字本　　家子の君たちわかき　　慶安刊本　　家のこたち女房なとの

前田本　　家のきんたちわかき女房とも

堺本　　いへのきむたちわかき女房とも

枕草子の註釈は『枕草子春曙抄』に拠るところが多い。ここは『枕草子春曙抄』の本文が「家のごだち女房などの」であることから「ごたち」「御たち」「御達」の本文に拠り解釈する書が極めて多かつた。江戸時代より大東亞戦争後まで註釈書の本文は殆どが『枕草子春曙抄』に拠つた。昭和時代の中期より田中重太郎『日本古典全書　枕冊子』などの影響で三巻本の本文を採る書が多くなつた。しかしこの部分は『枕草子春曙抄』の本文と三巻本の本文とが一致するため事情は変らなかつた。本文を「ごたち」としない書は僅かで左の通り。

一　家の子の君たちをわかき女房ともの　　藤井高尚『清少納言枕冊子新釈』

二　家の子の君達若き　　吉澤義則『校註枕草子』

三　家の子の君達若き女房の　　山岸徳平『校註枕草子新抄』　村井順『枕草子の文法と解釈』　田中重太郎『枕冊子全注釈』　松尾聰他『新編日本古典文学全集　枕草子』　松尾聰他『完訳日本の古典　枕草子』

四　家の子の君たち女房なとの　　榊原邦彦『古典新釈シリーズ　枕草子』

五　家の君達若き女房ども　　田中重太郎『前田家本枕冊子新註』　西義一『校註枕冊子』　林和比古『枕草子新解』

六　家の子たち女房などの　　岸上愼二『枕草子抄』　岸上愼二『校注古典叢書　枕草子』

右以外の多くの書は、「家のごたち（御たち、御達）女房などの」の本文である。

「ごたち（御たち、御達）」の意味は、

一　女房　『枕草子春曙抄』「御達これも女房達をいふ也」とある。

二　貴族の女、家族の女性、その家の女の方　『枕草紙旁註』『清少納言枕草紙抄』池辺義象『校註国文叢書　枕草紙』（「貴族の女也」とある）塩田良平『日本古典読本　枕草子』柴田隆『もつとも分り易き枕の草紙の解釈』

三　老女　萩野由之『標註枕草子』（「御達は老女の称なり」とある）溝口白羊『訳註枕の草紙』笹川種郎他『博文館叢書　枕草紙』松本竜之助『学習受験参考枕の草子詳解』島田退蔵『枕草紙選釈』

四　上位の女房、身分の高い女房　窪田空穂『枕草紙評釈』（「御達は女房中の上位のものの称」とある）永井一孝『枕草紙選釈』永井一孝『校定枕草紙新釈』佐々政一他『枕草紙選釈』吉村重徳『新訳註解枕の草紙』

五　年老いた女房、古参の女房　松平静『枕草紙詳解』（「ごたちは御達《ごたち》にて女房の内にて年老いたるをいふ」とある）内海弘蔵『枕草紙評釈』金子元臣『枕草子評釈』金子元臣『校註枕草子』鳥野幸次『枕草子新解』

六　古参の主だつた女房　栗原武一郎『三段式枕草子全釈』（「相当の年配であり、地位も高い女房たち」とある）小林栄子『口訳新註枕草紙』池田亀鑑『清少納言枕草子評釈』田中重太郎『枕冊子評解』木藤才蔵他『国語学習指導講座　古文古典解説大集成』

「ごたち」につき、これだけ諸説があり帰一してゐない。各説とも古い書を挙げた。

「ごたち」について拙稿の「『ごたち』と『女房』と」（『平安語彙論考』教育出版センター）で考察し、

一、「ごたち」と「女房」とは、ほぼ同意である。

二、漢文日記では終始「女房」が用ゐられた。

三、和文では古くは「ごたち」が用ゐられた。後に「女房」が用ゐられるやうになり、時代が降るにつれて多くなつた。しかし、「ごたち」は源氏物語以後にも用ゐられた。
と纏めた。「ごたち」の意味につき、以下の説がある。

一　「女房」とする説　「ごたち」は和語、「女房」は漢語といふ違ひはあるものの意味は同じといふ事は正しいが、和語と漢語とを重ねて表現しなければならない場面ではない。それが「ごたち」の正しい意味を提示しながら、後世の書で継承するものが絶無であつた理由であらう。「ごたち」と考へたのが適切では無かつた。

二　「貴族の女」とする説　「ごたち」は女房と同意であり、宮中では上級の官女を指し、貴族の邸では上級の侍女を指す。主人の家族の女を指す言葉ではないので誤である。枕草子の場面には合ふけれども、「ごたち」の語自体にその意味が無い。

三　「老女」とする説　『標註枕草子』では貴族の家族の中の老女か、侍女の中の老女か不分明である。『博文館叢書　枕草紙』では「其家の老女達」とあり、家族の年老いた者と考へてゐるやうである。下文に「わかき女房」とある本文から、上の語の意味を推測したと思はれるが、「ごたち」に年齢を示す意味は無い。

四　「上位の女房」とする説　下文に「女房」とあり、「ごたち」を同意とすると意味が重なるので上位の女房に限つたのであらう。『宇津保物語本文と索引』吹上の上　本文編五〇五頁　前田家本に「ごたち十人ばかり」、「ごたち五十人ばかり」、「わかきごたち卅人ばかり」とあり、上位の女房が五十人ゐたことは有り得ない。「上位の」と限るのは誤であり、女房と同意とすべきである。

五　「年老いた女房」とする説　『源氏物語大成』校異篇の例を引くと、四五頁に「ふるごたち」、九二頁に「おいたるごたち」、六七九頁に「おいごたち」、八八六頁に「わかきごたち」がある。老いた、年老いた女房も、若い、年老いた女房も意味が通じない。下文に「わかき女房」とある本文を参考にして推測したに過ぎず、誤である。

六　「古参の主だつた女房」とする説　四、五が誤であるから、この説も成立たない。

以上の説は「ごたち」と考へた事から無理な説が導き出されたものである。古活字本は十行、十二行、十三行古活字本とも「女房」の語を欠くが、他の諸本はどの諸本も「女房」があり、これを認めると、女房と同意の語である「ごたち」が直ぐ上に来る事は無いとして考へる必要がある。

「君たち（君達）」を含む諸本が多い。枕草子の第二百三十六段

　きんたちは頭中将頭弁権中将四位少将蔵人弁四位侍従蔵人少納言蔵人兵衛佐

の段では男を指すが、女を指す用法もあり、粥杖で女房と共に腰を打たうとするのは女であらう。

枕草子の「きんたち」は男を指す例である。他の作品には、山岸徳平『堤中納言物語全註解』このついで二五二頁に、

　ある君達に、忍びて通ふ人やありけむ、いとうつくしきちごさへ出で来にければ、

とある「君達」は女の君達、姫君である。同書の一九八頁に、

「君達」は、親王家、摂関家、清華家、即ち、もとの伯爵以上程度の家柄の子息につき、男女共通に用いた。

とある。「女君達」の語は宇津保物語に三例、栄花物語に十二例、大鏡に六例ある。

「家の子」は枕草子に単独の用例の他、「君たち」に続く例がある。第九十二段「めでたき物」の段　八〇頁。

　いみしうかしこまりつちにゐしいへのこ君たちをも心はかりこそよういしかしこまりたれおなしやうにつれたちてありく

と「いへのこ君たち」と続く。能因本は「家の子の君たち」であり、前田家本も同じである。三巻本は「家の子の」の下の「の」が脱落した形である。

「家のこの君たち」は左記の作品に見られる。

『源氏物語大成』　若菜下　校異篇　一一四四頁　大島本

『日本古典文学大系　今昔物語集』　巻第二十七第十二　第四巻　四九一頁　鈴鹿本

『日本古典文学大系　栄花物語』　梅沢本

巻第二　花山たづぬる中納言　上巻　七六頁　巻第二　花山たづぬる中納言　上巻　八九頁

巻第三　さま〴〵のよろこび　上巻　一〇三頁　巻第三　さま〴〵のよろこび　上巻　一一四頁

巻第七　とりべ野　上巻　二二五頁　巻第十一　つぼみ花　上巻　三五〇頁

巻第二十　御賀　下巻　一二四頁

枕草子第三段の本文は「家のこの君たち」が本来の本文であらう。

前田本、堺本の「家のきんたち」と「きんたち」の上に「家の」が来る言ひ方は普遍性に欠ける。

「家の子」はこの形で用ゐられるのが普通で「たち」を付けて用ゐるのも普遍性に欠ける。

「家のきんたち」は「子の」が脱けたものであらう。「家のこたち」は「の君」が脱けたものであらう。従つて、「家のこの君たち女房なとの」又は「家のこの君たちわかき女房の」が成立時代の本文に近いものと思はれる。本文の諸説としては三、四が適当で、一、二、五、六は妥当でない。

解釈としては、「ごたち」の二の説と同じになるが、「家のこの君たち」で、貴族の家の女の意である。

貴族の家の女が召使である女房と共に粥の木を密かに携へて打たうとしてゐる場面である。

結論として、本文は「家のこの君たち」が原作に近い本文と思はれる。意味は、その家の貴族の女であり、召使（上級の侍女、女房）の意ではない。

三　かうふりにて

榊原邦彦『枕草子本文及び総索引』第七段「うへにさふらふ御ねこは」の段　八頁

うへにさふらふ御ねこはかうふりにて命婦おと、とていみしうをかしけれはかしつかせ給ふかはしにいて、ふしたるにめのとのむまの命婦あなまさなやいり給へとよふに

の「かうふりにて」は本文の問題がある。

註釈書に拠り採用した本文が異り、

一　かうぶりたまはりて　『枕草子春曙抄』『枕草紙旁註』『清少納言枕草紙抄』斎藤彦麿『傍註枕草子』萩野由之他『日本文学全書　枕草子』

二　かうぶりえて　藤井高尚『清少納言枕冊子新釈』岸上慎二『要註新抄枕草子』榊原邦彦『古典新釈シリーズ　枕草子』

三　かうぶりにて　田中重太郎『日本古典全書　枕冊子』田中重太郎『枕冊子評解』沢瀉久孝『枕冊子』池田亀鑑『清少納言枕草子評釈』市古貞次『枕草子新抄』

四　かうぶりたまひて　吉沢義則『校註枕草子』西義一『校註枕冊子』塩田良平『三巻本枕草子評釈』

五　かうぶりして　増田繁夫『和泉古典叢書　枕草子』

の五つがある。

『校本枕冊子』に拠ると、ここの本文は、

三巻本底本　かうふりにて

刈谷図書館蔵本　かうふりて　内閣文庫蔵本　かうふり給はりて

能因本底本　　　　かうふり給て
慶安刊本　　　　かうふり給りて
三巻本抜書本　　　かうふりえて

である。前田本、堺本はこの段無し。

三巻本抜書本の本文「かうふりえて」について既に拙著『枕草子論考』（教育出版センター）「十七　枕草子抜書本についてで」で考察した。前稿と重なる部分があるが、ここで今一度考察したい。

一　かうぶりたまはりて　『枕草子春曙抄』に「かうふり給はりて」の本文とする。能因本の「かうふり給て」の「給」を「たまはり」と読んだもので、その可否が問題になる。

二　かうぶりえて　藤井高尚『清少納言枕冊子新釈』に「かうふりえて」の本文とし、「一本にしたがふ」とある。この「一本」については本書第四章「『枕草子』延徳本」で考察した。八ケ所の引用が有り、諸本と一致する六ケ所の他に独自の本文二ケ所が有り、注目すべきものである。三巻本抜書本が「かうふりえて」の本文である。三巻本抜書本は原本が三巻本第一類本と推定され、「かうふりえて」は第一類本の本文を伝へたものと考へられる。

三　かうぶりにて　この語形では意味を解しがたく不審である。用例が無い。

四　かうぶりたまひて　能因本底本の「かうふり給て」を「かうふりたまひて」と読んだもの。

五　かうぶりして　増田繁夫『和泉古典叢書　枕草子』の頭註に、「底本「かうぶて」、東本等「かうぶりにて」、能本「かうぶり給て」。改訂。」とあり、底本の刈谷図書館本の本文「かうぶて」を「かうぶりして」と改訂したとする。しかしこの記述は不審である。『枕草子』の諸本の本文に「かうぶて」は一本も無いし、刈谷図書館本の本文も「かうぶて」ではない。『校本枕冊子』に、刈谷図書館本の本文は「かうふりて」であるとする。

『三巻本枕草子本文集成』に、「かうふりて（刈）」として、刈谷図書館本の本文は「かうふりて」であるとする。

刈谷図書館本の原本では、

うへにさふらふ御ねこはかうふりて命婦おとゞとていみじうをかしければかしづかせ給ふが

であり、「かうふて」ではない。「かうふりて」である。「かうぶて」の本文の存在自体が否定されるので、「かうぶりして」は用例も無く問題にする必要が無からう。

次に「かうふり」の用例を挙げて検討したい。

榊原邦彦『枕草子本文及び総索引』

第八十八段「さとにまかてたるに」の段　七〇頁　さてかうふりえてとうたあふみのすけといひしかはにくゝてこそやみにしか

第百七十六段「六位蔵人なとは」の段　一五五頁　かうふりえてなにの権かみたいふ人のいた屋なとのせはきいへもたりて

第二百二十五段「やしろは」の段　一九二頁　さらにつかさもかうふりも給はらした、おいたるちゝ母のかくれうせて侍たつねて宮こにすますする事をゆるさせ給へと申けれは

『校本枕冊子』

第九十二段「めてたき物」の段　二五五頁　能因本　かうふりえてをりん事ちかくならむたに命よりはまさりておしかるへき事を

第百七十五段「大夫は」の段　五〇二頁　堺本　やとりつかさならてたゝかうふりえたるは式部大輔左衛門大夫そよきかし

第八十八段の例は三巻本の他、能因本も「かうふりえ」である。

第百七十六段の例は三巻本の他、能因本、前田本、堺本も「かうふりえ」である。

第二百二十五段の例は三巻本のみである。能因本、前田本は「さらにつかさくらゐもたまはらし」である。この段の例は第八十八段と第百七十六段との例とは異なる。父母と共に住む勅許を得る為に、自己の官爵は頂戴すまいと言ふ場面である。第七段の例は第八十八段と第百七十六段との両例と共通し、この段の例とは異質である。

第九十二段の例は前田本も同じである。三巻本は次の通りである。


かうふりのこになりておるへき程のちかふならんにたに命よりもおしかるへきことを

第百七十五段の例は堺本のみである。

枕草子の用例の考察から、自己の官爵を頂戴する事を言ふ場面に「かうふり給はる」の語形が用ゐられ、他の場面では四例とも「かうふりえ」であつて、諸本に共通し例外が無い。従つて第七段も「かうふりえ」の二説が妥当であると認められる。

三巻本抜書本の「かうふりえて」の本文は、第二類本の本文より純正である第一類本の本文に拠つたものと考へられ、その点からも「かうふりえて」が『枕草子』成立時代の本文を伝へてゐる可能性が濃い。

他の作品の用例も考察したい。

榊原邦彦他『今鏡本文及び総索引』

一二二頁　かうぶり給はで　　二六三頁　六位の史をへて、かうぶり給はれるが、

『宇津保物語本文と索引』

一二四頁　おとこはつかさかうぶり給へり、　　一七六頁　しばしありてかうぶりえて、
七六五頁　あるはかうぶりたまはりて、　　一〇二〇頁　かうぶりも、えつべき所ぞや。

一二〇七頁　左衛門佐四位、宮あこかうぶりえ給。
一四六四頁　ときかげ・まつかた・ちかまさらいまかうぶりえて、
一五三五頁　いゑあしのゑもんのぜう、かうぶりえたまふ。女かうぶりに女御・かうい、みなかうぶり給はりぬ。
めのとたちかゝいす。くら人たちかうぶりえなどす。
一六一八頁　かうぶりたまひはせず、やとなき物どもに給。これはた、かうぶり給はりぬ。
一九〇三頁　ところにかうぶりを給はらん

『栄花物語本文と索引』
巻十一　一一丁　又このわかみやの御めのとのかうふりゆへきことなと
巻十一　一一丁　わかみやの御めのとかうふりたまはり
巻十二　三六丁　よろつのつかさかうふりえさせ給なとして
巻十六　三一丁　かすかのねきはうりかうふり給はりてくらゐまさせ給ふ
巻十七　二三丁　御堂つくれるひたのたくみともかうふりたまはせ
巻三十三　一九丁　ことしは五節まふ人はみなかうふりなとたまはる
巻三十八　五丁　蔵人よりかうふりえたる式部大夫惟輔か女也

『日本古典文学大系　落窪物語』
二〇四頁　右衛門のじようはかうぶりえて、みかはのかみに成ければ、
二三三頁　三郎は蔵人よりかへりかうぶり給はりてある。

『日本古典文学大系　大鏡』
二七三頁　女院かうぶりたまはせば、大夫殿をいみじくかなしがりまさせ給へばとぞ。

『源氏物語大成　校異篇』
若紫　一五四頁　かくいふはハりまのかみのこのくら人よりことしかうふりえたるなりけり
須磨　四〇九頁　右近のそうのくら人うへきかうふりもほとすきつるを
関屋　五四八頁　かうふりなとえしまてこの御とくにかくれたりしを
松風　五九三頁　かのとけたりしくら人もかへりなりにけりゆけひのせうにてことしかうふりえてけり
少女　七〇七頁　秋のつかさめしにかうふりえて侍従になり給ぬ
夕霧　一三一五頁　人をめせは御つかさのそうよりかうふりえたるむつましき人そまいれる
浮舟　一八六八頁　この内記さては御めのとこのくら人よりかうふりえたるわかき人むつかしきかきりえり給て
『竹取物語総索引』
三六丁　此女若奉りたる物ならは翁にかうふりをなとか給せさらん
『とりかへばや物語　本文と校異』　五四頁　かうふりはわらはよりゐたまへりしかはたいふの君ときこゆ
『日本古典文学大系　夜の寝覚』　一九三頁　かうぶりたまはりたまふは、新中納言御かゝいに、ゆづり給つ。
『日本古典文学大系　古今和歌集』
八四七番　その又のとし、みな人御ぶくぬぎて、あるはかうぶりたまはりなど、よろこびけるをきゝてよめる
八七〇番　にはかにかうぶりたまはりければ、よろこびいひつかはすとて、よみてつかはしける
『後撰和歌集総索引』　天福本
一一一七番　藤原さね木か、蔵人よりかうふりたまはりて、あす殿上まかりおりむとしける夜、
『後拾遺和歌集総索引』
四七八番　宇佐の使にまかりけるにとしあけはかうふり給らん事なとおもひて
八九三番　能宣身まかりてのち四十九日かうちにかうふり給はりて侍けるに

九七九番　蔵人にてかうふりたまはりける日よめる

九八一番　後冷泉院御時蔵人にて侍けるをかうふりたまはりて又の日

九八八番　さけなとたうへていまゝてかうふりなとたまはらさりけることをなけきてよみ侍ける

『金葉和歌集総索引』

五九〇番　蔵人親隆がゝうぶりたまはりてまたの日つかはしける

八三四番　藤原基清がくら人にてかうぶりたまはりておりにければ、又の日つかはしける

諸作品の用例より、「かうぶり給ふ」は極めて少なく、「かうぶりたまはる」と「かうぶりう」とが共に多く用ゐられた事が判る。

岩瀬文庫本の表記は、「給はら」五例、「給はり」二例、「たまはり」二例であり、能因本の「給て」が「たまはりて」である可能性は乏しい。「たまひて」とは読めるものの、枕草子に例が無く、他作品の例も極めて少ない。

第二百二十五段では「かうぶり」を頂きませんとして「かうぶり給はる」が用ゐられてゐる。ここは内容が異なり、「かうぶりえ」の例と同じと考へられる。

三巻本抜書本の「かうふりえて」は原本が三巻本第一類本と推定され、「えて」が三巻本の「にて」、能因本の「給て」に誤写されて両形が成立したといふ事は十分考へられる。三巻本の諸本の中で田安徳川家本が「かうふりゑて」であり、古形を保つものである。

結論として、三の「かうぶりにて」、五の「かうぶりして」は用例が無く、四の「かうぶりたまひて」は用例が極めて少なく、三説とも適当でない。一の「かうぶりたまはりて」と二の「かうぶりえて」とは共に用例がある。能因本の末流本は「たまはりて」と転訛したが、能因本の「給て」は「たまはりて」と読めない。原本の「えて」が「にて」や「給て」に誤写されたと推定され、三巻本抜書本、三巻本田安徳川家本の「かうふりえて」が正しく、二の「か

うぶりえて」の説が適当である。

四　中納言まいり給て御あふきたてまつらせ給

榊原邦彦『枕草子本文及び総索引』第百六段「中納言まいり給て」の段　九七頁

中納言まいり給て御あふきたてまつらせ給にたかいへこそいみしきほねはえて侍れそれをはらせて参らせむとするにおほろけのかみはえはるましけれはもとめ侍なりと申給いかやうにかあると、ひ聞えさせ給へは

の「まいり給て」と「たてまつらせ給」とは本文上、解釈上の問題がある。

諸本の本文を『校本枕冊子』で示す。

三巻本　　　・り・　　　　たてまつ　たま　へ　　　　　　　は
能因本　中納言殿まいらせ給て御扇・・奉・・・らせ給・ふにたかいゐこそいみしきほねをえて侍れ
前田本　　　　　　　　　　あふきたてまつ　　　　　　　　は

三巻本「まいり給て」、能因本、前田本「まいらせ給て」であり、本文の対立がある。

「まいらせ給て」の本文に拠る書では、「せ」について次の通りである。

一　尊敬の助動詞　浅尾芳之助、野村嗣男『文法詳説学習受験枕草子』金子武雄『古典評釈枕草子』岡一男、村井順『学燈新書　枕草子の文法研究』金子元臣、橘宗利『改稿枕草子通解』

二　敬語の助動詞　山崎喜信『文法詳解枕草子精解』

「たてまつらせ給」の「せ」について次の通りである。

一　尊敬の助動詞　浅尾芳之助、野村嗣男『文法詳説学習受験枕草子』金子武雄『古典評釈枕草子』岡一男、村井順『学燈新書　枕草子の文法研究』青木正『改稿新版枕草子新釈』

二　使役の助動詞　臼田甚五郎、大森郁之助『新訂枕草子の探究』

「まいり給て」と「たてまつらせ給」とは、共に中納言（隆家）の動作である。隆家の動作で「給ふ」を含むものを枕草子から拾ふと、

第百六段「中納言まいり給て」の段　九七頁　もとめ侍なりと中給

第百六段「中納言まいり給て」の段　九七頁　これたかいへることにしてんとてわらひ給

第百八段「しけいさ東宮にまいり給ふほとの」の段　一〇二頁　大納言三位中将まつきみいて給へり

第百八段「しけいさ東宮にまいり給ふほとの」の段　一〇二頁　宮のかたよりもえきのおり物のこうちきはかまをしいてたれは三位中将かつけ給

第百八段「しけいさ東宮にまいり給ふほとの」の段　一〇三頁　殿大納言山の井三位中将くらのかみなとみなさふらひ給

第二百五十六段「関白との二月廿一日に」の段　二一四頁　くるまの左右に大納言殿三位中将ふたところしてすたれうちあけしたすたれひきあけてのせ給

第二百五十六段「関白との二月廿一日に」の段　二一五頁　四人つゝかきたてにしたかひてそれ〳〵とよひたてゝのせ給に

第二百五十六段「関白との二月廿一日に」の段　二一五頁　車のもとにはつかしけにきよけなる御さまともしてうちゑみて見給もうつゝならす

第二百五十六段「関白との二月廿一日に」の段　二一七頁　御さしきにさしよせたれはまたこのとのはらたち給てとうおりよとの給

第二百五十六段「関白との二月廿一日に」の段　二一九頁　大納言ふた所三位の中将はちんにつかうまつり給

　　へるまゝにてうとおひていとつき〳〵しうおかしうておはす

隆家一人の場合と他の人物と一緒の場合とがあり、何れも二重尊敬の「せ給ふ」、「させ給ふ」は用ゐられず、「給ふ」のみが用ゐられてゐる。

枕草子の地の文では二重尊敬の「せ給ふ」、「させ給ふ」が用ゐられる人物と、「給ふ」が用ゐられる人物とに区別がある。一条天皇、中宮定子、村上天皇、斎院、東三条院、道長には二重尊敬のみが用ゐられ、「給ふ」は用ゐられない。

三巻本「まいり給て」と、能因本、前田本「まいらせ給て」では、隆家の動作を「給ふ」で表現する三巻本の方が正しく、「せ給ふ」と二重尊敬で表現する能因本、前田本の本文は書写の段階で劣化したものと思はれる。

山脇毅『枕草子本文整理札記』に拠ると、能因本の本文に何箇所か誤があり、三巻本の本文が正しいとする。即ち能因本の「すへていみしく侍らさらましまた見ぬほねのさまなりとなむ人〳〵申」では自慢にならない。三巻本の「すへていみしう侍り更にまた見ぬほねのさまなりと」とあるのが正しいとある。

又能因本の「かやうの事こそかたいたきものゝうちにいれつへけれとことにおとしそと侍れはいかゝはせん」と三巻本の「かやうの事こそはかたはらいたき事のうちにいれつへけれとひとつなおとしそといへはいかゝはせん」では能因本の「かたいたき」、「ことに」を誤とする。

この段では能因本が意味不明である本文が何箇所か指摘されてゐる訳であり、冒頭の本文も「まいらせ給て」とする能因本の本文は誤であり、「まいり給て」とする三巻本の本文が正しい。

次に「たてまつらせ給」について考へたい。

「せ」を尊敬の助動詞とする註釈書が多いけれど、さう考へると「せ給」が二重尊敬となり、隆家には二重尊敬が用ゐられないといふ枕草子の用法に合はない。二重尊敬は隆家より上位の人に限られてゐる。従つて「せ」を尊敬とするのは適当でない。

「せ」を使役とする臼田甚五郎、大森郁之助『枕草子の探究』に、

「せ」は尊敬と見れば「給ふ」と二重の強い敬語で、作者の意識としては隆家に用いて不当ではないが、他の個所が隆家には二重敬語を用いないので、使役（直接手渡さず取次の女ニ献上サセ）と見る。

とある。二重尊敬ではないとする考へ方は正しいが、かうした場面では女房を介した動作でも一々使役表現にする必然性が無く、使役とするのは無理であらう。

助動詞の「す」について和田利政「『す』の研究」（「国文学　解釈と教材の研究」第四巻第二号）に、

結局、「す」は敬語（尊敬語、謙譲語）に添って、その敬意（尊敬・謙譲）を強める働きをすると見るべきものである。「聞えさす」の「さす」と同様に見るべきものに、「申さす」「奉らす」などの「す」がある。ただし、謙譲語に添った方は、尊敬語に添った場合のような鮮やかな対照は見られないようである。

とあり、強める（強調）とする。

峰岸明「自発・可能・受身・尊敬・使役」（「国文学　解釈と鑑賞」第二十三巻第十二号）に左の通りある。

「す」「さす」は、仮名文学語文において広く使役の用法で各活用形が用いられた。とともに、敬語表現にも使用されることとなつたが、それ自身単独で敬意を示すことはなく、「たまふ」「のたまふ」「おはします」または「たてまつる」「きこゆ」「まうす」「まゐる」など、常に他の尊敬語乃至謙譲語に添つてそれぞれその敬意の度を強める機能を果たし、またいわゆる〈最高敬語〉を構成した。

両説とも「す」に尊敬、謙譲の意を強める（強調）としてゐる。しかしながら『新潮国語辞典』には、

㈡尊敬を表す。お…になる。「名高き御帯、御手づから持たせて、渡り給ひて〔源・紅葉賀〕」

として「す」単独で尊敬に用ゐられた用例を掲出してゐて、「す」に単独で敬意を表す用法が僅かながら存した。

「たてまつらせ給」の「せ」は尊敬の助動詞とする一説や使役の助動詞とする二説を認めるよりも、謙譲の助動詞とするのが適当であらう。「まゐる」に「す」の付いた「まゐらす」は本来連語であるが一語として扱ふので、「たてまつる」に「す」の付いた「たてまつらす」も一語として扱ひ得る。

結論として、能因本、前田本の「まいらせ給て」は誤であり、三巻本の「まいり給て」が正しい。「たてまつらせ給」の「せ給」の「せ」は尊敬ではなく、「せ給」は二重尊敬ではない。「せ」は強める（強調）働きがあるとするより謙譲の助動詞とするのが適当である。

五　みうちき

榊原邦彦『枕草子本文及び総索引』　第百八段「しけいさ東宮にまいり給ふほとの」の段　一〇三頁

日の入程におきさせ給て山の井の大納言めし入てみうちきまいらせて給てかへらせ給さくらの御なをしにくれなゐの御その夕はへなともかしこけれはと、めつ

の「みうちき」には解釈上の問題がある。

諸本の本文を『校本枕冊子』で示す。

三巻本　　入・程・　　　　・　　　　入・　　　　・　　　・・さく

能因本　日のいるほとにおきさせ給ひて山の井の大納言めしいれてみうちきまいらせ給ひてかへらせ給ふに・・

前田本　　　　　　　　　　・　　　　　御　　　　・返・　　・

らの御なをしにくれなゐの御そ

・・・・・・・・・・・

「みうちき」について諸説がある。

一　天子ノ御かみをゆふ也　山鹿素行写『古注枕草子』『枕草子春曙抄』『枕草紙旁註』斎藤彦麿『傍註枕草子』松平静『枕草紙詳解』中村徳五郎『新訳枕草子』

二　御衣をかづけ給ふ　『清少納言枕草紙抄』（中宮より御衣を、道頼卿へかづけ給ふ）

三　御装束をととのへる　武藤元信『枕草紙通釈』永井一孝『校定枕草紙新釈』金子元臣『枕草子評釈』金子元臣『校註枕草子』吉村重徳『新訳註解枕の草紙』

「うちき」を理髪の意とするか、装束の意とするかで説が分れる。一の説は全体の意味は失考であるが、「うちき」を装束の意とするところは三の説に含まれる。

現代の註釈書も一の説と、三の説とに分れる。即ち、田中重太郎『枕冊子全注釈』巻二に、「主上は御調髪なさって。「みうちぎ」は「み髪とる人」の意で、「御袿」ではない。」とあり、石田穣二『角川文庫　枕草子』に、「お髪の具合を直されて。」と一の説である。

池田亀鑑『全講枕草子』に、「御袿を召されて」とあり、松尾聰他『新編日本古典文学全集　枕草子』に、「御袿のお召しかえに奉仕させなさっての意か。」と三の説である。

枕草子の「みうちき」はここのみである。源氏物語に二例ある。

『源氏物語大成』紅葉賀　校異篇　二五四頁　大島本　うへの御けつりくしにさふらひけるをはてにけれはうへはみうちきのひとめしていてさせ給ぬるほとに又人もなくてこの内侍つねよりもきよけに

『源氏物語大成』紅葉賀　校異篇　二五五頁　大島本　うへはみうちきはてゝみさうしよりのそかせ給けり

これについて古くより説がある。

『河海抄』巻四　御うちきの人めして　中院事書云御髻とる人の事也云々御梳櫛の人はわらはくひの無文の直

衣を給はりて着する也仍御うちきの人と云也一説云御装束奉仕する人なり云々

『花鳥余情』　第五　　御うちきに人めして　　蔵人私記第十三云御髻御鬟事侍臣之間撰堪事之人供無定例皆着当色袍謂之御袿染紫色絹也納蔵人所　今案御もとゝりとり御ひんにまいる人は紫のきぬのなをしをきて祇候するをうちきの人とはいふ也

萩原広道『源氏物語評釈』　もみぢの賀

うへは御うちぎの人めして

（釈）御うちぎの人は御さうぞくの衣文《エモン》に参る人なりと岷江入楚の一説に見えたるよろし御けづりぐしせし人也といふ注どもはいかゞ玉ノ小櫛に引れたる枕冊子の文にて明かなるをや委しくは諸注を挙て余釈に弁ふるを見るべし出させ給ひぬるは其御座所より御衣めしかふる所へ出させ給ふなり

紅余釈の一部

（釈）右の説どもいとさま〴〵にてまぎらはしされどこゝの文勢かならず頭書に挙たる万水一露のごとくならではことわり聞えがたし花鳥に引給へる蔵人私記の注証文のやうなれど当色の袍を着るはもちろんなる事を別に御《ミ》袿《ウチキ》といはんはいかゞしき名づけざまなるべし又紫にまれ何にまれ賜はりたる御直衣を着たりとてそれを御うちきの人といはんもことわりなき名といふべしさるはたゞ大御身近くつかう奉る人なれば殊さらに賜はるまでにこそあらめそれをやがて職ノ名のやうにはいふまじき理なり且かの私記の本文とはいたく異なる注なるもいふかし

『花鳥余情』の説は不審であり、『河海抄』も引く一説が妥当である。萩原広道の説に従ふべきである。

現代でも石村貞吉『源氏物語有職の研究』は『花鳥余情』の説に従ふものの、諸註釈書には、

池田亀鑑『日本古典全書　源氏物語』　主上は御召更へがお済みになつて

山岸徳平『日本古典文学大系　源氏物語』　御装束奉仕の女官

阿部秋生他『日本古典文学全集　源氏物語』　帝は、お召し替えがすんで
石田穣二他『新潮日本古典集成　源氏物語』　帝のお召替えに奉仕する人
玉上琢彌『源氏物語評釈』　お召し換えに奉仕する女官
柳井滋他『新日本古典文学大系　源氏物語』　帝のお召替えに奉仕する女官

としてお召更への意に解釈してゐる。

『玉の小櫛』に、

枕冊子に、日のいるほどに、おきさせたまひて、山井の大納言めしいれて、みうちぎまゐらせ給ひて、かへらせ給ふ、桜の直衣に、紅の御ぞの夕ばえなども、かしこければ、とどめつと見えたり。これも御装束の事のやうにも聞ゆ、猶よく考ふべし。

とある。紅葉賀の前例の場合、

うへの御けつりくしにさふらひけるをはてにけれはうへはみうちきのひとめしていてさせ給ぬ

とあり、典侍が主上の御梳櫛に伺候したが、それが済んで主上は御装束の係をお呼びになつたとあり、既に理髪は済んでゐる。更に「みうちき」が理髪といふ事は有り得ない。当然装束として考へるべきである。

『侍中群要』に、

御宇知支、御理髪に奉仕する人着る所の袍なり、薄紫染の絹の生の袍、御殿に候する故に、御理髪に奉仕する人をも、御美宇知支と称す

とあり、『日中行事』に、

やがて御手水の間にてみうちきの人をめす其人めしによりて馬形の障子にかけたるすはうのうちきを上にひききてまゐる御びんかきをさめ御装束御なほし奉りて其人はまかりいづ

とあり、『源氏官職故実秘抄』に『日中行事』を引いた上で、

又云掛色或は紫といひ或は蘇芳とあり装束諸抄の中にも紫蘇芳は共にかよひて用ひらるゝなり

とあるが、故実書の類の説は後代の状況を反映したものであらう。「うちき」が装束を表す言葉であるのに、「みうちき」となると理髪の意となるといふ説は不可解な話である。「み」が付くのは主上の装束である故であり、臣下が「うちき」を着て奉仕するといふのは肯けない。源氏物語の紅葉賀の「みうちき」は両例共に装束の意である。

枕草子の例は既に『玉の小櫛』で御装束の事としてゐる。ここでは「けづりぐし」の記事は無いが、源氏物語の紅葉賀では、源典侍が主上のけづりぐし（理髪）をなし、次に別人の「みうちきのひと」を召したとある。理髪は既に済んでゐて、装束を着更へたもの。

枕草子では「みうちき」を述べた次に、「さくらの御なをしにくれなゐの御その夕はへなと」として装束関係の記事が続く。「みうちき」が装束関係の語であるために、この表現が生きて来る。理髪では何の関係も無い事になる。

結論として、一、二の説は適当でない。「みうちき」は装束であるとする三の説が適当である。主上が御装束をお召し更へになつての意である。

六　女官とも

榊原邦彦『枕草子本文及び総索引』　第百八十二段「宮にはしめてまいりたるころ」の段　一六〇頁

いかてかはすちかひ御らむせられんとて猶ふしたれはみかうしもまいらす女官ともまいりてこれはなたせ給へなといふをきゝて女はうのはなつをまなとおほせらるれはわらひてかへりぬ

の「女官とも」は諸説があり、解釈上の問題がある。

諸本の本文を『校本枕冊子』で示すと、

三巻本　猶　　　み　　　　　　　　とも　　　　　　な　　　きゝて　はうの・・・
能因本　・ふしたれは御かうしもまいらす女官・・まいりてこれはなたせ給へ・といふを・・・女房・・きゝて
前田本　　　　　　　　　　　　　　　　　　　　　　　な
　　　　　　おほせ
　　はなつをまなと仰・・られれは
　　　　　　おほせ

右の例がみられる。

三巻本は「女官とも」で、能因本、前田本は「女官」であるが、意味上で大きな違ひは無い。

「女官とも（女官）」については諸説がある。

一　とのもりの女官　　関根正直『枕草子集註』　金子元臣『枕草子評釈』　山岸徳平『校註日本文学大系　枕草子』　栗原武一郎『三段式枕草子全釈』　金子元臣『枕草子通解』

二　かもんづかさの女官　　榊原邦彦『古典新釈シリーズ　枕草子』　萩谷朴『新潮日本古典集成　枕草子』　萩谷朴『枕草子解環』

「とのもり（主殿、殿守）」の女官か、「かもんづかさ（掃部）」の女官かで二説がある。

「とのもり」について『後宮職員令』に、

殿司　尚殿一人　掌供奉輿繖膏沐燈油火燭薪炭之事　典殿二人掌同　尚殿女孺六人

とあり、「かもんづかさ」について『後宮職員令』に、左の通りある。

掃司　尚掃一人　掌供奉牀席灑掃鋪設之事　典掃二人掌同　尚掃女孺十人

「かもんづかさ」は職掌に「鋪設之事」とあり、格子の上げ下げは職務の上で担当してゐた筈である。

『日中行事略解』に、

卯の時にとのもりの司あさぎよめするおとにおどろきて蔵人御殿の格子をあぐる

として、蔵人が清涼殿の格子を上下してゐたことを記すものの、これは清涼殿に限られる特殊な場合と言へる。

枕草子の第二百五十六段「関白との二月廿一日に」の段　二一一頁に、

かもんつかさまいりてみかうしまいるとのもの女官御きよめなとにまいりはて、おきさせ給へるに花もなければ

あなあさましあのはなともはいつちいぬるそとおほせらる

とあり、「かもんつかさまいりてみかうしまいる」とあるところから、中宮御所の格子の上げ下げは「とのもり」（主殿、殿守、殿司）ではなくて、「かもんづかさ」（掃司、掃部）であったことが明らかである。

結論として、三巻本の「女官ども」にしても、能因本の「女官」にしても、ここでは「かもんづかさ」であり、「とのもり」ではない。「女官ども（女官）」を「とのもりの女官」とする一説は適当でない。「かもんづかさの女官」とする二説が適当である。

七　御まかなひ

榊原邦彦『枕草子本文及び総索引』第百八十二段「宮にはしめてまいりたるころ」の段　一六〇、一六一頁

おまへちかくはれいのすひつに火こちたくをこしてそれにはわさと人もゐす上らふ御まかなひにさふらひ給けるまゝにちかうゐ給へりちんの御火おけのなしゑしたるにをはします

の「御まかなひ」は解釈上の問題がある。

諸註釈書には二つの説がある。古い書を示す。

一　御用聞、御側の御用、御介錯　　山鹿素行写『古注枕草子』　佐々木弘綱『標註枕草紙読本』　中村徳五郎『新

訳枕草子』　金子元臣『枕草子評釈』　山岸徳平『校註日本文学大系　清少納言枕草子』

二　御陪膳、御給仕、御食事の世話　『枕草子春曙抄』『枕草紙旁註』『清少納言枕草紙抄』　斎藤彦麿『傍註枕草子』　松平静『枕草紙詳解』

上﨟の女房のこの場面での役割を広く一般の世話とする一説と、御食事の世話に限る二説との対立である。

枕草子には「まかなひ」は無く「御まかなひ」は他に二例がある。

『枕草子本文及び総索引』　第百八段「しけいさ東宮にまいり給ふほとの」の段　一〇一頁

おもの、おりになりてみくしあけまいりてくら人とも御まかなひのかみあけてまいらするほとは

長徳元年二月に中宮定子の許に淑景舎（中宮の妹原子）が訪れた時の話。朝の御食事の陪膳が「御まかなひ」であり、ここは陪膳の意味である。

『枕草子本文及び総索引』　第百六十段「えせもの、所うるおり」の段　一四三頁

せちえの御まかなひのうねへ

詰らぬ者が幅を利かせる時の一つとして、節会の時、帝の御膳の御給仕をする妥女を挙げた。「御まかなひ」は御給仕、陪膳の意である。

枕草子の他の二例は共に二説の御陪膳を支持するものである。他の作品の用例を引く。

『源氏物語大成』　夕顔　校異篇　一二〇頁　大島本

御かゆなといそきまいらせたれととりつく御まかなひうちあはす

光源氏が夕顔の女を廃院に伴ふた時の話。微行の出掛けの為に人少なで、給仕する人の手が揃はぬさま。「御まかなひ」は給仕、陪膳の意である。

『源氏物語大成』　宿木　校異篇　一七七八頁　大島本

兵衛のかみ御まかなひつかうまつり給御さかつきまいり給に

藤壺の藤花の宴の時に兵衛督が給仕を奉仕する場面。「御まかなひ」は給仕、陪膳の意である。

『源氏物語大成』浮舟　校異篇　一八七六、一八七七頁　池田本

御てうつなとまいりたるさまは例のやうなれとまかなひめさましくおほされて

浮舟が匂宮に洗面の介添へをする場面。「まかなひ」は介添へ、世話の意である。

『源氏物語大成』手習　校異篇　二〇一一、二〇一二頁　大島本

さるへき心つかひしたりけれは昔おもひいてたる御まかなひの少将のあまなとも袖くちさまことなれともおかし

今は中将となつてゐる尼君の昔の婿君を少将の尼がもてなし役となる。「御まかなひ」は、もてなし役、世話役の意である。

『源氏物語大成』手習　校異篇　二〇二五頁　大島本

かゆなとむつかしきこと、もをもてはやしておまへにとくきこしめせなとよりきていへとまかなひもいと、心つきなくうたてみしらぬ心ちしてなやましくなんとことなしひ給をしひていふもいとこちなし

尼の所に居る浮舟に粥を給仕する人を「まかなひ」といふ場面である。

枕草子及び源氏物語の用法から、「御まかなひ」「まかなひ」には、陪膳、給仕の意と、世話、介添への意との二つの用法があることになる。

紫式部日記には「まかなひ」は無く「御まかなひ」が九例ある。全て陪膳、給仕の意である。一例を引いて置く。

『紫日記』（黒川本紫式部日記）三三五、三三六頁

こよひの御まかないは宮の内侍いとものく\しくあさやかなるやうたいにもとゆいはえしたる

寛弘五年九月の敦成親王誕生五日目の産養の場面で、今夜の御給仕は宮の内侍であると記す。中宮の御膳のさま。

栄花物語には「まかなひ」一例、「御まかなひ」十七例がある。全て陪膳、給仕の意である。一例を引いて置く。

『栄花物語の研究』巻第八　初花　校異篇　上巻　五〇七頁

こよひの御まかなひ宮のないしもの〳〵しうやむことなきけはひしたり

敦成親王の誕生後、五夜の産養のさま。宮の内侍が給仕役として奉仕した事を記す。

枕草子、紫式部日記、栄花物語では陪膳、給仕の意の用例のみであるが、源氏物語には広く一般の世話の意の例があるので、枕草子の第百八十二段の例につき検討したい。

佐々木弘綱『標註枕草紙読本』に、「中宮の御介錯なとする人なれは御前ちかく侍る也」とあり、金子元臣『枕草子評釈』に、「「まかなひ」は食事に限らず、万事取したゝむること也」とあり、陪膳、給仕ではなく、広く世話をする意とする。しかし上﨟（上級の女房）に限らず女房の役割は広く主人の世話をする事は当り前である。この場合はわざ〳〵述べるまでもない事である。儀式でも日常でも主人の食事の際に給仕するのは主だつた女房として重要な役割であり、紫式部日記でも栄花物語でも儀式の「御まかなひ」（給仕役）の名を明記してゐる。

枕草子のこの場面は上﨟の女房が給仕に中宮の御側近く侍り、髪上げしたままの姿で居たことを述べるものである。普通の仕事ならことさら書立てる必要は無い。重要な仕事であるが故に、給仕を終へた事を明記したのである。

天皇の内々の食事の朝餉は朝夕の二回であり、『寛平御遺誡』に、巳刻、申刻とあり、『侍中群要』に午一刻、酉一刻とあり、『建武日中行事』に午刻、申刻とある。中宮も天皇に準ずる時刻であらう。

清少納言は中宮の許に夜出仕し。暁に局に下つたところ、「昼つ方」に中宮より仰せを豪り中宮御殿の登花殿に出仕した。朝の朝餉が終つた時のさまを描写した。

諸作品に天皇や中宮の御膳に奉仕する女房には、みぐしあげが参つて髪上げをする事が記してある。清少納言が中宮の御前に参上し、上﨟の髪上げ姿を見て御膳の給仕について言及した。髪上げと給仕とは結び付く故に、「御まかなひにさふらひ給けるまゝに」と述べたもの。
拙著『古典新釈シリーズ　枕草子』（中道館）三三四頁に、
御まかなひ　（中宮様の）御給仕。お世話の意ではない。
と記したのについて田中重太郎『枕冊子全注釈』三の三九六頁に次の通りある。
枕冊子に見える「まかなひ」は、榊原氏の所説に従つてよいと考えられる。
結論として、二説の御陪膳、御給仕が適当である。

八　み　丁

榊原邦彦『枕草子本文及び総索引』第百八十二段「宮にはしめてまいりたるころ」の段　一六二頁
御くた物まいりなと、りはやして御前にもまいらせ給み丁のうしろなるはたれそととひ給なるへしさかすにこそはあらめたちてをはするをなをほかへにやとおもふにいとちかうゐ給てものなとの給
の「み丁」は解釈上の問題がある。
諸本の本文を『校本枕冊子』で示す。
三巻本　み・・、
能因本　御木丁のうしろよりなるはたれそととひ給なるへし
前田本　几帳・・、
『枕草子春曙抄』、『枕草紙旁註』、『清少納言枕草紙抄』など能因本の「御木丁（御几帳）」の本文に拠り、江戸時代から昭和時代に至るまで特に問題ともされずに解釈されて来た。ところが三巻本の本文が採用されるやうになると、「み丁（御帳）」について諸説が生じた。以下三巻本の書。

一　「御帳」の本文に拠る。

イ　本文は採用するものの言及無し。　藤村作『清少納言枕草子』

ロ　「御几帳」の意とする。　田中重太郎『枕草子の精神と釈義』　田中重太郎『国文学習叢書　枕冊子』　塩田良平『三巻本枕草子評釈』　池田亀鑑『全講枕草子』

ハ　「御帳台」の意とする。　田中重太郎『旺文社文庫　枕冊子』　田中重太郎『旺文社全訳古典撰集　枕冊子』　榊原邦彦『古文新選　下　教授資料』　榊原邦彦『古典新釈シリーズ　枕草子』

二　「御几帳」に校訂する。　松浦貞俊、石田穣二『角川文庫　枕草子』　石田穣二『鑑賞日本古典文学　枕草子』

三　「几帳」に校訂する。　山岸徳平『校註日本文学大系　枕草子』　山岸徳平『校註枕草子』

二「御几帳」、三「几帳」の両説は能因本の本文の影響での校訂であらうが、三巻本にも能因本にも「御」があり、「御」を除く三の説は適当でない。

二の説は能因本に拠り校訂するものであり、この段には「みき丁」が三ケ所で用ゐられ、すぐ後の文にもあるため校訂したのであらう。しかし三巻本の本文では不自然であり納得出来ないといふ事が確かになつてから、他本の採用を考へるべきである。二の説に俄に賛同する事は出来ない。

三巻本の「み丁（御帳）」の本文に拠る場合、ロ「御几帳」とする説と、ハ「御帳台」とする説と二つの説がある。「御帳」の意味、用法を考察して是非を考へる事にしたい。枕草子では他に七例の「御帳」がある。

第四十六段「せちは」の段　三七頁

中宮なとにはぬひとのより御くす玉とて色〳〵のいとをくみさけて参らせたれはみ帳たてたるもやのはしらにひたり右につけたり

「み帳」は中宮御所の母屋に立ててある中宮の御帳台である。能因本は「みちやう」、前田本は「御丁」である。堺本も同じ。

第八十段　「しきの御さうしにおはします比木たちなとの」の段　六〇頁

もやはをにありとてみなみへへたていたしてみなみのひさしに御帳たて、又ひさしに女房はさふらふ

「御帳」は職の御曹司の中宮の御帳台である。能因本は「み木丁」で、前田本は無い。南の廂に中宮の御座所の御帳台を据ゑた描写で、「み木丁」の本文は適当でない。

第九十一段　「しきの御さうしにおはします比にしのひさしにて」の段　七五頁

またおほとのこもりたれはまつ御帳にあたりたるみかうしをこはんなとかきよせてひとりねんしあくる

「御帳」は職の御曹司の中宮の御帳台である。能因本は「もや」であり、前田本は無い。

第百八段　「しけいさ東宮にまいり給ふほとの」の段　九九頁

御た、みのうへにしとねはかりをきて御火をけまいれり御屛風のみなみ御帳のまへに女房いとおほくさふらふ

「御帳」は登花殿の中宮の御帳台である。能因本も三巻本と同じく「みちやう」であるが、前田本は「御几帳」である。中宮の御座所の御帳台を描写したものであり、前田本の「御几帳」は意味をなさない。

第百八段　「しけいさ東宮にまいり給ふほとの」の段　一〇三頁

宮もこなたへいらせ給ぬやかて御帳にいらせ給へは女房もみなみおもてにみなそよめきいぬめり

「御帳」は前例と同じく登花殿の中宮の御帳台である。能因本、前田本共に「御丁」である。

第百八十七段　「心にくき物」の段　一七三頁

火のひかりはかりてりみちたるに御丁のひもなとのつや、かにうちみえたるいとめてたし

貴人の御座所の御帳台である。能因本は三条西家旧蔵本には無く、他本は「御木丁」である。前田本は「御き丁」である。堺本は

　もやのみすもから御ちやうのかたひらみちやうのひもなとのいとつやゝかに

で「御ちやう」、「みちやう」である。

第二百四十二段「身をかへて天人なとは」の段　一九四頁

　おまへにそひふし御丁のうちをゐところにして女はうともをよひつかひつほねにものをいひやり

貴人の御座所の御帳台である。能因本も「御丁」、前田本は「御木丁」である。「御几帳の内」では意味を解しがたく、三巻本、能因本の本文が適当である。

これら三巻本の「御帳」はどの例も諸註釈書は御帳台の意としてゐる。三巻本には無いが、能因本に「御帳」が一例ある。

第九十二段「めでたき物」の段『校本枕冊子』上巻二五八頁

　みやはしめのさほうしゝこまいぬ大しやうしなともて参て御ちやうの前にしつらひすへ

后の御帳台である。前田本は「みちやう」。

これら枕草子の「御帳」八例は御帳台と解して何ら矛盾や問題点が無い。従つて第百八十二段の「み帳」も八例と同じく御帳台と解するのが適当である。第百八十七段の「御丁」は御几帳と解する事が出来る。しかし御几帳と解しても不自然でないのは、この例にとどまり、残りの例には及ぼせない。第百八段の「御帳にいらせ給へは」など御帳台以外には考へられない。ごく少数の例のみ御几帳と考へ得るといふだけで、他の例には適用出来ないのであるから、御几帳と考へるのが不適当である事は明らかである。

源氏物語の用例を考察して見よう。源氏物語には『源氏物語大成』に拠ると、十九例の「御帳」がある。

『源氏物語大成』夕顔　校異篇　一二九頁　大島本

　み丁のうちに入給てむねをゝさへておもふにいといみしけれは

『源氏物語大成』　若紫　校異篇　一八三頁　大島本

人〳〵ちかふさふらはれよかしとていとなれかほにみ帳のうちにいり給へは

『源氏物語大成』　若紫　校異篇　一九一頁　大島本

こなたはすみ給はぬたいなれは御帳なともなかりけりこれみつめしてみ帳御屏風なとあたり〳〵したてさせ給

『源氏物語大成』　葵　校異篇　三〇六頁　大島本

よるはみ丁のうちにひとりふし給にとのゐの人々はちかうめくりてさふらへと

『源氏物語大成』　葵　校異篇　三一六頁　大島本

御丁のまへに御すゝりなとうちゝらして手ならひすて給へるをとりてめをおしゝほりつゝみ給を

『源氏物語大成』　葵　校異篇　三二〇頁　大島本

君はわたり給とて御すゝりのはこを御帳のうちにさしいれておはしにけり

『源氏物語大成』　賢木　校異篇　三五一頁　大島本

やをらみちやうのうちにかゝつらひ入て御そのつまをひきならし給けはひしるく

『源氏物語大成』　賢木　校異篇　三七五頁　大島本

み帳のめくりにも人々しけくなみゐたれはいとむねつふらはしくおほさる

『源氏物語大成』　明石　校異篇　四五二頁　大島本

四月になりぬ衣かへの御さうそく御丁のかたひらなとよしあるさまにしいてつゝ

『源氏物語大成』　蓬生　校異篇　五三二頁　大島本

よるもちりかましき御丁のうちもかたはらさひしくものかなしくおほさる

『源氏物語大成』　若菜上　校異篇　一〇五七頁　大島本

にしのはなちいてに御丁たて丶そなたの一二のたいわた殿かけて女房のつほね〳〵まて

『源氏物語大成』　若菜下　校異篇　一一七五頁　大島本

院のおはしまさぬ夜はみ帳のめくりに人おほくさふらふておましのほとりに

『源氏物語大成』　若菜下　校異篇　一一七六頁　大島本

よきおりとおもひてやをらみ帳のひんかしおもてのおましのはしにすゑつ

『源氏物語大成』　柏木　校異篇　一二三八頁　定家本

かたわらいたきをましなれともとて御丁のまへに御しとねまいりていれたてまつり給

『源氏物語大成』　鈴虫　校異篇　一二九一頁　大島本

よるのみ丁のかたひらをよおもてなからあけてうしろのかたにほ花のまたらかけ奉りて

『源氏物語大成』　総角　校異篇　一六三五頁　大島本

御丁のかたひらかへしろなと三条の宮つくりはて丶わたり給はむ心まうけにしをかせ給へるを

『源氏物語大成』　浮舟　校異篇　一八八二頁　池田本

いたくものおほしたるさまにてみ丁にいりておほとのこもる

『源氏物語大成』　手習　校異篇　二〇三三頁　大島本

おまへに人すくなにてちかくおきたる人すくなきおりにおなし御丁におはしまして

どの例も「御帳」は御帳台の意として解し得る。

御帳のうち　六例　御帳に入り（おはしまし）　二例　御帳のまへ　二例

御帳を設ける　一例　御帳のめぐり　二例　御帳のかたびら　三例

御帳の東面　一例

と御帳台につき様々に表現してゐる。

「御」の無い「帳」（丁）は五例あり、

『源氏物語大成』　濡標　校異篇　五〇六頁　大島本

丁のひむかしおもてにそひふし給へるそみやならむかし

『源氏物語大成』　夕霧　校異篇　一三六三頁　大島本

女君は丁のうちにふし給へり

『源氏物語大成』　幻　校異篇　一四〇九頁　大島本

まろか桜はさきにけりいかてひさしくちらさし木のめくりに帳をたてゝかたひらをあけすは風もえ吹よらしと

『源氏物語大成』　東屋　校異篇　一八〇七頁　大島本

やかて帳なともあたらしくしたてられためる方を事にはかになりにためれはとりわたし

『源氏物語大成』　東屋　校異篇　一八一二頁　大島本

木丁のうちにいり給ぬれはわか君はわかき人めのとなともてあそひきこゆ

大島本の「木丁」は誤。他の青表紙本、河内本、別本共に「丁」。「丁」が正しい。

五例共に帳台の意である。幻の巻の例について池田亀鑑『源氏物語辞典』上巻三二一頁に左の通りある。

幻の一例も、帳台と解せぬことはない。諸注、この例のみは几帳と解するのが普通のようであるが、他の四例より推しても、疑問とすべく、やはり帳台と解すべきであろう。

几帳では桜の花を散す風を止められない。帳台を立てて厳しく風を防ぐとするのが文意の正しい解釈である。

以上より源氏物語の「御帳」は御帳台の意であり、「帳」は帳台の意である事が明らかである。

枕草子に「帳」は用ゐられてゐないが、「御帳」は源氏物語と同じく御帳台の意である。

一のイは意味に触れてゐないので除き、二「御几帳」に校訂する説と、三「几帳」に校訂する説とは不適当で、「御帳」の本文のまま解すべきである。「御帳」の本文に拠る場合に、一ロ「御几帳」の意とする説は適当でない。一ハ「御帳台」の意と解する説が適当である。

結論として「宮にはしめてまいりたるころ」の段の「み丁」は御帳台の意である。

九　みかうしあけさせて

榊原邦彦『枕草子本文及び総索引』第二百七十八段「雪のいとたかう降たるを」の段　二三〇頁

少納言よかうろほうの雪いかならんとおほせらるれはみかうしあけさせてみすをたかくあけたれはわらはせ給

の「みかうしあけさせて」には解釈上の問題がある。

諸本の本文を『校本枕冊子』で示す。

三巻本　　　　　　　　・　　　おほせ　る

能因本　少納言よかうろほうの雪・はいかならんと仰・・ら・れはみかうしあけさせてみすをたかく・・あけた

前田本　小　　　ゆき・　　　　おほせ　る　　・・・・・・・・　　うまき

れはわらはせ給

堺本はこの文を欠く。三巻本と能因本とは同じであり、本文上の問題は無い。

後文の「みすをたかくあけたれは」は清少納言の動作である。「みかうしあけさせて」の「させ」は使役の助動詞であり、清少納言の動作であるが、誰が上げたかについては諸説がある。

一　人　五十嵐力『枕の草子選釈』　有賀賢頼『枕草子新釈』　松本竜之助『学習受験参考枕の草子詳解』　金子元臣『枕草子評釈』
二　召使　柴田隆『もつとも分り易き枕の草紙の解釈』　金子武雄『古典評釈枕草子』
三　側の者　山岸徳平『高校生のための枕草子新講』　塩田良平『日本古典鑑賞読本　枕草子』　間瀬興三郎『枕草子解釈法』
四　女房　山崎喜信『文法詳解枕草子精解』　塩田良平『三巻本枕草子評釈』　佐成謙太郎『明解枕草子』　前嶋成『枕草子詳解』
五　女官　林和比古『枕草子新解』　臼田甚五郎『新釈註枕草子』　工藤誠『枕冊子新釈』　大庭光雄『新選評釈枕草子』　佐伯梅友、石井茂『古典解釈シリーズ　枕草子の研究』　榊原邦彦『古典新釈シリーズ　枕草子』

「人」とする一説は、後文の「みすをたかくあけたれは」が清少納言の動作であるのに対し、他人であると確認しただけで、さしたる意味が無い、漠然としすぎてゐて適当でない。

「召使」とする二説は範囲が広すぎる。中宮に奉仕する婦人のうち、上級者の女房も下級者の女官も共に中宮の召使であることに変りが無い、指す範疇が明らかでなく適当でない。

「側の者」とする三説は、この場に中宮以外は女房のみであり、「女房」とする四説を漠然と言つたもの。

「女房」とする四説と「女官」とする五説とが対立する。

四説では清少納言が自身でせず、他の女房に命じて上げさせたことになる。

第二十段「せいえうてんのうしとらのすみの」の段、一五頁に命じられて女房が和歌を書く場面がある。ここに、

春の哥花の心なとさいふ〳〵も上らうふたつみつはかりかきてこれにとあるに
としふれはよはひはおひぬしかはあれと花をしみれは物思ひもなし

といふことを君をし見れはと書なしたる

とあり、上臈の女房が先に書き、その後に清少納言が書いてゐて、清少納言は上級の女房ではない。

第百八十二段「宮にはしめてまいりたるころ」の段、一六一頁に、

上らふ御まかなひにさふらひ給けるまゝ、にちかうゐ給へり

でも上級の女房と清少納言とは別の奉仕をしてゐる。

第二百五十六段「関白との二月廿一日に」の段二一八、二一九頁では、上臈の二人の女房の座に、中宮の許しで清少納言が加はる記事があり、清少納言は上級の女房ではない。従つて目上、又は同僚の女房に命じて格子を上げさせることなどあり得ない。

同段、二一一頁に、

かもんつかさまいりてみかうしまいるとのもの女官御きよめなとにまいりはて、おきさせ給へるに

とあり、中宮の御格子の上げ下げは掃部司（かもんづかさ）が奉仕したことが明記されてゐる。掃部司も殿司（とのもづかさ）も女官であり、とのもの女官は清掃に奉仕した。

第百八十二段「宮にはしめてまいりたるころ」の段、一六〇頁に、

猶ふしたれはみかうしもまいらす女官ともまいりてこれはなたせ給へなといふをきゝて女はうのはなつをまなとおほせらるれはわらひてかへりぬ

は新参の清少納言が恥しがつてゐるので、女房が内側の差木を外して女官が格子を上げるのを、「まな」と中宮が制止なさる場面である。ここは「女官」とあるが、掃部司の女官であらう。

『日本古典文学大系　紫式部日記』四四三頁に、

まだ夜深きほどの月さしくもり、木の下をぐらきに、「御格子まゐりなばや」「女官はいまださぶらはじ」「蔵人

まゐれ」などいひしらふほどに、後夜の鐘うちおどろかし、五壇の御修法、時はじめつ。
とあるのは格子を上げる役目の掃部が夜深いため出仕してゐず、代つて女蔵人に命じた場面である。
第九十一段「しきの御さうしにおはします比にしのひさしに」の段、七五頁に、
またおほとのこもりたれはまつ御帳にあたりたるみかうしをこはんなとかきよせてひとりねんしあくるいとをもしかたつかたなれはきしめくにおとろかせ給てなとさはすることそとの給はすれは
として、斎院より中宮の許に手紙が来たが、早朝のため格子を上げる掃部が出仕してゐないので、特別に清少納言が掃部に代つて格子を上げる場面がある。かうした特別な場合を除き女房や、女房に属する女蔵人が格子の上げ下げに携ることは無い。格子の上げ下げは中宮に奉仕する婦人のうち、上級者の女房がなす仕事ではない。下級者の女官の仕事である。拙著『古典新釈シリーズ　枕草子』に「掃部司の女官」とした。
結論として、女房とする四説は適当でない。女官とする五説が適当である。掃部司の女官の担当である。

十　さることはしり

榊原邦彦『枕草子本文及び総索引』第二百七十八段「雪のいとたかう降たるを」の段　二三〇頁
雪のいとたかう降たるをれいならすみかうしまいりてすひつに火をこしてものかたりなとしてあつまりさふらふに少納言よかうろほうの雪いかならんとおほせらるれはみかうしあけさせてみすをたかくあけたれはわらはせ給人々もさることはしり哥なとにさへうたへとおもひこそよらさりつれ猶此宮の人にはさへきなめりといふ
には会話が二ケ所ある。前の中宮の御言葉の「少納言よかうろほうの雪いかならん」は問題が無い。後の清少納言への他の女房（人々）の言葉がどこから始まるかにつき、諸説がある。終は「さへきなめり」で問題が無い。
該当する部分の諸本を『校本枕冊子』で示す。

三巻本　　・・　　　こと　　　　　　　　　　　　　此・　　　　・

能因本　人〳〵もみなさる事・はしり歌・なとにさへうたへとおもひこそよらさりつれ猶この宮の人にはさるへ

前田本　　　・・　　　　うた　も・　思・・　　　・

きなめりといふ

諸説は次の通りである。

一「人々も」から　池辺義象『校註国文叢書　枕草紙』

二「みなさることはしり」から　塚本哲三『有朋堂文庫　枕草紙』佐々政一、山内二郎『枕草紙選釈』短歌雑誌編輯部『枕草紙』「みな」の本文のある『枕草子春曙抄』の本文に拠る書である。

三「さることはしり」から　塚本哲三『通解枕草子』池田亀鑑、佐伯梅友、吉田精一『国文解釈の方法と技術』

四「猶此宮の人には」から　『清少納言枕草紙抄』萩野由之他『日本文学全書　枕草子』佐々木弘綱『標註枕草紙読本』

五「此宮の人には」から　萩野由之『標註枕草子』武藤元信『枕草紙通釈』藤井乙男『選訂枕草紙』五十嵐力『枕の草子選釈』

一説とすると話し手が人々以外となる。中宮、清少納言、人々（女房）が登場する場面であり、人々を除くと中宮か清少納言かになる。中宮は内容上も敬語の不使用からも合はず、清少納言も極端な自讃話となり合はない。一説は適当でない。

二説と三説とは本文の違ひで分れた。二説の説明は無い。三説は塚本哲三『通解枕草子』に、

人々がなほこの宮の人にはさるべきなめりと推賞したのは、もちろん清少の才気に推服したことばであるが、この裏面には、中宮が才学にすぐれていらせられる事に対し、常々人々が敬服していた事が鮮かに示されている。

ところでこゝに一つの疑義がある。というのは、文部省の高等国語を始め、私の目に触れた程の古今の参考書が、凡てこれだけを人々の詞とし、人々も皆さる事は知り、歌などにさへうたへど、思ひこそよらざりつれの方は地の文としている事である。なるほど「人々も皆さる事は知り」と続いた調子は、いかにも地の文と見てしっくりする。然しこれを地の文とすると、「思ひこそよらざりつれ」という三段の係結の強調表現が清少自らの表現という事になって、少し威張り方が露骨すぎるようである。中宮は明かに「少納言よ」と清少を名指しで呼び掛けなされたのであって、「香炉峯の雪はいかならむ」と人々にお尋ねになったのではない。いわば人々はおしょうばんの形である。だから思い寄らなくても一向に困らぬわけである。然し眼前に清少にそうやられて見ると、一本やられた気がせずにはいられない。そこで「ほんとにそこまでは気がつきませんでしたよ。やっぱりこの宮様には少納言が打ってつけね」と嘆声を漏らす事になる。それがこの場の光景として自然であるとすれば、この文は人々も皆「さる事は知り……」といふと呼応したものと見るのが自然だという事になろうではないか。これが私の古来一般の通説に対する異議である。

とある。池田亀鑑、佐伯梅友、吉田精一『国文解釈の方法と技術』は左の通りである。

会話として扱われる部分は、一般の注釈書によると、すべて「なほこの宮の人にはさべきなめり」の部分となっている。終りの」は「といふ」で受けているから問題はないが、はじめの「は果たしてそれでよいであろうか。また「人々もさることは知り……思ひこそよらざりつれ」は、そのまますべて地の文としてさしつかえないであろうか。もしそれでよいとすれば、作者が、人々（女房たち）も自分と同様その詩のことなどは知っていて、

和歌に詠みなどもするのだが、とっさの場合に思いつかなかったのだ、と述べていることになる。つまり作者は人々に代わって、その心中や立場を弁解し、同時に自分を誇示したことになり、はなはだ不遜《ふそん》な態度と言わなければならない。また一方、これを語句の上からどうであろうか。特に注意すべきは「思ひこそよらざりつれ」の「つれ」である。元来助動詞の「つ」は多く自分の動作につけて積極的な意志の表示をする場合に用いられる語である。したがって、「思ひこそよらざりつれ」は他人の動作に対する想像ではなく、自分自身の心の表白にちがいない。また「人々」は下の「といふ」に続き、「(中宮は) 笑はせたまふ。人々も、「……」といふ。」と相照応する文脈とみることができるのである。結局この文章の第二の会話は、「人々も、「さることは知り、歌などにさへうたへど、思ひこそよらざりつれ。なほこの宮の人にはさべきなめり」といふ。」とするのが正しい解釈だと考えられる。

四説の金子元臣『枕草子評釈』は左の通りである。

　やはり中宮の宮仕人には、清少は然るべき人なるべしと也。新註多く誤れり。

五説の五十嵐力『枕の草子選釈』は左の通りである。

　註釈家は多く之れを清少納言を褒めた意味に取つて、「此の后宮の御方にては可然人といふ也」とか、「中宮に召使はるゝ女房なれば左様に面白く頓智の利きたる也」とかいふ義として居るが、さうではあるまい。此の句の主格は「人々」で、人々は清女の仲間の女房である。さすれば「なほ」は「矢張」の意で、女房の負惜みの嫉み根性をちらりと匂《にほ》はしたのであらう。即ち「仲間の人々もこんな事はよく知つて、歌などにさへ歌つて居る事だが、差当つて思ひ出せなかつたのである。それでもやつぱり負惜みを云つて、此の宮に仕へて居る人だもの、此の位の事は当然あるべきであらうと云ひましたよ。」といふ皮肉の意味であらう。

清少納言が他の女房より才気のある故に孤立する事があり、第百四十六段「殿などのおはしまさでのち」の段に長い里居の事が述べてある。左の大殿（道長）方の人として他の女房から疎遠にされてゐた。

しかし誰もが賞讃する清少納言の言動について、他の女房のみが輿論に反して皮肉を言ふとか認めないとかがあったとは枕草子に見られない。五説は適当でない。

枕草子の中に清少納言の自讃の段は数々ある。しかしながら他の自讃の段でも清少納言は控へ目であり、他の女房をけなした上で自らを尊しとする表現をする事は無い。他人の口を通じて、ほめ言葉を記してゐる。人のほめ言葉を記すにも、第百三十六段「頭弁の御もとより」の段の「みぐるしき我ぼめ」として謙遜してゐる。「おもひこそよさりつれ」を地の文とする四説、五説は、程度の低い並の女房には無理であらうとする思ひあがりを露呈する事になり、謙虚な表現ではなくなる。塚本哲三の「少し威張り方が露骨すぎるようである」、池田亀鑑、佐伯梅友、吉田精一の「つまり作者は人々に代わって、その心中や立場を弁解し、同時に自分を誇示したことになり、はなはだ不遜《ふそん》な態度と言わなければならない」は共に尤であり、傾聴すべき判断であると考へられる。

四説とする註釈書は多いものの、無理がある。萩野由之、小中村義象、落合直文『日本文学全書　枕草子』では「時の人の清少を誉めていへるなり」とする。しかし「時の人」では後日この話を聞いた貴族社会の人の意となり、適当でない。この場に居合せた他の女房の言葉である。

結論として、一説、四説、五説は適当でない。二説と三説とに大差は無い。二説は能因本に拠る場合は適当であらうが、三巻本に拠る場合は三説が適当である。拙著の『古文新選下　教授資料』（右文書院）及び『古典新釈シリーズ枕草子』（中道館）では三説に拠つて述べた。

十一　哥

榊原邦彦『枕草子本文及び総索引』　第二百七十八段　「雪のいとたかう降たるを」の段　二三〇頁

雪のいとたかう降たるをれいならすみかうしまいりてすひつに火をこしてものかたりなとしてあつまりさふらふに少納言よかうろほうの雪いかならんとおほせらるれはみかうしあけさせてみすをたかくあけたれはわらはせ給人々もさることはしり哥なとにさへうたへとおもひこそよらさりつれ猶此宮の人にはさへきなめりといふ

の「哥」については諸説がある。

一　朗詠する詩　『枕草子春曙抄』　工藤誠『枕冊子新釈』　塩田良平『日本古典鑑賞読本　枕草子』
二　歌　溝口白羊『訳註枕の草紙』　永井一孝『校定枕草紙新釈』　五十嵐力『枕の草子選釈』
三　和歌　池田正俊『枕草子精解』　林和比古『枕草子新解』　大庭光雄『新選評釈枕草子』
四　歌謡　榊原邦彦『古典新釈シリーズ　枕草子』

「歌」とする書が多い。この中には和歌の意かと思はれるものもあるが、明示してゐないので判らない。

枕草子の「哥（うた）」は『枕草子本文及び総索引』に拠ると、ここの他に次の例がある。

和歌　第二十段　「せいえうてんのうしとらのすみの」の段　一五頁

春の哥花の心なとさいふ〳〵も上らうふたつみつはかりかきてこれにとあるに

一五頁一三、一五行　一六頁二、一六行　一七頁三行　二一頁八、一一行　三一頁六、一〇行　三二頁三行　三七頁二行　三九頁一三行　四一頁五行　四五頁一二行　五五頁五行　六〇頁一二行　七〇頁八、一二行　七四頁一六行　七八頁二、六、一六行　七九頁七行　八三頁一一行　八九頁二行　九一頁一〇行　九二頁一、一五行　九三頁九、一四行　九四頁一六行　九五頁二、三、四、八、一〇、一一、一二行　九六頁一、四、五行　九八頁九、一〇行　一〇四頁七行　一二六頁四行　一二七頁七行　一三五頁一三行　一三六頁二行　一四四頁八行　一四六頁八行　一四八頁一一行　一五七頁五行　一五九頁一、三行　一八四頁九行　一九〇頁九行　二〇一頁四行　二〇四頁一三行　二〇五頁一行　二二三頁九行　二三三頁一二行　二三七頁二行　二四九頁四行

梁塵秘抄　第九十六段「内は五せちの比こそ」の段　八四、八五頁
あふきやなにやとはうしにしてつかさまさりとしきなみそたへといふうたをうたひて

作業歌　第百四段「五月の御さうしのほとしきに」の段　九一頁
又見もしらぬくるへくものふたりしてひかせてうたうたはせなとするをめつらしくてわらふ

神楽歌　第百四十五段「猶めてたきこと」の段　一三二頁
かくらのふゑのおもしろくわなゝきふきすまされてのほるにうたのこゑもいとあはれにいみしうおもしろくさむくさえこほりて

田植歌　第二百四十八段「かもへまいるみちに」の段　一八三頁
たうふとて女のあたらしきおしきのやうなるものをかさにきていとおほうたちてうたをうたふ

俗謡　第二百四十一段「一条の院をはいま内裏とそいふ」の段　一九三頁
殿上人女はうあらはこそとつけたるをうたにつくりてさうなしのぬしおはりうとのたねにそありけるとうたふはおはりのかねときかむすめのはらなりけり

風俗　神楽歌　今様歌　第二百五十八段「うたは」の段　二二二頁
うたはふそく中にもすきたてるかとかくらうたもおかしいまやううたはなかうてくせついたり

船歌　第二百八十六段「うちとくましき物」の段　二三四、二三五頁
ろといふ物をしてうたをいみしううたひたるはいとおかしう
ふねにおとこはのりてうたなとうちうたひてこのたくなわを海にうけてありく

不明　第七十八段「内のつほね」の段　五八頁
又あまたのこゑして詩すし哥なとうたふにはたゝかねとまつあけたれは

七二頁一一行　一四八頁一四行

「哥（うた）」を含む語としては左の例がある。

いまやううた　　二二二頁一行　　かぐらうた　　二二二頁一行

「哥（うた）」は和歌を指す例が多いけれども、和歌以外の歌謡を指す例も多く見られる訳である。

枕草子の三巻本に「うたふ」十六例、「うちうたふ」二例がある。ここ以外の例を引く。

俗謡　第二十五段「にくきもの」の段　二三頁

わらはへのこう殿にまいりてなとうたふやうにする

不明　第七十八段「内のつほね」の段　五八頁

又あまたのこゑして詩すし哥なとうたふにはたゝかねとまつあけたれは

風俗　第七十九段「まいてりんしのまつりのてうかくなとは」の段　五九頁

君たちのこゑにてあらたにおふるとみくさの花とうたひたる

不明　第九十一段「しきの御さうしにおはします比にしのひさしにて」の段　七二頁

をかしことそへことなとをすれは哥はうたふやまひなとするかととひもはてぬに

梁塵秘抄　第九十六段「内は五せちの比こそ」の段　八五頁

つかさまさりとしきなみそたへといふうたをうたひて

作業歌　第百四段「五月の御さうしのほとしきに」の段　九一頁

又見もしらぬくるへくものふたりしてひかせてうたうたはせなとするを

二例とも駿河舞　第百四十五段「猶めてたきこと」の段　一三一、一三二頁

うとはまうたひて竹のませのもとにあゆみいてゝみことうちたるほと

あやもなきこまやまなとうたひてまひたるはすへてまことにいみしうめてたし

不明　第百六十六段「宰相中将た、のふのふかたの中将」一四八頁

よろつのことゝいひ経よみうたうたひなとするに

求子歌　第二百三段「見物は」一七九頁

あうりいとたかううちならして神のやしろのゆふたすきとうたひたるはいとをかし

三例とも田植歌　第二百四十八段「かもへまいるみちに」の段　一八三頁

かもへまいるみちにたうふとて女のあたらしきおしきのやうなるものをかさにきていとおほうたちてうたをうたふおれふすやうにまたなにことするともみえてうしろさまにゆくいかなるにかあらむおかしとみゆるほとにほとゝきすをいとなめううたふきくにそ心うきほと、きすをれかやつよをれなきてこそ我はたうふれとうたふをきくもいかなる人かいたくなゝきそとはいひけん

俗謡　第二百四十一段「一条の院をはいま内裏とそいふ」の段　一九三頁

さうなしのぬしおはりうとのたねにそありけるとうたふはおはりのかねときかむすめのはらなりけり

船歌　第二百八十六段「うちとくましき物」の段　二三四、二三五頁

ろといふ物をしてうたをいみしううたひたるはいとおかし

ふねにおとこはのりてうたなとうちうたひて

不明　第二百九十段「おかしと思うたを」の段　二三七頁

おかしと思うたをさうしなとにかきてをきたるにいふかひなきけすのうちうたひたるこそいと心うけれ

不明の四例を除き歌謡を歌ふ例である。和歌も詩も無く、不明の例も和歌とは考へがたく、歌謡の可能性が大きい。二説は内容が不明なので除き、三説は適当でない。枕草子の「うたふ」は不明の四例を別として歌謡を歌ふのであ

り、和歌を歌ふ例は無い。

第七十八段「内のつほね」の段　五八頁

又あまたのこゑして詩すし哥なとうたふにはたゝかねとまつあけたれは

に「詩すし」と別の物として「哥なとうたふ」とあり、詩の朗詠ではない。一説は適当でない。

第九十六段「内は五せちの比こそ」の段　八五頁　梁塵秘抄を歌ふ。

つかさまさりとしきなみそたへといふうたをうたひて

第百四段「五月の御さうしのほとしきに」の段　九一頁　作業歌を歌ふ。

又見もしらぬくるへくものふたりしてひかせてうたうたはせなとするを

第二百四十八段「かもへまいるみちに」の段　一八三頁　田植歌を歌ふ。

いとおほうたちてうたをうたふ

第二百八十六段「うちとくましき物」の段　二三四、二三五頁　二例共船歌を歌ふ。

ろといふ物をしてうたをいみしううたひたるは

ふねにおとこはのりてうたなとうちうたひて

「うた」を「うたふ」以上の五例は全て歌謡を歌ふ。源氏物語には、

『源氏物語大成』若紫　校異篇　一八四、一八五頁　大島本

かひなくて御ともにこゑある人してうたはせ給ふ　あさほらけきりたつ空のまよひにも行すきかたきいもかか

とかな　とふたかへりはかりうたひたるに

と和歌を歌ふ例があり、

『源氏物語大成』若紫　校異篇　一六八頁　大島本

弁のきみあふきはかなううちならして　とよらの寺のにしなるや

と催馬楽を歌ふ例があり、当時和歌に「うたふ」を用ゐた例は存したものの、枕草子には和歌を「うたふ」明証が無い。特に「うた」を「うたふ」のは全て歌謡であり、「哥なとにさへうたへと」は歌謡を歌つたものと認められる。

結論として一説、二説、三説は適当でない。四説「歌謡」が適当である。

十二　か丶せ給へる

榊原邦彦『枕草子本文及び総索引』　第三百二十一段　「このさうしめに見え」の段　二四八、二四九頁

宮のおまへに内のおと丶のたてまつりたまへりけるをこれになにをか丶ましうへのおまへにはしきといふふみをなんか丶せ給へるなとのたまはせしを枕にこそは侍らめと申しかはさはえてよとてたまはせたりしを

の「か丶せ給へる」には解釈上の問題がある。

諸本の本文を『校本枕冊子』で示す。

三巻本　・　おまへ　しき　ふみ　な　たま

能因本　これになにをか丶ましとうへの御前・には史記といふ文・をなんか丶せ給へる・との給・はせしを

前田本、堺本はこの段無し。

「か丶せ給へる」の「せ」は使役、尊敬の助動詞「す」の連用形である。註釈書の説は「せ」を使役の助動詞と考へるものと、尊敬の助動詞と考へるものとの二つに分れる。

使役の助動詞とする註釈書

中村徳五郎『新訳枕草子』　主上には、朕は司馬遷の著はせる史記を写させたり

山内二郎『枕草紙選釈』　天子様は史記といふ本をお書かせなされた

小林栄子『口訳新註枕草紙』　上様は、史記といふ文をおかゝせになつたが
柴田隆『もつとも分り易き枕の草紙の解釈』　主上には史記といふ本をお書かせになりました
中野博之『新釈枕草子』　帝は史記という書物を書写なさせられた

尊敬の助動詞とする註釈書

坪内孝『新訳国文叢書　枕の草紙』　主上は史記をお書きになつた
永井一孝『校定枕草紙新釈』　主上には史記といふ文をお書きになつた
五十嵐力『枕の草子選釈』　陛下は史記といふ書物を御書きになつたがねい
吉村千里『新訳註解枕の草紙』　主上には史記といふ文を御書きになつた
栗原武一郎『三段式枕草子全釈』　主上には、あの草子は、史記といふ書物をおうつしなされた

一条天皇への尊敬表現は会話文には左の例がある。

第七段「うへにさふらふ御ねこは」の段　九頁
　犬をなかさせ給けるかかへり参りたるとててうし給ふといふ
第八十六段「頭中将のすゝろなるそらことを」の段　六五頁
　うへわたらせ給てかたり聞えさせ給ておのこともみなあふきにかきつけてなむもたるなとおほせらるゝにこそ

一条天皇には「給ふ」が用ゐられず、三例とも「せ給ふ」、「させ給ふ」の二重尊敬が用ゐられてゐる。

一条天皇への尊敬表現は地の文には左の例がある。

第七段「うへにさふらふ御ねこは」の段　八、九、一〇頁
　命婦おとゝとていみしうをかしけれはかしつかせ給ふか
　うへおはしますに御覧していみしうおとろかせ給

ねこを御ふところに入させ給て
あさましう犬なともか丶る心ある物なりけりとわらはせ給

第二十段　「せいえうてんのうしとらのすみの」の段　一四、一五、一八頁
はての御はんとりたるくら人まいりておものそうすれはなかの戸よりわたらせ給
はいせんつかうまつる人のおのこともなとめすほともなくわたらせ給ぬ
うへもきこしめしめてさせ給

第五十七段　「しきの御さうしのにしおもての」の段　四六、四七頁
おくのやりとをあけさせ給て
上のおまへ宮のこせん出させ給へは
おきもあへすまとふをいみしくわらはせ給
殿上人のつゆしらてよりきて物いふなともあるをけしきな見せそとてわらはせ給
さてた丶せ給ふたりなからいさと仰らるれと
いらせ給てのちも猶めてたきこと丶もなといひあはせてゐたる

第九十一段　「しきの御さうしにおはします比にしのひさしにて」の段　七九頁
うへもわたらせ給てまことにとし比はおほす人なめりとみしを
かたせしとおほしけるな丶りとうへもわらはせ給ふ

第百八段　「しけいさ東宮にまいり給ふほとの」の段　一〇三頁
えんたうまいるなといふほともなくうちそよめきていらせ給へは
やかて御帳にいらせ給へは女房もみなみおもてにみなそよめきいぬめり

日の入程におきさせ給て山の井の大納言めし入てみうちきまいらせて給てかへらせ給
第百四十一段「円融院の御はてのとし」の段　一二九頁
うへのこのわたりにみえししきしにこそいとよくにたれとうちほゝゑませ給て
第百六十六段「宰相中将たゝのふのふかたの中将」の段　一五〇、一五一頁
申しかはいみしうわらはせ給てさなんいふとてなさしかしなとおほせられしも
うへのおまへにもそうしけれは宮の御かたにわたらせ給て
第二百四十一段「一条の院をはいま内裏といふ」の段　一九三頁
にしひんかしはわたとのにてわたらせ給ひ
わたとのゝにしのひさしにてうへの御ふゑふかせ給
御ふゑふたつしてたかさこをおりかへしてふかせ給は猶いみしうめてたしと
これを御ふゑにふかせ給をそひにさふらひて
いかゝさりともきゝしりなんとてみそかにのみふかせ給に
たゝいまこそふかめとおほせられてふかせ給はいみしうめてたし
第二百七十一段「なりのふの中将は」の段　二二五頁
しきふのおもとゝもろともによるもひるもあれはうへもつねにもの御らんしにいらせ給
第二百九十二段「大納言殿まいり給て」の段　二三八頁
うへのおまへのはしらによりかゝらせ給てすこしねふらせ給をかれ見たてまつらせ給へ
けになと宮のおまへにもわらひきこえさせ給もしらせ給はぬほとに
うへもうちおとろかせ給ていかてありつるとりそなとたつねさせ給に

いみしきおりのことかなとうへも宮もけふせさせ給猶かゝることこそめてたけれ

会話文、地の文共に一条天皇には「給ふ」のみが用ゐられることは全く無く、「せ給ふ」、「させ給ふ」の二重尊敬のみが用ゐられてゐる。地の文に於て常に「せ給ふ」、「させ給ふ」の二重尊敬が用ゐられるのは中宮定子、村上天皇、東三条院、斎院、道長である。

第六段　「大進なりまさか家に」の段　五頁

大進なりまさか家に宮の出させ給ふに　中宮定子

第百八十段　「むらかみの前たいの御時に」の段　一五八頁

ゆきのいみしうふりたりけるをやうきにもらせ給て　村上天皇

第百十三段　「まさひろは」の段　一〇六頁

女院なやませ給とて御つかひにまいりて帰たるに　東三条院

道隆、淑景舎、御匣殿、伊周、隆家などには「せ給ふ」、「させ給ふ」の二重尊敬と、「給ふ」とが併用されてゐる。会話文に於ては村上天皇、中宮、道隆、伊周、宣耀殿女御、斉信、淑景舎に対して「せ給ふ」、「させ給ふ」の二重尊敬と、「給ふ」とが併用されてゐる。しかし、一条天皇に対しては「給ふ」が用ゐられることは無く、地の文でも会話文でも「せ給ふ」、「させ給ふ」の二重尊敬のみが用ゐられてゐる。

第三百二十一段の「かゝせ給へる」のみを「給ふ」の唯一の例とするのは論理的でなく、ここも「せ給ふ」の二重尊敬と見るべきで、作品全体との一貫性を保つことが出来る。「一条天皇がお書きなさつた（お書きあそばした）」と訳しても宸筆といふことではない。保元物語には宸筆の御願書が見えるものの、一般には能筆の臣下に命じて書写させるのである。三蹟の中の二人、藤原佐理、藤原行成と一条朝に名筆が揃つてゐた。

結論として、「かゝせ給へる」の「せ」を使役とするのは不適当であり、尊敬とするのが適当である。枕草子では一条天皇に対して会話文、地の文共に全て「せ給ふ」、「させ給ふ」の二重尊敬が用ゐられてゐるので、ここも二重尊敬として解すべきである。

十三　なゝくりのゆ

榊原邦彦『枕草子本文及び総索引』　逸文第四十段　二五一頁

　いてゆはなゝくりのゆありまのゆなすのゆつかさのゆとものゆ

の「なゝくりのゆ」について、田中重太郎『枕冊子全注釈』二の三九七頁に左の通りある。

　○ななくりの湯　三重県一志《いちし》郡榊原《さかきばら》の温泉かという。

「千蔭云、堀河百首『いかなれば七くりの湯のわくがごとくいづる泉のすゞしかるらむ』、堀河後度百首に常陸の歌『よの人の恋のやまひのくすりとや七くりの湯のわきかへるらむ』」（『集註』）、「一志なるななくりの湯も君がため恋しやまずと聞くはもの憂し」（『夫木抄』）

同書は現在世人が手にし得る最高の枕草子註釈書である。しかし「なゝくりのゆ」については補充の余地があると思はれるので、本稿で考察したい。

田中重太郎『校本枕冊子』に拠り、諸本の本文を示す。

　　第百十七段

三巻本　・・・・・・・・・・・　　　　・・・・・・

能因本　湯はなゝくりの湯ありまの湯・・・・たまくりの湯・・・・・・・・

前田本　ゆ　　　　ゆ　ゆなすのゆ・・・・・つかまのゆとものゆ

堺　本　いて湯はなゝくりのゆありまの湯なすのゆつかさのゆとものゆ

「な、くりのゆ」は諸本とも同じ本文である。三巻本は二類本に見える。

従来の諸註釈書の説は次の通り。

一　信濃国　『枕草子春曙抄』『清少納言枕草紙抄』一説　『枕草紙旁註』　斎藤彦麿『傍註枕草子』一説　佐々木弘綱『標註枕草紙読本』　松平静『枕草紙詳解』　田山停雲『清少納言枕草紙新釈』　武藤元信『枕草紙通釈』　中村徳五郎『新訳枕草子』　内海弘蔵『枕草紙評釈』　物集高量『新釈日本文学叢書　枕草紙』　池田正俊『枕草子精粋』一説

二　常陸国　『清少納言枕草紙』一説

三　伊勢国　斎藤彦麿『傍註枕草子』一説　溝口白羊『訳註枕の草紙』　永井一孝『校定枕草紙新釈』　金子元臣『枕草子評釈』　吉村重徳『新訳註解枕の草紙』　栗原武一郎『三段式枕草子全釈』　金子元臣『枕草子通解』　松本竜之助『学習受験参考枕の草子詳解』　松本竜之助『詳註枕の草紙』　小林栄子『口訳新註枕草紙』　末政寂仙『新修枕草紙評釈』　田中重太郎『日本古典全書　枕冊子』　吉澤義則『校註枕草子』　池田正俊『枕草子精粋』一説　田中重太郎『前田家本枕冊子新註』　五十嵐力、岡一男『枕草子精講』　金子元臣、橘宗利『改稿枕草子通解』　池田亀鑑『全講枕草子』　松尾聰他『新編日本古典文学全集　枕草子』　田中重太郎『日本古典選　枕冊子』　松尾聰他『完訳日本の古典　枕草子』

溝口白羊『訳註枕の草紙』に、

○**七栗湯**　伊勢壱志郡榊原村にあり。夫木集に「一志なる七栗の湯も君が為恋しやまずと」云々とあり、常温七十五度、単純温泉にして無色透明無味無臭なりといふ。

として、榊原温泉であるとし、以下多くの註釈書が之に従ふ。

「な、くりのゆ」の和歌は『松葉名所和歌集』に五首が見える。

六八五四　堀百　いかなれはなゝくりのゆのわくかこといつる泉の涼しかるらん　基俊
六八六四　同後　世の人の恋の病のくすりとやなゝくりのゆのわきかへるらん　常陸
六八七四　夫木　いちしなる岩ねにいつるなゝくりのけふはかひなきゆにも有かな　俊綱
六八八四　同　いちしなるなゝくりの湯も君か為こひしやますと聞は物うし　任信
六八九四　後拾遺　つきもせす恋に泪をわかすかなこやなゝくりの出湯なるらん　相模

『夫木和歌抄』の「任信」は「経信」が正しい。

書陵部蔵の『経信卿家集』（『私家集大成』中古Ⅱ）に、

さぬきのかみの、ふしみにゆわかしてよひしに、まからさりしかは、かくありし
○七二　いちしなるいはねにわけるなゝくりのけふはかひなきゆにもあるかな
かへし
○八二　いちしなるなゝくりのゆもきみかためこひしやますときけはものうし

とあり、書陵部蔵の『大納言経信集』（『私家集大成』中古Ⅱ）に、

讃岐守俊綱、伏見にゆわかしてよひ侍りけるに、まかり侍らさりけれは、かれより
四五二　いちしなるいはねにいつるなゝくりのけふはかひなきゆにもあるかな
返
四六二　いちしなるなゝくりのゆもきみかためこひしやますときけはものうし

とある。

「なゝくりのゆ」が和歌に詠まれたのを承けて、歌枕として歌学書に見える。

『五代集歌枕』　卅八　温泉　なゝくりのゆ　国不審。ナヽクリトイフトコロ伊勢ニアリ。若彼所ニヤ。

『和歌初学抄』　雑　信乃　なゝくりのゆ
『和歌色葉』　雑　信乃　なゝくりのゆ
『八雲御抄』　廿四　温泉　信なゝくりのいでゆ（相模歌）　しなのゝ御ゆ（なゝくり同レ之）
『夫木和歌抄』　ななくりのゆ　信濃
『和歌藻しほ草』　温泉卅四　同名所　七九里温（同（しなの）「つきもせすこひに涙をつくすかなこや七くりのいてゆなるらん」）
古活字版の『藻塩草』も同じである。
『匠材集』　なゝくりの湯　信濃の名所也
『類字名所和歌集』　七久里湯　信濃
『類字名所補翼鈔』　七久里湯　清少納言云、湯はなゝくりのゆ　信濃
『勝地通考目録』　信濃　七久里湯

これらの書を通覧すると『五代集歌枕』が国不審とする他は、「なゝくりのゆ」を信濃国とすることに纏められてゐる。『五代集歌枕』で紀伊国を挙げなからも断定せず、一案を示すにとどまる。これからすると信濃国として伝承されて来たのであり、「なゝくりのゆ」は信濃国とするのが歌学書の考へであつた。

『清少納言枕草紙抄』　一説に常陸国とする。これは「世の人の」の和歌の作者名の常陸を「なゝくりのゆ」の国名と取違へたのであらう。『和歌文学大辞典』に、「俊成の女、女御殿大弐か。」とある。

『日本歴史地名大系　長野県』八七九頁に、

　七潜湯は歌枕であるが、歌学書類には伊勢・相模などともあり、確定しがたい。

とあり、相模国とする説があるとする。しかし、これも「つきもせす」の和歌の作者名の相模を「なゝくりのゆ」の国名と取違へたのであらう。相模は夫の大江公資が相模守に任ぜられたのが縁で相模と呼ばれた。

「な丶くりのゆ」を常陸国、相模国とする説は何ら根拠が無いことから、伊勢国、信濃国とする説について考へる。俊綱の和歌に「いちしなるいはねに出るな丶くりの」とあり、経信の和歌に「いちしなるな丶くりのゆ」とあり、「いちし」は地名であり、「な丶くりのゆ」よりも広い範囲を示す地名であると考へられる。

伊勢国の「な丶くり」は『神鳳鈔』に「七栗御園」として中世の文書に記されてゐる。『日本歴史地名大系　三重県』四七八頁の久居市の条に、

当市域の西方を七栗郷《ななくり》と称したことがあるが、中世に発生した称呼であって、古代郷との関連は明らかでない。

とするものの、『古代地名大辞典』一〇八五頁に、

地内一色には七栗の湯元と伝える湯出谷古跡（現在は冷泉）も残る。榊原温泉とは隔るが往古は同温泉も七栗の範囲か。

とする。三重県一志郡内であり、和歌の「いちし」は一志郡を指すものであらう。

『伊勢名所拾遺』に、

古老伝云一志郡七栗といふ所に湯あり、これをななくりの湯といふ津より坤方四里

とあり、『伊勢国誌』、『勢陽五鈴遺響』は七栗の湯を榊原温泉とする。久居市榊原町にあり。雲出川の支流榊原川の上流域である。榊原の地名が文献に見えるのは文明年間で、古くは一帯が七栗と呼ばれた。

『ひさい散策　榊原編』に、

榊原温泉

古くはこの地を七栗上村《ななくりかみむら》と呼んでいました。一帯には榊が自生しており、その榊が神宮の祭祀《さいし》に使われていたことから「榊が原」と呼ばれ、地名が榊原になったと伝えられています。

榊原温泉は「清少納言ゆかりの日本三名泉」といわれていますが、それは、枕草子に「湯は七栗の湯。有馬の

湯。玉造の湯。」と讃えられ、この「七栗の湯」が榊原温泉だといわれています。

とあり、地元に「なゝくりのゆ」が榊原温泉とする言伝へがあることを記す。

「なゝくりのゆ」が信濃国の何処であるかについて二説がある。

一　上高井郡高山村の山田温泉

二　上田市大字別所温泉

一説の山田温泉は吉田東伍『増補大日本地名辞書』北国東国　第五巻　七七一頁に左の通りある。

牛久保《ウシクボ》　小布施の東二里半、山田温泉即此とす。（中略）山田《ヤマダ》川の南岸七所に涌くものを、七潜《ナナクリ》の湯と云ふ。八雲御抄に「七くりの湯、信濃」とあるを見れば、古より著れたるにや。

『日本歴史地名大系　長野県の地名』八七八頁に左の通りある。

山田温泉《やまだおんせん》　(現)高山村奥山田字牛窪

発見は「上高井郡誌」は応永（一三九四―一四二八）頃とし、「倭田邑史」には、元和五年（一六一九）高井野村に居館した福島正則が「領内の七《なな》くりの湯《ゆ》・隈窪《くまくぼ》の湯《ゆ》・川窪《かわくぼ》の湯《ゆ》等へも行き、入湯を下知」とある。

これに拠ると、江戸時代初めに「七くりの湯」があつたことは確実であるものの、古くに開湯したものではない。

二説については長野県商工部産業振興課観光係の教示では、

長野県では、上田市にございます「別所温泉」が古来より「七久里の湯」と呼ばれ、枕草子にうたわれた「ななくりの湯」であるとされています。

との由であり、長野県では別所温泉とするのが通説となつてゐる。

『日本歴史地名大系　長野県の地名』一八九頁の別所村　(現)上田市大字別所温泉に左の通りある。

「枕草子」の「七久里《ななくり》の湯」、歌枕の「七潜《ななくり》湯」とはこの温泉という伝承があるが、歴史の古いことは付近の夫《お》神岳《がみ》の中腹から多くの布目瓦が発掘されることからも想像される。

『信州の鎌倉・塩田平とその周辺』に、別所温泉が古くから七久里の湯と呼ばれたとあり、『信州の鎌倉　塩田平をたずねて』に、別所温泉の外湯の一つ大師湯は天長二年（八二五）に慈覚大師が入湯したことから名付けられたとある。平安時代初期には名湯として存在してゐたことになる。

「なゝくりのゆ」が信濃国にあつたことは、平安時代から江戸時代までの歌学書が一致してゐて、何らかの根拠に基づくものと思はれる。『書言字考節用集』にも、「七久里湯《ナナクリノユ》　信州筑摩郡　世云二信濃温泉一」として、場所はずれてゐるものの信濃国とする。

契沖の『勝地通考目録』に、「一名所に同名異所あり。常磐山の、山城、丹波、相模に、おの〳〵有かことし。」とある通り、名所の地名は一ケ所のみとは限らない。

これまでの考察より、「なゝくりのゆ」は伊勢国と信濃国との二ケ所に古くから存在してゐた可能性がある。

結論として、「なゝくりのゆ」は左の通りである。

一　常陸国、相模国ではない。

二　「いちしなる」とあり、平安時代末期に伊勢国一志郡にあつたのであろう。今の榊原温泉の辺である。

三　平安時代から江戸時代までの歌学書が一致して信濃国にあるとするので、平安時代から信濃国の温泉が、「なゝくりのゆ」と呼ばれたやうである。

四　信濃国の別所温泉は平安時代初期に既に名湯として知られてゐた。

五　平安時代の「なゝくりのゆ」は伊勢国の榊原温泉と信濃国の別所温泉と二ケ所が伝へられてゐる。

六　経信の家集に「いちしなるなゝくりのゆ」と詠まれてゐるので、伊勢国の榊原温泉が枕草子の「なゝくりのゆ」の有力候補地である。

第二章　枕草子「しきの御さうしにおはします比にしのひさしに」の段の読み

一　おりひつ

第九十一段「しきの御さうしにおはします比にしのひさしに」の段の

三巻本　・・　・て・も　くせさ　その　・・・いれ

能因本　またくらきにおほきなるおりひつなともた・せてこれに・・しろからん所ひと物入・て

の能因本「おりひつ」の読みは諸説がある。前田本及び堺本はこの段が無い。

諸註釈書の説は次の通り。

一　をりうづ　山鹿素行写『古注枕草子』「おりうづとよむへし源氏ノよみくせ也」『枕草紙旁註』金子元臣『校註枕草子』

二　をりうづ　をりびつ　『枕草子春曙抄』　本文に「おりひ《う》づ」。「おりひつ　折櫃《ヲリウヅ》也　桐壺巻におりひつ物こものとあるをおりうづ物とよむ也」　金子元臣『枕草子評釈』　栗原武一郎『三段式枕草子全釈』

三　をりびつ　『清少納言枕草紙抄』　本文に「おりびつ」　斎藤彦麿『傍註枕草子』　萩野由之他『日本文学全書枕草紙』

『枕草子春曙抄』に源氏物語の桐壺の例を引く。源氏物語より前の作品の例としては、宇津保物語に「をりびつ」

の例が九例、「ひとをりびつ」が四例ある。

『宇津保物語本文と索引』本文編　吹上の上　五〇三頁　前田家本

　ぢんのおりびつに、しろがねのこい・ふなをつくりいれ、

『宇津保物語本文と索引』本文編　吹上の上　五〇八頁　前田家本

　こゝはかぢや。しろがね・こがねのくぢ廿人ばかりゐて、よろづの物、むま・人・をりびつなどつくる。

他の七例も「おりびつ」の仮名表記である。「一おりびつ」三例、「ひとおりびつ」一例がある。

源氏物語の例は左の通り。

『源氏物語大成』校異編　桐壺　二六頁　池田本

　そのひのおまへのおりひつものこ物など右大弁なんうけたまはりてつかうまつらせける

校異に拠ると、青表紙本の肖柏本は「おりひつもの」の「ひ」に「う」が並列して書入れてある。

『源氏物語大成』校異編　若菜上　一〇五五頁　大島本

　こものよそえたおりひつ物よそち中納言をはしめたてまつりてさるへきかきりとりつゝき給へり

『源氏細流抄』の桐壺の巻に、「おりひつ　〇おりうづと読なりおりにいれたる物なり」とあり、萩原広道の『源氏物語評釈』にも引いてゐる。『源氏清濁』に、「おりひつ《ヲリウヅ》もの」とあり、『源氏詞清濁』に、「一おりひつ《ヲリウヅ》物」とあり、源氏物語講釈の伝統の中では「をりうづ」が受け継がれてゐた。

『紫日記』（黒川本紫式部日記）に左の例がある。

　をりひつ物こものともなととの、御方よりまうち君たちとりつゝきてまゐれる

『栄花物語の研究』校異篇　巻八　はつはな　上巻　五二二頁　梅沢本

　大殿の御方よりおりひつものなとさへきまうちきみたちとりつゝきまいる

『栄花物語の研究』 校異篇 巻十一 つぼみ花 中巻 九七頁 梅沢本

さま〳〵のおりひつ物こものなとかすをつくしてせさせ給へり

この他に、梅沢本に「おりひつ」二例、「おりひつもの」一例がある。

これまで引いた枕草子、宇津保物語、源氏物語、紫式部日記、栄花物語は「をりひつ」の仮名表記であった。これは引いた底本だけのことではなくて、諸本も同じで、「をりひつもの」も「をりひつ物」となる程度である。

『安斎随筆』巻之十四に、「○折櫃 古書に見えたりヲリウツと云ふなり」とあり、『嬉遊笑覧』巻二に、「をりうづ」とある。しかし何れも時代の降つた江戸時代の文献である。

結 論

一 一説「をりうづ」、二説「をりうづ」「をりびつ」は適当でなく、三説「をりびつ」が正しい。

二 「をりうづ」は「をりびつ」が後世に変化したものである。

三 各作品の諸本は何れも「をりひつ」（をりびつ）の本文である。

四 唯一「をりうつ」とある源氏物語の肖柏本は源氏講釈の流れの中で加へられたものであらう。

二 四 日

第九十一段「しきの御さうしにおはします比にしのひさしに」の段の

三巻本 まことは 夜・・ を 取・ ・・ ・・

能因本 誠・・に四日の夕さりさふらひとも・やりてとりすてさせしそ返事にいひあてたりしこそ

「四日」の読みは諸説がある。

一 よか 『枕草子春曙抄』 『枕草紙旁註』 『清少納言枕草紙抄』 三教書院『袖珍文庫 枕の草紙』 物集高量

『新釈日本文学叢書　枕草紙』　『新釈日本文学叢書　枕草紙』の他は、第七段「うへにさふらふ御ねこは」の段の、「三四日」の条に拠る。

二　よつか　西下経一『枕草子』　この書は「十四日」も「じふよつか」と振仮名を施す。

「よつか」の用例は時代が降つた作品に見える。

『天草版平家物語』（勉誠社）

Sate Guemjiua yoccano fini Ichinotaniye　二五四頁　Feiqemo yoccani　二五九頁

古辞書類にも見える。

『ラホ日辞典』　yocca　三例　yoccameni　一例　yoccani　一例　yoccano　一例

『コリヤード自筆西日辞書』　yocca　二例　『コリヤード日本文典』　iocca　一例

『コリヤード羅西日辞典』　yoccame　二例　『書言字考節用集』　一日《ヨツカ》（四日《ヨツカ》）

『ロドリゲス日本大文典』　yocca　一例

これらの辞書の編纂された時代には「よつか」であつたが、古くからの読みであつたのではない。

『名語記』　巻第四　次　四日ヲヨカトイヘル如何　四ハヨ也　ヨモノ反日ハカ也　キハノ反

北野克『名語記』の一四四二頁に、「文永末又は建治初年の成立・訂正・書写であらうと思ふのである。」とあり、鎌倉時代初期には「四日」は「よか」であり、「よつか」はその後に変化したものであることが確かである。従つて二説「よつか」は誤であり、一説「よか」の方が古いことになる。

但し「よか」が平安時代に遡り得るか否かは問題である。

『蜻蛉日記校本・書入・諸本の研究』　天禄二年十二月

心よはき心ちしてともかくもおほえてようか許のものいみしきりつゝなんたゝいま今日たにとそおもふなと

と「ようか」がある。底本の桂宮本及び八本が「ようか」で、三本が「よそか」である。

『源氏物語大成』 校異篇 玉鬘 七三一頁 大島本

いみしく覚つゝからうしてつはいちといふ所に四日といふみのときはかりにいける心ちもせていきつき給へり

校異に拠ると、別本の保坂本が「ようか」である。

「四日」は殆どが漢字表記であり、仮名表記は極めて稀である。蜻蛉日記及び源氏物語の仮名表記に拠ると、平安時代は「ようか」であり、鎌倉時代に「よか」となり、更に「よつか」となつた事になる。「八日」は「やうか」であり、混淆は起らない。日本書紀 巻二十四の「四五日間」に岩崎本は「ヨカ」、北野本、図書寮本は「ヨウカ」の訓があり、平安時代には「ヨウカ」が主流であつたやうである。

結論として枕草子の「四日」は「ようか」である。

第三章　「清涼殿のうしとらのすみの」の段の読み

一　円融院

三巻本　ゑんいう　に　・・　おほ　れは

能因本　円融・・院の御時・・御前・にてさうしに歌ひとつかけと殿上人に仰・せられけるを

前田本　ゑんにう　とき　せん　おほ

「円融院」について次の説がある。

一　ゑんゆうゐん　山鹿素行写『古注枕草子』『枕草子春曙抄』『枕草子旁註』

二　ゑんにうゐん　『枕草紙杠園抄』

三　ゑにゆうゐん　阿部秋生、野村精一『古典評釈枕草子』

夙に『枕草子春曙抄』に「ゑんゆうゐん」と仮名表記で読みを示したため、『枕草子春曙抄』の本文を用ゐた昭和時代中期迄の註釈書はそれに従ひ、三巻本の本文が「ゑんいう院」であるため、三巻本の本文を用ゐた註釈書はそれに従ひ、殆ど一「ゑんゆうゐん」で統一されてゐる。

『枕草紙杠園抄』は、

公任楽詞書ニ、ヱニウヰントカキタリ、コレニシタガヒテヱンニウヰントヨムベシとする。前田本の本文は「ゑんにう院」であるから、田中重太郎『前田家本枕冊子新註』も其の儘翻刻する。

『枕草紙杠園抄』の引いた「ヱニウヰン」は「ヱンニウヰン」の撥音の脱落した形である。撥音の無表記と考へて「ヱニウヰン」としたものだが、三「ゑにゆうゐん」は撥音の無い形を是としたものである。

「ゑんゆうゐん」が「ゑんにうゐん」となるのは連声である。連声は鎌倉時代以降多く見られるやうになり、「鎌倉中期を下らざる書写であることだけは断言出来るであらう」（田中重太郎『前田家本枕冊子新註』解説二九頁）といふ前田家本に現れる。『音曲玉淵集』に、

円融《エンニウ》《ユウ》　是ハエンニユウトハ不ㇾ唱ゆうヲいうト割ユへはね字ノウツリニテに〇うト唱フ

とあり、円融の連声は広く行はれたやうであるが、枕草子の成立時代に迄遡らせるのは誤である。

結論として、

一　二「ゑんにうゐん」、三「ゑにゆうゐん」は連声であり、枕草子の成立時代には無かつた。

二　一「ゑんゆうゐん」が正しい。

最明寺本『宝物集』に、「花山法皇《クワサンノホウワウ》　後《コ》一条院《テウノヰン》の位《クラヰ》の御時《ヲムトキ》」があり、「法皇」「院」の上に「の」が入る。『教行新証』に、「後鳥羽院《ノチノトハノ》」とあり、『西方指南抄』に、「高倉院《タカクラノヰン》　華山院《クワサンノヰン》」があり、何れも「院」の前に「の」が入る。

『ロドリゲス日本大文典』では、

「の」の入る院　花山の院　一条の院　三条の院　後一条の院　後三条の院　白河の院　鳥羽の院　近衛の院
　後白河の院　二条の院　六条の院　高倉の院
「の」の入らぬ院　陽成院　朱雀院　冷泉院　円融院　後朱雀院　後冷泉院　崇徳院

と二分されてゐて、「円融院」は「Yenyŭ in」として、「の」が入らない。

栄花物語や大鏡では円融院は漢字表記で「の」を確認出来ない。『ロドリゲス日本大文典』の「の」の入る院は前

に挙げた文献の「の」の入る院と一致して、根拠のあるものと思はれる。円融院は「ゑんゆうゐん」として「の」を入れずに呼称されたのであらう。

二　御時

三巻本　ゑんいう　　　　に・・　・・　　　　　　おほ　　れは
能因本　円融・・院の御時・・御前・にてさうしに歌ひとつかけと殿上人に仰・せられけるを
前田本　ゑんにう　　　とき　　せん　　　　　　　おほ

「御時」の読みについて諸説がある。

一　おほむ（おほん）とき　『枕草子春曙抄』　古谷知新『国民文庫　枕草紙』　永井一孝『枕草紙源氏物語選釈』
　　塚本哲三『有朋堂文庫　枕草紙』
二　おんとき　中村徳五郎『新訳枕草子』　溝口白羊『訳註枕の草紙』　物集高量『新釈日本文学叢書　枕草紙』

この段の後文にも「御時」がある。

三巻本　むらかみ　　　に　え　　　　　　　　　のおほいとの、
能因本　村・上・の御時・せんようてんの女御と聞えけるは小一条の左・大臣・殿・の御むすめに
前田本　むらかみ　　　え　殿・　　申・　　　　　ゝ・女・・

この「御時」については次の説がある。

一　おほむ（おほん）とき　『枕草子春曙抄』　古谷知新『国民文庫　枕草紙』　塚本哲三『有朋堂文庫　枕草紙』
二　おんとき　中村徳五郎『新訳枕草子』　物集高量『新釈日本文学叢書　枕草紙』

「御時」は平安時代の文学作品に多い。『源氏物語』の「御時」については宮嶋弘『国文新釈叢書　源氏物語』に

「みとき」と読む説があり、「おほむ（おほん）とき」、「おんとき」、「みとき」の三説がある事になる。仮名表記例は、左の通り。

「みとき」の例

『日本書紀　図書寮本』　巻第二十一　用明紀崇峻紀
是の《ノ》皇女、自此の天皇の時《ミトキ》の逮《オヨフマテ》乎炊《カシキ》屋姫の《ノ》天皇之世《ミヨ》に、奉《ツカマツル》日神の祀に。自、退葛城に而薨《ミウセマシヌ》《ウセタマヒヌ》。
『俊景本宇津保物語と研究』　蔵開の上　第二巻　資料篇　一七二三頁
わが親の御《み》時になくなりにたるを・我つくらせて・母北の方に奉らんとおぼして・
前田家本、延宝五年板本、浜田本は「みとき」である。

「おほむ（おほん）とき」の例

『本妙寺本日本紀意宴和歌本文並びに用語索引』
おなしみかとのおほむときにやまとのくにいまきのこほりのまうせるひのくまのむらのひと
おなしきおほむときに聖徳太子まうしたまはくひとのいのちはたつくることによる
『大和物語の研究』　第百六十八段　系統別本文篇　上　三一九頁　伝為家筆本
ふかくさのみかと丶まうしけるおほむ時良少将といふ人いみしき時にてありけりいとといろこのみになむありける
『今鏡本文及び総索引』　うちぎゝ　第十　ならのみよ　二八九頁
古今の序に、「かのおほむ時、おほきみつのくらゐ、かきのもとの人丸なむ、哥のひじりなりける」とあるに、
蓬左文庫本、慶安三年板本は「おほん時」である。
『古今和歌集成立論』　序　資料編　上　三九頁　私稿本
いにしへよりかくつたはるうちに、ならのおほむときよりそひろまりける。

諸本の仮名表記は次の通り、

おほむとき　基俊本　黒川本　右衛門切

おほむ時　伝寂蓮筆本

お《御(朱)》ほむとき　永治本　天理本

おほんとき　雅俗山庄本　昭和切

お《御イ》ほんと《時イ》き　静嘉堂本

の例がある。

『古今和歌集成立論』序　資料編　上　三九頁　私稿本

かのおほむときにおほきみ丶つのくらゐかきのもとの人丸なんうたのひしりなりける。

諸本の仮名表記は次の通り、

おほむとき　黒川本　天理本

おほむ時　筋切本　元永本　六条家本　寂恵本　伊達本　高松宮家本　宗牧筆本　頓阿本

おほんとき　雅俗山庄本　静嘉堂本　昭和切

おほん時　永暦本　二条家相伝本

の例がある。

『古今和歌集成立論』序　資料編　上　四〇、四一頁　伝寂蓮筆本

かのおほむときよりこのかたとしはも丶とせあまりよはとつきになんなりにける。

以下同書により詞書中の「おほむ（おほん）」の仮名表記例を挙げる。

一二番　おほん時　雅俗山庄本

おほんとき　静嘉堂本

おほむとき　高野切

二四番　おほんとき　静嘉堂本

四六番　おほんとき　静嘉堂本　高野切

六〇番　おほんとき　雅俗山庄本　静嘉堂本

九二番　おほん時　雅俗山庄本
　　　　おほんとき　静嘉堂本
　　　　おほむとき　高野切
一〇一番　おほん時　雅俗山庄本
　　　　おほんとき　静嘉堂本　高野切
一〇八番　おほんとき　静嘉堂本
一一六番　おほんとき　静嘉堂本　高野切
一一八番　おほんとき　静嘉堂本
一三一番　おほんとき　静嘉堂本
一五三番　おほんとき　静嘉堂本
一七七番　おほんとき　雅俗山庄本　静嘉堂本
一七八番　おほんとき　雅俗山庄本　静嘉堂本　建久本
二一二番　おほんとき　雅俗山庄本　静嘉堂本
二三八番　おほんとき　雅俗山庄本　静嘉堂本
二四三番　おほんとき　静嘉堂本
二五五番　おほんとき　雅俗山庄本　静嘉堂本
　　　　おほむとき　高野切
二六四番　おほんとき　雅俗山庄本　静嘉堂本　高野切
二六九番　おほんとき　静嘉堂本　高野切
二七一番　おほんとき　雅俗山庄本　静嘉堂本
二七二番　おほんとき　静嘉堂本　建久本　高野切
三〇一番　おほんとき　高野切
三一〇番　おほんとき　雅俗山庄本　静嘉堂本
三二六番　おほんとき　静嘉堂本
三四〇番　おほんとき　静嘉堂本
三四七番　おほんとき　今城切
五五八番　おほんとき　雅俗山庄本
六三九番　おほんとき　雅俗山庄本
六八八番　おほんとき　雅俗山庄本
八〇二番　おほんとき　雅俗山庄本
八〇九番　おほんとき　雅俗山庄本
八四七番　おほんとき　雅俗山庄本　建久本
八七四番　おほんとき　雅俗山庄本
八八五番　おほんとき　雅俗山庄本　雅経本　建久本
九〇三番　おほんとき　雅俗山庄本

九六二番　おほんとき　雅俗山庄本　雅経本
九九三番　おほんとき　雅俗山庄本
九九七番　おほむとき　雅俗山庄本　　九九八番　おほん時　雅俗山庄本　　一〇二〇番　おほんとき　雅俗山庄本　　一〇三一番　おほんとき　雅俗山庄本
『平安朝歌合大成』廿巻本歌合　前関白師実歌合　巻五　一四三七頁
皇太后宮のおほんときの人々おもひいできこえけれ
久曾神昇『仮名古筆の内容的研究』伝源俊頼筆唐紙拾遺抄切　一五九頁
天暦おほんとき斉宮のくだりはべりけるとき、
『西本願寺本三十六人集精成』朝忠集　二三五頁
むらかみのおほんときにさいぐのおほむくだりに、とうしにていまはかへりなんとて
『西本願寺本三十六人集精成』公忠集　二四七頁
あきだいごのおほむときに、御前のすゝきのむすばれたるを御覧じて、
『西本願寺本三十六人集精成』敏行集　二六八頁
おなじおほむときゝさいのみやのうたあはせに
『西本願寺本三十六人集精成』忠見集　三六六頁
延ぎのおほむとき、みつねがさぶらひけるれいにて、「みづしどころにさぶらはせむ」とおほせられて、
『私家集大成』忠岑集　中古Ｉ　一八八頁　書陵部蔵本
えんきのおほんときの月なみの御ひやうふに、なつはつるに
『私家集大成』堤中納言集　部類名家集本　中古Ｉ　二〇九頁
たいこのおほんとき、さくらのはなのちりたるをかきあつめて殿上におかせたまへるをみて

『私家集大成』源公忠朝臣集　中古Ⅰ　三〇六頁　高橋蔵本

秋に、たいこのおほんときに、御前のすゝきのむすはれたるを御覧してあれは、

『私家集大成』解題　伝西行筆小色紙　俊忠集断簡　中古Ⅱ　八二一頁

ほりかはの院のおほむとき　たいりのうた　たいいはひ

『古筆切資料集成』伝藤原公任筆　公忠集切　巻三　一五二頁

おなしおほんときくのえにてしものなかのきくをしむといふこゝろを

『日本思想大系　古代中世芸術論』古来風体抄　二七二頁

その、ち、延喜のひじりのみかどのおほんとき、紀貫之・紀の友則・凡河内躬恒・壬生忠岑などいふものども、（中略）その、ち、むらかみのおほんとき、又、みち〳〵おこさせたまひけるに、

『日本思想大系　古代中世芸術論』古来風体抄　二七四頁

堀河院のおほんとき、このみちこのませたまひ、百首のうた、人々にめす事などありて、

上代の尊敬語接頭語は「み」が多く、「おほみ」も用ゐられた。「とき」に「み」の付いた例があるのは上代で普通の用法である。平安時代では時代全体を通じて「おほむ（おほん）」が主流であり、「み」は限られた用法となつた。仮名表記の用例が少ない為、断定は難しいけれど、左の三つに分けられる。

一　「み」のみが用ゐられた語

「みてぐら」「みあかし」「みやすむどころ」「みかど」「み帳」など、神祇、仏教、宮中、殿舎、調度関係の語。

二　「み」と「おほむ」（おほん）」との両方が用ゐられた語

「みこころ」「おほむ（おほん）こころ」　「みむすめ」「おほむ（おほん）むすめ」

三　「おほむ（おほん）」のみが用ゐられた語

「おほむ（おほん）いのり」　「おほむ（おほん）が」

一は特定の分野の語については上代からの「み」が平安時代を通して変らず用ゐられたものである。

二は、

イ「み」が本来で、「おほむ（おほん）」は誤写、誤用と思はれるもの

みてぐらづかひ　おほむてぐらづかひ　みこしをか　おほむこしをか

ロ「み」は会話文に用ゐられ、「おほむ（おほん）」は地の文に用ゐられる傾向があるもの

みおもひ　おほむおもひ　みかた　おほむかた

ハ「み」が特定の関係に限られて用ゐられ、「おほむ（おほん）」は一般に広く用ゐられたもの

みな　おほむな　みぞ　おほむぞ

ニ「み」は成立が古い時代の作品に多く用ゐられ、「おほむ（おほん）」は成立が新しい時代の作品に多く用ゐられたもの

みおとうと　おほむおとうと　みむすめ　おほむむすめ

に分けられるが、混在してゐる場合もある。

三の中には「み」の用例が見当らぬだけで、二に入るべきものもあらう。

「とき」の語は、「みとき」「おほむ（おほん）とき」の仮名表記例の存在から二になる。イロハではなくニになる。

上代では「みとき」で、宇津保物語に「みとき」がある事から、平安時代にも用ゐられてゐた事が明らかである。

しかし成立の古い古今和歌集に「みとき」が見当らず「おほむ（おほん）とき」が用ゐられてゐるので、かなり古くから「おほむ（おほん）とき」が普通に用ゐられてゐたやうである。『源氏清濁』『源氏詞清濁』に「いつれの御《ヲン》時」があり、『河海抄』の「いつれの御時にか」の条に「おゝんとよむべし」とあり、源氏物語では「おほむ（おほ

ん）とき」と伝へられてゐた。同時代の枕草子も「おほむ（おほん）とき」であらう。「おん」は枕草子の成立した時代に広く用ゐられたものではなく、時代が降つて用ゐられた。従つて「おんとき」は誤である。

結論

宇津保物語の「みとき」の仮名表記例から、「みとき」が枕草子でも用ゐられた可能性が全く無いとは言へない。しかし多くの仮名表記例や、源氏物語の註釈書の説などから判断すると、枕草子では、「おほむ（おほん）とき」であつたと推測し得る。二ケ所とも一「おほむ（おほん）とき」が適当であり、二「おんとき」は誤である。

三　御前

三巻本　ゐんいう　に・・　・・　おほ　れは
能因本　円融・・院の御時・・御前・にてさうしに歌ひとつかけと殿上人に仰・せられけるを
前田本　ゐんにう　とき　せん　おほ

「御前」の読みについて諸説がある。

一　ごぜん　『枕草子春曙抄』　萩野由之他『日本文学全書　枕草子』　萩野由之『標註枕草子』　松平静『枕草紙詳解』　古谷知新『国民文庫　枕草紙』

二　おまへ　物集高量『新釈日本文学叢書　枕草紙』

この段の後文にも「御前」がある。

三巻本　おまへ　お　・　もと　おほせ　も
能因本　古今のさうしを御前・にをかせ給ひて歌・ともの本・を仰・・られてこれかすゐはいかにと
前田本　・うた　もと　おほせ

「御前」の読みに諸説がある。

一　おまへ　『枕草子春曙抄』　塚本哲三『有朋堂文庫　枕草紙』

二　おんまへ　内海弘蔵『枕草紙評釈』　島田退蔵『枕草紙選釈』

三　みまへ　釘本久春『枕草子とその鑑賞』

四　おほんまへ　田中重太郎『枕冊子全注釈』

二ケ所の「御前」について、「ごぜん」、「おまへ」、「おんまへ」、「みまへ」、「おほんまへ」の五説がある。

前に拙稿「中古仮名作品に於ける『御前』（『平安語彙論考』教育出版センター）で「御前」を考察し、

一、貴人の前や、貴人を指す意の場合は「おまへ」である。表記は「おまへ」「御まへ」「御前」などがある。

二、前駆の意の場合は「ごぜん」である。表記は「こせん」「御せん」「御前」などがある。

を結論とした。従つて前文に引いた枕草子の二例の「御前」は貴人の前の意であるから「おまへ」である。

前例の前田本は「御せん」で「ごぜん」である。ここの他にも前田本、三巻本の一部に「こせん」、「御せむ」、「御せん」表記の例があるが、枕草子成立時代のものではない。各系統に別れた後の誤写、書替などにより生じた。

「おんまへ」の例。

『源氏物語大成』　真木柱　校異篇　九五九頁　大島本

兵部卿の宮御前の御あそひに候給てしつ心なくこの御つほねのあたり思やられ給へは

校異に拠ると別本の長谷場本が「をむまへ」である。この本は伝冷泉為相筆で、時代が降る。『源氏物語大成』巻七　研究資料篇　二七三頁に鎌倉時代中期の書写とある。

『法華百座聞書抄』に「ヲムマヘ」があり、『宝物集』の最明寺本に「御《ヲム》まへ」があり、鎌倉時代には「おんまへ」があつたのを平安時代の作品にも遡らせて考へたに過ぎない。枕草子の「御前」を「おんまへ」とするのは誤である。

「みまへ」の例。

『本妙寺本日本紀意宴和歌本文並びに用語索引』　下五オ

　そのやきしのむねよりとほりてたかむすひのみことのみまへにいたる

榊原邦彦『水鏡本文及び総索引』　第四十三代　文武天皇　一三六頁　蓬左文庫本

　御門大安寺に行幸ありてほとけの御まへにたな心をあはせ

た、おほきならんか、みを仏のみまへにかけてそのうつり給へらん影を礼したてまつり給へ

前例は専修寺本が「みまへ」である。後例は専修寺本、古活字本も「みまへ」である。水鏡には他に四例「御まへ」がある。一三六頁の二例は共に「仏（ほとけ）の」に続く。他の四例は「仏」に続く場面ではない。

上代では古事記や日本書紀の古訓に「みまへ」があり、「おまへ」ではなかつた。平安時代に入ると、主に歌語、漢文訓読語として用ゐられた。三宝絵詞には「仏のみまへ」、「尺迦ノミマへ」とあり、水鏡の仏教関係の場面に「みまへ」が用ゐられたのと共通する。「みあかし」、「み修行（誦経）」、「みずほう」、「みだう」、「みてら」、「みど経」、「みのり」など仏教関係の語に「み」が用ゐられてゐた。

枕草子の第四十七段「木は」の段　能因本

　榊りんしの祭御神楽のおりなといとおかしよに木ともこそあれ神の御前のものといひはしめけんも

の「御前」は三巻本が「おまへ」で、堺本の多くが「みまへ」である。この「みまへ」も神祇関係の場合の故に「みまへ」であると言へる。「みまへ」は限定されて用ゐられ、一般には「おまへ」であつたから、枕草子の普通の場面を「みまへ」とするのは誤である。

「おほむ（おほん）まへ」の例。

『宇津保物語本文と索引』　春日詣　本文編　二七三頁　前田本

うちかづけて、おほむまへよりかの宮こかぜを給りて、おなじきこまのこゑを、てつくしてひく。

俊景本、延宝五年板本、浜田本は「おほんまへ」である。前田本には他に「おほむまへ」「おほんまへ」が各一例ある。しかし「おまへ」は五十五例、「をまへ」は四例あり、「おほむまへ」は普通に用ゐられたとは言へない。『岷江御聞書』に「御前《ヲンマヘ》」があり、『源氏物語大成』薄雲、校異篇六一二頁の横山本に「おほんまへ」の例があるものの他の六本は「おまへ」である。枕草子の「御前」を「おほむ（おほん）まへ」とするのは誤である。

結論として両例とも「おまへ」である。

四　関　白

三巻本　たゝいま　・・・　きこ　時

能因本　只・今・関白殿・道隆の三位中将と聞・えける比・

前田本　たゝいま　ゝ・・・　きこ　とき

「関白殿」の「関白」の読みについて諸説がある。

一　くわんばく　『枕草子春曙抄』

二　くわんぱく　古谷知新『国民文庫　枕草紙』　中村徳五郎『新訳枕草子』　溝口白羊『訳註枕の草紙』　塚本哲三『有朋堂文庫　枕草紙』　物集高量『新釈日本文学叢書　枕草紙』

今鏡の慶安三年刊本に「くはんばく」の振仮名が見える。

すべらぎの上　第一　雲井　さきのみかとの関白《くはんばく》におはしまして

すべらぎの上　第一　雲井　関白殿《くはんばくどの》の高陽院《かうよう》に行事ありて

すべらぎの下　第三　おとこやま　御めのとは二条の関白《くはんばく》の御子に

すべらぎの下　第三　おとこやま　きさきのおやにて関白殿《くはんばくとの》おはしませは
すべらぎの下　第三　ふた葉の松　御はゝきさきも関白《くはんばく》の御むすめになりて
ふぢなみの上　第四　ふぢなみ　三代の関白《くはんばく》におはします
ふぢなみの上　第四　梅のにほひ　関白《くはんばく》の前太政《たいじやう》大臣よりみちのおとゝは
ふぢなみの上　第四　梅のにほひ　みかとおとなにならせ給ぬれは関白《くはんばく》と申き
ふぢなみの上　第四　ふしみの雪のあした　猶関白《くはんばく》の御こなるへし
ふぢなみの上　第四　ふしみの雪のあした　関白《くはんばく》の御こにてもおはするなるへし
ふぢなみの下　第六　ゑあはせのうた　関白《くはんばく》にはなり給はさりしかとも
ふぢなみの下　第六　ゆみのね　法性寺《ほうせうじ》のおとゝ関白《くはんばく》にてあるましきことゝ
ふぢなみの下　第六　たけのよ　みかと関白《くはんばく》につきたてまつりては
ふぢなみの下　第六　花ちるにはのおも　関白《くはんばく》つき給へき人なとはなちては
むらかみの源氏　第七　むらさきのゆかり　院にも関白《くはんばく》にもはゝかり給はぬ人におはしけり

これ以外は漢字表記のみか、漢字に「くはんはく」と振仮名をする。
「関白」は多くの古辞書に見える。

春林本下学集　関白《クワンバク》　関白《クワンバク》　中関白《クワンバク》　静嘉堂文庫本運歩色葉集　関白《クワンバク》
天和三年板下学集　関白《クワンバク》　元亀二年京大本運歩色葉集　関白《クワンバク》
妙本寺蔵永禄二年いろは字　関白《クワンバク》　関白《クワンバク》　永禄二年本節用集　関白《クワンバク》
和漢通用集　関白《くわんばく》　易林本節用集　関白《クワンバク》　関白《クワンバク》
伊京集　関白《クワンバク》　合類節用集　関白《クハンバク》

堯空本節用集　関白《クワンバク》
弘治二年本節用集　関白《クハンバク》
書言字考節用集　関白《くわんばく》
図書寮零本節用集　関白《クハンバク》
経亮本節用集　関白《クハンバク》
天正十八年本節用集　関白《クワンバク》
正宗文庫本節用集　関白《クワンバク》
饅頭屋本節用集　関白《クハンバク》
明応五年本節用集　関白《クワンバク》
節用集大成　関白《くわんばく》
壒嚢鈔　関白《クハンバク》
慶長三年耶蘇会板落葉集　関白《くはんばく》
日葡辞書　Quanbacu
日仏辞書　Couanbacou　クワンバク
日西辞書　Quanbacu
羅日辞典　Quambacu
ラホ日辞典　Quambacu

辞書以外の切支丹資料にも見える。

ロドリゲス日本大文典
　七八頁　Tatoi Quambacu naritomo
　三二〇頁　Toyotomino xin Faxibano Quambacu
　三二八頁　Quambacu
　六八〇頁　Quambacu
　六九五頁　Quambacu
　七四五頁　Quambacu

天草版平家物語
　一三頁　Quanbacudono
　一四頁　Quambacudono　Quambacudono
　一五頁　Quambacu dono　Quambacu
　Quambacuodono
　一六頁　Quãbacudono　Quambacudono
　Quambacudono　Quambacudono
　Quambacudono
　一七頁　Quambacudono

一九七頁　Quanbacudono
二二四頁　Quanbacu　Quanbacu　Quanbacu
目録一頁　Quanbacudono

「Quambacu」十例、「Quanbacu」六例、「Quabacu」一例である。「Quābacu」の「ā」は撥音を示し、「an」、「am」と差が無い。

『日本古典文学大系　平家物語　下』の平家読み方一覧に拠ると、

クハンバク　高野本平家物語　　くはんばく　葉子十行本平家物語
「白」に濁符　龍門文庫本平家物語　　「白」に濁符　平家正節

とあり、「ば」と濁音になつてゐる。

「関白」の「白」は連濁で「ば」と濁音になつた。同様な連濁の語として、「天白」を検討してみよう。天白神を祀るのが天白社で中部地方に多い。古い信仰で祭神など不明である。天白社に因む地名が各地にある。天白社の表記に「天獏」、「大天獏」、「天縛」があり、「てんばく」であることが明らかである。『明治十五年愛知県郡町村字名調』に拠る字名では、「天白」、「天伯」、「天獏」など、

テンバク　二十三　　テンパク　七　　テンハク　十八

の発音であり、明治十五年に於て「てんばく」が圧倒して多く、「てんぱく」は少数に留まる。

「天白」は江戸時代「てんばく」であつたが、「関白」の場合、室町時代、江戸時代を通じて「くわんばく」、「くはんばく」」、「Quambacu」、「Quanbacu」、「Couanbacou」のみであり、後世でも「くわんばく」であつたから、平安時代の枕草子では当然「くわんばく」であつた。拙著の『古典新釈シリーズ　枕草子』（中道館）、『枕草子本文及び総索引』（和泉書院）、『今鏡本文及び総索引』（笠間書院）は「くわんばく」とした。

今鏡の慶安三年刊本は江戸時代の書であるものの、伝統の読みを受け継いだものであらう。古辞書の読みや、「天白」の読みを参考にしても、枕草子の時代に「くわんばく」であつたと断定出来る。

結論として、一「くわんばく」が正しい。枕草子の時代「関白」は「くわんばく」であつた。

五　三　位

三巻本　たゝいま　　　　・・・　　　　きこ　　時

能因本　只・今・の関白殿・道隆の三位中将と聞・えける比・

前田本　たゝいま　　　ゝ・・・　　　　きこ　　とき

「三位」の読みについて諸説がある。

一　さんゐ　古谷知新『国民文庫　枕草紙』

二　さんみ　中村徳五郎『新訳枕草子』　永井一孝『枕草紙源氏物語選釈』　溝口白羊『訳註枕の草紙』　金子元臣『枕草子評釈』　物集高量『新釈日本文学叢書　枕草紙』

「さんみ」は近時の註釈書にも多く、石田穣二『角川文庫　枕草子』、川瀬一馬『講談社文庫　枕草子』、松尾聰他『新編日本古典文学全集　枕草子』などに「さんみ」とある。

「三位」は作品で漢字表記されることが殆どであるけれども、一部の仮名表記がある。

上村悦子『蜻蛉日記校本・書入・諸本の研究』七〇頁　康保四年十一月

　山ふかくいりにし人もたつぬれとなをあまくものよそにこそなれ

とあるもいとかなしかるよに中将にや三ゐにやなとよろこひをしきりたる人はところ〳〵なる

ミゐ　学習院所蔵上田秋成手跋本　東京大学所蔵南葵文庫旧蔵本

みゐ　吉田幸一氏所蔵本
三ゐ　宮内庁書陵部桂宮本　国会図書館上野支部所蔵本　大東急記念文庫所蔵本　彰考館文庫所蔵本　無窮会図書館所蔵（井上頼圀博士旧蔵）本　鵜飼五郎氏所蔵（阿波国文庫旧蔵）本　東京大学所蔵（荻野由之博士旧蔵）本　東京教育大学所蔵清水浜臣本　京都大学所蔵清水浜臣校本　松平文庫本

『源氏物語大成』夕顔　校異篇　一四〇頁　大島本

右近はなくなりにける御めのとのすてをきて侍けれは三位の君のらうたかり給てかの御あたりさらすおほしたて給しをおもひたまへいつれはいかてかよに侍らんすらん

校異に拠ると、「三位の君」の部分は、「三ゐの君」御物本、「三ゐきみ」池田本で「三ゐ」がある。

『源氏清濁』に、「正《サンミ》」、「上三ゐ」があり、『源氏詞清濁』に、「正《サンミ》」、「一上三ゐ」があり、「さんみ」が見られはするが、『源氏清濁・岷江御聞書』一五九頁の解説に、「江戸時代初期の後水尾院（一五九六―一六八〇）を中心とする堂上における源氏講釈の実態」を示すとある通り、時代を遡るものではない。

古辞書の一部に「さんみ」、「さんゐ」がある。

静嘉堂文庫本運歩色葉集　三位《サンミ》　弘治二年本節用集　三位《ミ》
元亀二年京大本運歩色葉集　三位《イ》　妙本寺蔵永禄二年いろは字　三位《ヰ》
節用集大全　三位《さんミ》　易林本節用集　三位《ミ》

「さんみ」が当時行はれてゐたことを示す。

「三位」が「さんみ」と発音されるやうになつたのは「陰陽」「親王」「仁和」などにも生じた連声の結果であり、平安時代の枕草子の時代には無い。拙著の『古典新釈シリーズ　枕草子』（中道館）、『枕草子本文及び総索引』（和泉書院）、『今鏡本文及び総索引』（笠間書院）、『水鏡本文及び総索引』（笠間書院）は「さんゐ」とした。

結論として枕草子の「三位」は「さんゐ」である。

六　古　今

三巻本　は　のうた　ふ・ん
能因本　さて・古今・・・・廿巻をみなうかへさせ給はんを御かくもんにはせさせ給へとなむ
前田本　は　の歌　を　なから　・・・・・・・・・・そ・

「古今」の読みについて諸説がある。

一　ここん　永井一孝『枕草紙源氏物語選釈』
二　こきん　『枕草子春曙抄』　萩野由之『標註枕草子』　溝口白羊『訳註枕の草紙』　塚本哲三『有朋堂文庫　枕草紙』　林森太郎他『国文学選　枕草紙抄』

「こきん」と詠むのは註釈書の殆どであり、古い書のみを挙げた。

「ここん」と振仮名を施す永井一孝『枕草紙源氏物語選釈』には註など無いが、慶野正次「古今集の読み方」（『国語解釈』第二巻第四号）に「ここん」であると説く。

古今和歌集をコキンワカシユーと読むことは今日の常識となつてゐるが、正しくはココンワカシユーといふべきであらう。安斎随筆六（故実叢書本一五五）に、

古今和歌集　我が国朝廷の事物称呼多くは呉音を以て唱ふ。特に歌題歌書等には呉音を用ふる事なれば、古今も呉音にてココンと唱ふべき事なれども、昔より漢音にてコキンと唱へ来れり、一偏に心得べからず

とあるやうに、呉音・漢音区別のある場合の書名は専ら呉音の採られるのが普通となつてゐる。

後撰集―ゴセンシユー　後拾遺集―ゴシユーイシユー

霊異記―リヨーイキ　　　　今昔物語―コンジヤクモノガタリ

古今著聞集―ココンチヨモンジユー

但し、前掲安斎随筆に、古今を「昔より漢音にてコキンと唱へ来れり」とあるが、たしかな根拠が示してない。

仮りに漢音読みが優勢だつたとしても

隆家は「ココン」とよんだ（為家抄）―日本文学大辞典

古今和歌集の諸本に仮名表記の例がある。仮名序の永暦本に、[註一]

すへて千うたはたまき、なつけてこきむわかしふといふ。

として「こきん」とある。

他の諸本では、

静嘉堂本	古今和歌集《こきむわかしふイ》	雅経本	こきむわかしふ	寂恵本	こきむわかしふ
六条家本	こきんわかしう	昭和切	こきんわかしふ	伊達本	こきむわかしふ

と仮名表記全てが「こきん」であり、「ここん」は一本も無い。『古今集清濁』に、「古今和哥集《コキンワカシウ》巻《クハン》第一《ダイイチ》」とある。

星野五彦「「霊異記」は「リヤウイキ」か「レイイキ」か」[註二]（「解釈」第十三巻第十二号）に、

	漢音	呉音		漢音	呉音
古今集	コキンシフ	ココンジフ	金葉集	キンエフシフ	コンエフジフ
後撰集	コウサンシフ	グセンジフ	詞花集	シクワシフ	ジケジフ
拾遺集	シフヰシフ	ジフヰジフ	千載集	センサイシフ	センサイジフ
後拾遺集	コウシフヰシフ	グジフヰジフ	新古今集	シンコキンシフ	シンココンジフ

と勅撰和歌集の書名の読みを一覧にしてある。

同稿に後撰集は問題の存する旨の指摘があるが、拾遺集以下は漢音の読みが従来行はれて来た。但し慶野正次「古今集の読み方」には、新古今を、「シンココンと唱ふべきである。」とするものの大勢を占めるに到らない。

星野五彦「『霊異記』は「リヤウイキ」か「レイイキ」か」に結論として、

　右によって整理するならば、奈良・平安時代を通じて仏教説話類は呉音訓みが慣用化されていたのであり、一方漢詩論集類をはじめ和歌集の初期にあたる万葉集以外はいずれも漢音訓みが行なわれていた。

とある。正鵠を射たものであり、敬聴すべき論と思はれる。

現在普通に行はれてゐる古代の書名の読みについて考へると、呉音と漢音とが存在する。

　呉音の読み　日本霊異記　往生要集　古事記

　漢音の読み　懐風藻　文華秀麗集　経国集

古来呉音は定着し、今猶仏教語は勿論のこと、数字の音読の如く一般の語にまで広く用ゐられる。礼記（らいき）、文選（もんぜん）など漢籍の書名に呉音読が目立つのは、当時の呉音盛行の反映である。しかし朝廷は奈良時代末期から平安時代初期にかけて、呉音に代る新しい漢音の使用を強く奨めるに到つた。桓武天皇の延暦十二年に従来の呉音を退け、新来の漢音を奨励する勅命が出るなど、内典外典を問はず漢音を正音とした。漢詩文の書名に漢音が用ゐられた他に、勅撰和歌集は公的なものであつたが故に、勅撰和歌集の書名に漢音が用ゐられたのであらう。後撰和歌集を除き拾遺和歌集以下の勅撰和歌集の書名は漢音で統一されてゐる。古今和歌集の書名の読みは後撰和歌集よりも拾遺和歌集以下の勅撰和歌集の書名の読みとの類似性があらう。大鏡の千葉本に「古《コ》今《キン》」の傍訓がある。古今和歌集は漢音で「こきんわかしふ」と読むのが、諸本の仮名表記と一致するし、正しい。

結論として、一の「ここん」とする説は適当でない。二の「こきん」とする説が適当である。

註

一　古今和歌集の諸本の本文は久曾神昇『古今和歌集成立論』に拠る。
二　引用に当り、組方などを一部変更した。

七　宣耀殿

三巻本　むらかみ　　に　え　　　　　　　　のおほいとの、
能因本　村・上・の御時・せんようてんの女御と聞えけるは小一条の左・大臣・殿・の御むすめに
前田本　むらかみ　　　え　殿・　中・　　　　　　　、・女・・

「宣耀殿」の読みについて諸説がある。

一　せんえうでん　『枕草子春曙抄』（せんようでん）『清少納言枕草紙抄』（せんようでん）藤井高尚『清少納言枕冊子新釈』（せんようでん）斎藤彦麿『傍註枕草子』佐々木弘綱『標註枕草紙読本』萩野由之『標註枕草子』
二　せえうでん　萩谷朴「日本文学読本」（「むらさき」昭和十五年九月号）
三　せんにようでん　松平静『枕草紙詳解』三教書院『袖珍文庫　枕の草紙』永井一孝『枕草紙源氏物語選釈』物集高量『新釈日本文学叢書　枕草紙』内山晋一『枕の草紙』
四　せんえうでん　せんにょうでん　工藤誠『枕冊子新釈』

三巻本、能因本、前田本ともに仮名表記であるのに読みの諸説があるのは、『枕草紙旁註』、『清少納言枕草紙抄』の本文は「宣耀殿女御」と漢字表記であるのも一因であらうか。

枕草子の「宣耀殿女御」はここの例のみである。「宣耀殿」は他に二例ある。

第九十六段「内は五せちの比こそ」の段　八四頁

せうえうてんのそりはしにもとゆひのむらこいとけさやかにていてゐたるも

三巻本の諸本の本文は「せうえうてん」と「せんようてん」とがあり、二分されてゐる。前田本は「せんえう殿」である。能因本の「清涼殿」は文意が通じず誤写であろう。「せう」の「う」は撥音を表記したものであらう。

第百八段「しけいさ東宮にまいり給ふほとの」の段　一〇一頁

御てうつまいるかの御かたはせんえうてん貞観殿をとをりてとう女二人しもつかへ四人してもてまいるめり

三巻本の諸本の他の本文は、「せんよう殿」、「せんえうてむ」、「せんえう殿」、「せむゑうてん」である。能因本の諸本の本文は、「せんようてん」、「せんよう殿」、「せんえう殿」、「せむゑうてん」である。前田本は「せんえう殿」。

「宣耀殿」の仮名表記は他の作品にある。

『宇津保物語本文と索引　本文編』国譲の下　一五一四頁　前田本

かくて、日の宮はそぎやう殿に、こ大臣殿のせんよう殿、いまのはれいけい殿に、左の大殿のはやがてふぢつぼ、

宇津保物語の諸本の仮名表記は「せんよう殿」の他、「せうやう殿」、「せうよう殿」、「せうえう殿」である。

『宇津保物語本文と索引　本文編』国譲の下　一五一五頁　前田本

せんえう殿は、ぶくにてさとに。みかどはひさしく人もまうのぼらせ給はず。

宇津保物語の諸本の仮名表記は「せんえう殿」の他、「せうえう殿」、「せんよう殿」である。

『千葉本大鏡』　左大臣師尹　二七頁

御女村上の御時の宣耀殿《センエウテン》の女御かたちおかしけにうつくしうおはしけり

『栄花物語の研究　校異篇』上巻　巻第四　みはてぬゆめ　二二一頁　梅沢本

十二月のついたちにまいらせ給むかしおほしいて、やかてせんえう殿にすませ給かひありて

西本願寺本は「せむえう殿」、陽明文庫本は「せんえう殿」である。
富岡甲本に多くの例がある。巻一より巻八迄は上巻、第九は中巻の頁数。
せんようてん　巻一の五六頁　巻八の五五九頁
せんよう殿　巻七の三九五頁　四四三頁　巻九の二一頁　二三頁
せんえうてん　巻四の二三五頁　二三五頁　二三八頁　巻五の三二九頁　巻八の四六七頁　五五五頁　五五九頁
せんえう殿　巻四の二一九頁　二二〇頁　二三九頁　二四一頁　二四一頁　二四七頁　二五一頁　二七一頁　巻七の四四二頁　四四二頁　巻八の四五二頁　五四六頁　五五六頁　五五六頁　五五六頁　五七〇頁　五七一頁

『古活字本狭衣物語』　巻第一之上　一一オ　左大将の御女せんえう殿と聞えて春宮にいみしう時めき給をりつる御返りいつれもおかしき中にせんえうてんのは御手もこゝろことにおかしけにて

『古活字本狭衣物語』　巻第一之上　一二オ　ありつる御返りいつれもおかしき中にせんえうてんのは御手もこゝろことにおかしけにて

内閣文庫本は「せんゑうてん」、蓮空本、九条家旧蔵本は「せんよう殿」、宝玲本は「せんようてん」である。
内閣文庫本は「せんゑうてん」蓮空本、九条家旧蔵本は「せんよう殿」、宝玲本は「せんようてん」である。
『古活字本狭衣物語』　巻第一之上　三三ウ　いひたはふれさせ給ひてせんえう殿にわたらせ給ぬれは
内閣文庫本は「せんゑうてん」、宝玲本は「せんようてん」である。
『古活字本狭衣物語』　巻第三之下　三五オ　なおふるくよりさふらひ給てせんようてんそとりわき給へるさまに物したまへと
内閣文庫本は「せんゑうてん」、蓮空本は「せんえうてん」、宝玲本は「せんようてん」である。
『日本古典文学大系　堤中納言物語』　はなだの女御　四一一頁　榊原忠次侯蔵本　せんえう殿はきくときこえさ

せむ。みやの御おぼえなるべきなめり。

三手文庫本、書陵部蔵本、高松宮家本、広島大学蔵本、久邇宮本も「せんえう殿」である。

『校本夜の寝覚』　巻一　三五二頁　島原本

そきやうてんはさとにいて給にしかは后おほいとの、女御せんえう殿ときこゆるそさふらひ給へと

静嘉堂文庫本は「せむえう殿」である。

『今鏡本文及び総索引』　すべらぎの下　第三　おほうちわたり　七七頁　畠山本

関白殿は、「宣耀殿《セムエウデム》」を御とのゐ所にせさせ給へり。

慶安三年刊本は「宣耀殿《せんえうてん》」である。

『今鏡本文及び総索引』　すべらぎの下　第三　をとめのすがた　八二頁　畠山本

ふぢつぼには、中宮ぞをはしましける。との丶御とのゐ所は、なを宣えう殿なりき。

蓬左文庫本、慶安三年刊本は「せんえうてん」である。

『私家集大成　中古I』　斎宮集　歌仙家集

せえう殿の女御の御もとに

四七さかさま《たまさか》にとふらひありやと春日野の野守はいか丶告やしつらん

古辞書類にも見える。

色葉字類抄　前田本　宣耀殿《センエウテン》　拾芥抄　宣耀殿《センヤウ》

色葉字類抄　黒川本　宣耀殿《センエウ》　大内裏抄　宣耀殿《センヨウ》

増補下学集　宣耀殿《センヨウ》

「耀」の歴史的仮名遣は「エウ」であり、「ヨウ」、「ヤウ」は「エウ」に帰一する。多くの作品及び古辞書類に頻出す

る「せんえうてん」が当時の読みを明示する。

二の「せえうでん」とする説は斎宮集に例がありはするものの孤例である。正保版本であり、信頼出来る本文とは言ひ難い。「宣」の「ん」のみが無表記になる蓋然性は乏しく、不適切な説である。

三、四の「せんにようでん」とする説は「耀」が連声で「によう」となつたとする訳である。連声は中世に入ると多く行はれるに到つたものの、平安時代には極めて稀であり、枕草子の時代に連声があつたとするのは無理がある。「せんにようでん」は否定すべきである。

結論として二「せえうでん」は古い用例が無く誤である。三、四の「せんにようでん」は連声の読みが当時あつた筈は無く誤である。一「せんえうでん」は各作品の用例が多く、古辞書類にもあり、適当である。

拙著の『古典新釈シリーズ　枕草子』（中道館）、『枕草子本文及び総索引』（和泉書院）、『今鏡本文及び総索引』（笠間書院）は「せんえうでん」とした。

八　女　御

三巻本　むらかみ　　に　え　　　　　　　　　のおほいとのゝ

能因本　村・上・の御時・せんようてんの女御と聞えけるは小一条の左・大臣・殿・の御むすめに

前田本　むらかみ　　え　殿・　申・　　　ゝ・女・・

「女御」の読みについて諸説がある。

一　にようご　『枕草子春曙抄』　萩野由之他『日本文学全書　枕草子』　萩野由之『標註枕草子』　古谷知新『国民文庫　枕草紙』　中村徳五郎『新訳枕草子』　永井一孝『枕草紙源氏物語選釈』

二　によご　池辺義象『校註国文叢書　枕草紙』　三谷栄一、伴久美『全解枕草子』　榊原邦彦『古典新釈シリー

ズ　枕草子』

「女御」が「にょご」か「にようご」かについては、既に拙著『平安語彙論考』（教育出版センター）で考察した。本稿では用例などを加へ、改めて考察する事にしたい。

枕草子の諸本の状況は次の通りで、全て漢字表記の「女御」である。

三巻本　女御　二例　かん院の左大将の女御　一例　せんえうてんの女御　一例　春宮の女御の御かた　一例

能因本　女御　二例　閑院の太政大臣の女御　一例　せんようてんの女御　一例　春宮の御はゝ女御　一例

前田本　女御　二例　せんえう殿の女御　一例　春宮の女御　一例

源氏物語始め多くの作品に「女御」の語が見えるものの、殆ど漢字表記であり、仮名表記例は極めて乏しい。

『宇津保物語本文と索引　本文編』　国譲の上　一三三四頁　前田本

ねうごのきみおはしまして、とのゐもの、ねさうぞくなどはたてまつれ給。

『今鏡本文及び総索引』　むらかみの源氏　第七　もしほのけぶり　二二九頁　畠山本

かの御とき、ねうご、きさきかたぐ〵うちつゞきおほくきこへ給しに

『今鏡本文及び総索引』　むらかみの源氏　第七　もしほのけぶり　二三〇、二三一頁　畠山本

六条殿の御むすめは、ほりかはのゐむの御時に、ぎやうでむと申なるは、ねうごのせむじなどはなかりけるにや、

宇津保物語の前田本は近世初期の書写である。『日本古典文学大系　宇津保物語』の校異欄に「諸本ねうこ」とあるが、俊景本は「女御」である。今鏡の畠山本は鎌倉時代中期の書写であると認められる。従つて鎌倉時代中期から近世初期に於ては「女御」は「にようご」であつた事になる。

『小右記』　永観二年十一月十四日条

今夜侍臣五六人許、於大納言如御上直盧東戸辺給酒、暁更侍臣等被物云々、

『小右記』　長徳三年七月五日条

為故左衛門、今日令立率都婆供養、以仁僐阿闍梨令行、左衛門者是如御々乳母、

と小右記に二例の「如御」がある。前者は秘閣本の広本であり、後者は鎌倉時代の写本の伏見宮本の略本である。共に後代の書写ながらも、自筆本の表記を伝へたものと考へられる。「如」は「如来」などの「によ」であり、「如御」は「によご」である。

枕草子と同時代の小右記に「によご」があるのであり、枕草子の「女御」は「によご」であつたと考へられる。

古辞書では時代の古いものに「によご」がある。

色葉字類抄　前田本　女御《ニヨコ》后妃部

黒川本　女御《ニヨコ》后妃部　私曰ニヤ《ヨ歟》ウト引カ　名目遣也

他の古辞書は「にようご」が多いけれど、

節用集大全　女御《ニヨゴ》　合類節用集　女院《ニヨイン》　女御《ゴ》

と古い「によご」を伝へてゐるものもある。又、訓点年中行事の四月の条に「女御《ニヨコ》」がある。この書は三条公忠が平安時代の年中行事に就き、有識読みを正確に伝へるために細心の注意を払つたものとされ、平安時代の読みを忠実に再現したものと思はれる。

名目抄　陽明文庫甲本　女御《ニヨウコ》　饅頭屋本節用集　女御《ニヨウゴ》后

陽明文庫乙本　女御《ニヨウコ》　易林本節用集　女御《ネウゴ》皇后

増補下学集　女御《ニヨウゴ》皇女皇后　黒本本節用集　女御《ニヨウコ》

書言字考節用集　―御《ニヨウゴ》
運歩色葉集　女御《ニフゴ》
永禄二年本節用集　女御《ニヨウゴ》皇后
堯空本節用集　女御《ニヨウゴ》皇后
両足院本節用集　女御《ニヨウゴ》皇后
和漢通用集　女御《ニヨウゴ》
村井本節用集　女御《ニヨウゴ》
慶長九年本節用集　女御《ニヨウゴ》
枳園本節用集　女御《ニヨウゴ》
新写永禄五年本節用集　女御《ニヨウコ》皇后
経亮本節用集　女御《ニヨウゴ》皇后
天正十七年本運歩色葉集　女御《ニヨウコ》皇后
元亀二年京大本運歩色葉集　女御《ニウゴ》皇后
日葡辞書　Nhôgo
平家正節　女御《ニヨウゴ》
天草版平家物語　nhôgo　二例

これら「にようご」は多いけれど、「によご」が「にようご」に変化した後の時代のものである。「女房」も枕草子の時代に「によばう」であり、後に「にようばう」に変つた。「女院」も「によゐん」が「にようゐん」になつた。結論として枕草子の時代に「女御」は「によご」であり、二の「によご」とする説が正しい。

九　左大臣殿

三巻本　　　　のおほいとの、　　・・ると　奉ら・
能因本　小一条の左・大臣・殿・の御むすめにおはしましけれはたれかはしり聞・えさらん
前田本　　　　　　　　、・女・・　すと・・　きこ

「左大臣殿」の読みについて諸説がある。

一　さだいじんどの　古谷知新『国民文庫　枕草紙』中村徳五郎『新訳枕草子』短歌雑誌編輯部『枕草紙』
二　ひだりのおとどどの　窪田空穂『枕草紙評釈』物集高量『新釈日本文学叢書　枕草紙』

三　ひだりのおとど　　池田亀鑑『清少納言枕草子鑑賞講座』
四　ひだりのおほいとの（おほいどの）　山岸徳平『校註日本文学大系　枕草子』　藤村作『清少納言枕草子』　西
　義一『校註枕冊子』　田中重太郎『新修枕冊子』
三巻本は仮名表記であり、四の説になる。三巻本の諸本は岩瀬文庫本、勧修寺家本が「おほゐとの」である他は、
諸本共に「おほいとの」である。能因本、前田本は漢字表記「左大臣殿」であり、読みが問題になる。
大臣、左大臣、内大臣の諸本の表記は次の通り。三巻本は岩瀬文庫本、能因本は三条西家旧蔵本。

三巻本　大臣　二例　　左のおほゐとの　一例　　左のおほとのかた　一例　　うちの大いとの　一例　　内
　　　　のおと丶　一例
能因本　大臣　二例　　左大殿　一例　　左大臣殿　一例　　内大臣殿　一例　　内の大殿　一例
前田本　大臣　一例　　左大臣殿　一例　　内大臣殿　一例

源氏物語の大臣の表記は『源氏物語大成』校異篇の底本に拠ると次の通り。

太政大臣　大政大臣　　六例　　おほいまうち君　　一例
左右大臣　左右大臣　　一例　　左右おと丶　　一例　　左右の大臣　　一例
左大臣　　左大臣　　　二例　　左大臣との　　一例　　左の大臣　　一例
　　　　　左大殿の女御　一例　　左のおはいとの　四例　　ひたりのおほとの　一例
　　　　　左のおほい殿　一例　　左のおと丶　　四例　　左の大殿　　一例
　　　　　ひたりのおほいとの丶きみ　一例
右大臣　　右大臣　　　三例　　右大臣殿　　　四例　　右大臣の女御　一例
　　　　　右のおほいとの　二例　　右のおほゐとの　一例　　右のおほい殿　　二例

右の大殿	八例	右大殿	七例	右の大との	三例
みきの大殿	一例	右大との	一例	右のおほとの	一例
右のおほ殿	一例	右のおとゝ	十七例	みきのおとゝ	二例

内大臣

内大臣	四例	内の大殿	一例	内大臣殿	一例
内の大との	一例	うちのおほいとの	四例	うちの大殿	二例
内のおほいとの	三例	うちのおほとの	一例	うちのおほゐとの	一例
うちのおとゝ	八例	内の大いとの	一例	内のおとゝ	八例

枕草子の三巻本に見られる和語の「おほいとの」、「おほとの」、「おとゝ」は源氏物語の左大臣、右大臣、内大臣共に見られ、その時代に広く用ゐられてゐた。

『元亀二年京大本運歩色葉集』、『天正十七年本運歩色葉集』、『静嘉堂文庫本運歩色葉集』には「大臣殿」に「ヲ、イトノ」の傍訓があり、『源氏清濁』に「右大臣殿《ミキノオホイトノ》」、『源氏詞清濁』に「右大臣殿《ミキノヲホイトノ》」があり、「おほいとの」は広く用ゐられたと思はれる。「大殿」表記の語は「おほいとの」と読まれる事が多かつたであらう。

「大臣」の漢字表記の語は漢語か和語か不明である。

第二百二十五段「やしろは」の段　一九二頁「中将はかんたちめ大臣になさせ給てなんありける」はどちらにも考へられるものの、第百八十四段「くらゐこそ猶めでたき物はあれ」の段　一六五頁「中納言大納言大臣などになり給ては」の「大臣」は和語で訓読したとするより、漢語で「だいじん」と音読したと考へるのが穏当であらう。

『色葉字類抄』の黒川本に「大臣《ダイシン》在左右内」があるし、『最明寺本宝物集』に、「大臣大納言《タイシム》」、「関白《クワンハク》左大臣《サタイシン》頼通」、「内大臣《ナイタイシンノ》左大将《サタイシヤウ》教通」、「大臣等《タイシンラ》」、「大臣《タイシン》公卿《クキヤウ》」があり、『足利本法華経』に「こくわう大しん」があり、『源氏清濁』、『源氏詞清濁』に「右大臣《ウダイジン》の女御」がある。

『源氏物語大成』　校異篇　巻二　八八五頁　行幸
　左右大臣内大臣納言よりしもはたましてのこらすつかうまつり給へり
『源氏物語大成』　校異篇　巻三　一四九七頁　竹河
　左大臣うせ給て右は左にとう大納言左大将かけ給へる右大臣になり給
の「左右大臣内大臣」は漢語として音読したものであらうし、「左大臣」、「右大臣」も和語の可能性は少ないのではなからうか。
『宇津保物語本文と索引　本文編』には、
　さ大臣　　二〇七頁一行　　大じんども　　一七三九頁一行
があり、当時「だいじん」と読む場合があつた事は確かである。
　前に挙げた三巻本諸本の大臣の語の表記は、
三巻本　漢字二例　仮名四例　能因本　漢字六例　前田本　漢字三例
であり、三巻本に比べて能因本が漢字表記を多用してゐる事が目立つ。これは他の段にも共通する傾向であつて、「ひとつ」の語を例にして見ると、能因本の、
　九十一段二一行　そのきぬ一とらせて　　二百二十五段三一行　一はうこかしけるに
　九十一段三一行　きぬ一たまはせたるを　　二百五十六段二五行　おろしの御そ一たまはぬそ
　百四段九行　いま一しておなしく　　三百十二段五行　てうとの中にも一つ、
　二百二十五段三一行　まことに一はうこかす
の漢字表記「一」は三巻本では全て「ひとつ」の仮名表記である。
従つてこの段の「左大臣殿」も和語の読みであるのを漢字表記にしたものであり、漢語として読んだものではない

確率が大きいと思はれる。三巻本の「おほいとの」が枕草子の本来のものであらう。
枕草子では、
一　「大臣」表記の語は漢語として「だいじん」と音読したと思はれる用例が他の段にはある。
二　ここは三巻本の「おほいとの」が本来の和語の用法を伝へてゐて、能因本は和語の漢字表記である。
結論として、
一説　「さだいじんどの」は適当でない。
二三説　「ひだりのおとど（どの）」は当時の読みにはあるけれど、三巻本と一致しない。
四説　「ひだりのおほいとの」が三巻本と一致し、当時多く用ゐられたので適当である。

十　御むすめ

三巻本　　　　　　のおほいとの、　　　　　・・　ると　　奉ら・
能因本　小一条の左・大臣・殿・の御むすめにおはしましけれはたれかはしり聞・えさらん
前田本　　　　　　　　　　　、・女・・　　　すと・・　　きこ

「御むすめ」の読みについて諸説がある。「御」が問題であり、三説がある。
一　おんむすめ　古谷知新『国民文庫　枕草紙』　中村徳五郎『新訳枕草子』　内海弘蔵『枕草紙評釈』　永井一孝『枕草紙源氏物語選釈』
二　おむすめ　池田亀鑑『清少納言枕草子鑑賞講座』　稲村徳『枕草子の解釈と鑑賞』　稲村徳『枕草子解釈と鑑賞』
三　みむすめ　佐藤正憲『明解対訳枕草子』　松田武夫『評釈枕草子』
他に『源氏清濁』、『源氏詞清濁』に「をん《ヲン》むすめ」があり、「御むすめ」の「御」は「おん」、「お」、「み」、「おほ

ん」の四説がある事になる。

前田本の逸文、第二十五段「くら人はつねにつかまつりし所の」の段

あまくりのつかひにまいりおほむゝすめのきさき女御なとの御つかひに心よせをとてまいりたるに

に「おほむゝすめ」があり、拙著『枕草子及び平安作品研究』(和泉書院)九三頁で言及した。又、大和物語の「御むすめ」については同書の四七五頁以降に於て諸作品の仮名表記例を挙げて考察した。ここでは同書に基づき用例などを補ひ、再度考察する。

諸作品に「みむすめ」と「おほむ(おほん)むすめ」と両様の仮名表記例がある。

『私家集大成』貫之集　中古Ｉ　三〇五頁　伝行成筆自撰本切

かの中納言のみむすめのみやすんところ

『私家集大成』清輔朝臣集　中古Ⅱ　六〇〇頁

いもうとのはらに、中摂政のおほんむすめむまれたまへることをよろこひて、

貫之集は原本が貫之の自撰で、書写年代も現存最古である。行成筆が信頼出来る伝へならば清少納言と同時代の書写といふ事になる。

清輔朝臣集は成立が院政期末以降であり、底本の御所本は近世の写本であるから、古い時代には「みむすめ」であつたのが、後代に「おほむ(おほん)むすめ」となつた事を示すものである。

『宇津保物語本文と索引』吹上の上　本文編　四八一頁　前田家本

御つかさの大将、さてはは宮内卿殿のみむすめどもなむ、有がたきかたち・心になむものし給とうけたまはる。

他の諸本も「みむすめ」である。

宇津保物語及び他の作品に多くの「みむすめ」の仮名表記例がある。

宇津保物語（前田本及び諸本）　三例　　源氏物語（大島本及び諸本）　三例
大和物語（諸本）　　三例　　大鏡（諸本）　　三例
「おほむ（おほん）むすめ」（以下「おほむ」で代表する）の仮名表記例も見られる。
『校本夜の寝覚』　三四頁　島原本
　この比内には関白したまふ左大臣のおほんむすめ春宮の御はらにて后に居たまへる
尊経閣本は「おほん、すめ」である。
他の作品にも「おほむむすめ」の仮名表記例が見られる。
大和物語（伝為家筆本）　　一例　　栄花物語（梅沢本、西本願寺本）　一例
源氏物語（池田本、三条西家本、横山本）　四例
「みむすめ」、「おほむむすめ」は五作品に見られる。これらの作品の成立年代は諸説あるものの、
十世紀末　　大和物語　宇津保物語
十一世紀初め　源氏物語
十一世紀末　　大鏡　栄花物語
と三分される。ここから、
一　古い時代の作品は「みむすめ」である。大和物語に「おほむむすめ」が一例あるが、一本のみに限られてゐる。
二　中間の時代の作品である源氏物語には「みむすめ」と「おほむむすめ」と両方が見られるが、諸本の多くに見られるのは「みむすめ」であり、「おほむむすめ」は限られた本のみに見られる。
三　新しい時代の作品である栄花物語に「おほむむすめ」が見られるが、同時代の大鏡には「みむすめ」のみが多く見られ、「みむすめ」が根強く用ゐられてゐた。

と推定する事が出来る。

「むすめ」は家族関係を表す語であるから、他の家族関係の語について見ると、

あに（兄）　おほんあに　大鏡（池田本）一例

いもうと（妹）　みいもうと　宇津保物語（前田本）　三例

おとうと（弟）　みおとうと　大和物語（諸本）一例　おほんおとうと　今鏡（畠山本）　一例　栄花物語（富岡本）　一例　四条中納言定頼集　一例　古来風体抄（穂久邇文庫本）　一例

おと（弟）　みおと　宇津保物語（前田本）　一例

おとと（弟）　おほんおとと　水鏡（蓬左文庫本）　一例

はは（母）　みはは　大鏡（諸本）　二例　今鏡（畠山本）　二例　おほんはは　源氏物語（三条西家本、尾州家河内本）　一例　今鏡（畠山本）　二例

むこ（婿）　おほんむこ　大鏡（古活字本、萩野本）　一例

むすこ（息子）　みむすこ　大和物語（諸本）　一例　梁塵秘抄　一例

むまご（孫）　みむまご　古来風体抄（穂久邇文庫本）　一例

め（妻）　みめ　宇津保物語（前田本）　一例　大鏡（古活字本、萩野本、八巻本）　一例　おほんめ　宇津保物語（前田本）　二例

めひ（姪）　みめひ　大和物語（諸本）　一例

をぢ（伯父、叔父）　おほんをぢ　源氏物語（大島本、尾州家河内本）　一例　大鏡（蓬左文庫本）　一例　今鏡（畠山本）　一例

をば（伯母、叔母）　おほんをば　古今和歌集（雅俗山庄本、静嘉堂本、建久本、雅経本）　二例　源氏物語

（横山本）　一例　四条中納言定頼集　一例

これを整理すると次の通りである。

一　古い作品に「み」が見られる。　いもうと　おとうと　おと　むすこ　めひ
二　新しい作品に「おほむ」が見られる。　あに　おとうと　おとと　むこ
三　古い作品に「み」、「おほむ」が見られる。　め
四　新しい作品に「み」、「おほむ」が見られる。　はは
五　古い作品にも新しい作品にも「み」、「おほむ」が見られる。　をぢ　をば

「み」、「おほむ」については、左の事実がある。

一　平安時代を通じて「み」のみが見える。　みかはみづ　みはし　みやすどころ
二　古今和歌集など古い作品から平安時代を通して、「おほむ」のみが見える。　おほむとき　おほむはじめ
三　古い時代の作品に「み」、新しい時代の作品には「おほむ」が見える。　おほむおもひ　おほむはら

家族関係の語は一部を除き三に分類し得る。宇津保物語や大和物語から見て「むすめ」は古く「みむすめ」であり、源氏物語では「おほむむすめ」の用例が見えはするものの「みむすめ」が優勢である。「おほむむすめ」は後代の書写の折に生じた事が考へられる。源氏物語と同時代の枕草子も「みむすめ」であらう。「みむすこ」の例もあり、三「みむすめ」の説が適当である。

十一

三巻本　ひとつ　・・・　よりことに　ら　おほ
能因本　一｜・・には御てをならひ給へつきにはきんの御ことをいかて人に・・・・ひきまさ・んと仰・せ

前田本　　　　・　　　　　・　　　　ら　おほ

「一」の読みについて諸説がある。

一　ひとつ　『枕草子春曙抄』『枕草紙旁註』　松下大三郎『国文大観　枕草紙』　古谷知新『国民文庫　枕草紙』

二　いち　『枕草子杠園抄』　藤井高尚『清少納言枕冊子新釈』　武藤元信『古注書入春曙抄』『枕草紙つけの木枕』『枕草紙つけの木枕追継考』

二「いち」の根拠に就いて、藤井高尚の『清少納言枕冊子新釈』に、

いちにはとよむへし。第一にはの意也。古本傍注本なとに、ひとつにはとかけるはわろし。

とあり、鈴木弘恭『訂正増補枕草子春曙抄』に、

浜云一には此はイチニハとよむべし。第一にはの意也。春曙抄ひとつとよめるは非也。

とあり、清水浜臣の説とする。

二「いち」の説は明治時代以降に引継がれ、武藤元信『枕草紙通釈』、金子元臣『枕草子評釈』、池田亀鑑「枕草子研究」（「むらさき」昭和十四年六月号）に見える。池田亀鑑『清少納言枕草子評釈』に左の通りある。

春曙抄には「ひとつ」とかなを付しているが、黒川真頼旧蔵の千蔭・浜臣書入本に、「いち」と朱で訂正し、「いちにはと読むべし。第一にはといふ意也」とある。しばらくこの説に従っておく。

ここは三巻本が「ひとつ」の仮名表記であり、能因本が「一」の漢字表記であるので、能因本の他の「一」の用例を引き、三巻本の状況を見る事にしたい。能因本は『校本枕冊子』底本に拠り、三巻本は『枕草子本文及び総索引』の底本に拠る。

一　九十一段二一行　そのきぬ一とらせてとくやりてよと仰事あれは　　三巻本は「ひとつ」

二　九十一段三一行　あはれなれはきぬ一たまはせたるを　　三巻本は「ひとつ」

三　九十一段四三行　一つ丶とりによりておかみつ丶こしにさして　三巻本は「ひとつ」
四　九十二段三九行　一の人の御ありき　三巻本も「一」
五　九十七段一六行　京殿一のたなにといふことくさは頭中将こそし給か　三巻本も「一」
六　百四段九行　いま一しておなしくなといへといなと仰せらるれは　三巻本は「ひとつ」
七　百五段四行　すへて人には一におもはれすはさらになに、かせん　三巻本も「一」
八　百五段六行　二三にてはしぬともあらし一にてをあらんなと　三巻本も「一」
九　百四十五段一六行　一のまひのいとうるはしく袖をあはせて　三巻本も「一」
十　百六十一段五行　一の所にときめく人もえやすくはあらねと　三巻本も「一」
十一　百八十三段四行　除目にその年の一の国えたる人の　三巻本も「一」
十二　二百二十五段三一行　さしけるにまことに一はうこかす　三巻本は「ひとつ」
十三　二百二十五段三一行　一はうこかしけるに又しるしつけて　三巻本は「ひとつ」
十四　二百五十六段二五行　またおろしの御そ一たはぬそ　三巻本は「ひとつ」
十五　二百五十六段一五二行　一の御車は唐の車なり　三巻本も「一」
十六　二百六十二段三行　た丶もし一にあやしくもあてにもいやしくもなるは　三巻本も「一」
十七　三百十二段五行　一つ丶よき所のつねにまもらる丶　三巻本は「ひとつ」
この他に三巻本が「一」の例がある。
十八　百五段一一行　第一の人に又一に思はれんとこそ思はめと　能因本は「ひとつ」
十九　百四十六段四四行　左の一はをのれいはむさ思ひ給へなとたのむるに　能因本は「一はん」
二十　百四十六段五一行　左の一いみしくようゐしてもてなしたるさま　能因本は「一番」

二一　二百五十四段一行　また見ぬ物かたりの一をみていみしうゆかしと　能因本は「ひとつ」

これらについて考察したい。

一　能因本、三巻本共に「一」の例　九例

　四　五　七　八　九　十　十一　十五　十六

四　一の人　　摂政関白を指す。大鏡の近衛家本では六例総てが「一の人」である。栄花物語の梅沢本では「いちの人」一例、「一の人」十一例であり、「いち」と音読し、漢字表記が普通であった。第一、一番の人の意。

五　一のたな　代々の御物を収める宜陽殿の第一の棚の意。第一、一番の棚で「いち」と音読した。

七　一におもはれすは　三巻本、前田本は前文に「たい一」とあり、それを承けて第一、一番の意で言つた。音読である。

八　一にてをあらむ　七と同じ。前文に「二三にてはしぬともあらし」とあるのを承け、第一、一番の意で言つた。音読。「二三」も音読である。

九　一のまひ　舞の中で最初に舞ふ舞。大鏡の近衛家本に「一舞」とあり、第一、一番の意で音読した。

十　一の所　摂政関白を指す。「一の人」と同意。源氏物語の大島本、大鏡の近衛家本に「一の所」があり、栄花物語の梅沢本に「いちのところ」、「一のところ」各一例があり、第一、一番の意で音読した。

十一　一の国　除目でその年の第一、一番の国の意。音読した。

十五　一の御車　女院の車を指し、その場で第一、一番の車の意。大鏡の近衛家本に「一のくるま」があり、音読した。

十六　一に　「もし一に」とあり、第一、一番の意ではない。「ひとつ」が適当であり、「一つ」のつもりの表記であらう。高野辰之旧蔵本は「ひとつ」である。

二　能因本が「一」であり、三巻本が「ひとつ」の例八例

一　きぬ一　衣一襲の意であり、第一、一番の意ではない。「一」は「ひとつ」と読むべきところである。

二　きぬ一　右に同じく「ひとつ」と読むべきところである。

三　一つ、　衣一襲づつの意であり、第一、一番の意ではない。ここも「ひとつ」と読むべきところである。

六　いま一して　もう一輛牛車を仕立てて頂きたいといふ場面。第一、一番の意ではない。「ひとつ」と読むべきところである。

十二　一はうこかす　一匹の蛇の意。第一、一番の意ではない。「ひとつ」と読むべきところである。

十三　一はうこかしけれは　右に同じく「ひとつ」と読むべきところである。

十四　御そ一　衣一襲の意であり、第一、一番の意ではない。「ひとつ」と読むべきところである。

十七　一つ、　調度品の中にも一つづつ良い所が見詰められるの意。第一、一番の意ではない。「ひとつ」と読むべきところである。

三　三巻本が「一」で、能因本が「ひとつ」、「一番」の例。四例

十八　又一に思はれんと　「第一の人に又一に思はれんとこそ思はめ」とあり、「第一の人」に第一、一番に思はれる意で、三巻本が適当であり、能因本の「ひとつ」は意味が通じない。「一」は音読である。七、八の「一」と同じ。

十九　左の一は　謎々合の最初の出題者の意。能因本は「一はん」。第一、一番の意で、「一」は音読である。

二十　左の一　右に同じ。能因本は「一番」。第一、一番の意で「一」は音読である。

二一　物かたりの一

三巻本　・一・・　とのみ　もふか・・・のこり　いて

能因本　又ひとつをみていみしうゆかしう・・おほゆる物語の二・・見つけたる

能因本の「二」は第二巻であり、三巻本の「一」は第一巻の意で、音読したものと思はれる。落窪物語の寛政六年木活字本に「二の巻」とある「二」も音読であらう。

ここから主な事として次の三つが言へる。

一　三巻本、能因本共に第一、一番の意を表す「一」が多く、「いち」と音読した。

二　能因本の八例の「一」は音読ではなく「ひとつ」と読むべき例である。

三　三巻本に「一」とあり、能因本に「一番　一はん」とある例が二例ある。この「一」は第一、一番の意で音読すべきものである。

この段の能因本の「一」に戻り検討する。

二「いち」説は第一、一番の意と考へての説である。しかし下文に「二」や「第二」は無い。「つき」が下文にあり、「ひとつ」と示した上、次にはと続けてゐる。親が娘に諭す言葉として柔い和語が相応しく、ことさらに鹿爪らしい漢語を用ゐたとは認めがたい。第一、一番の意ではないのであるから、「一」は「いち」と音読せず、「ひとつ」と和語として訓読すべきである。

結論として二「いち」説は適当でない。一「ひとつ」説が適当である。

十二　きんの御こと

三巻本　　　　　　　　・・・よりことに　ら　おほ

能因本　つきにはきんの御ことをいかて人に・・・・ひきまさ・んと仰・せ

前田本　　　　　　・　　　　　　　　　　ら　おほ

「きんの御こと」の読みについて諸説がある。

一　きんのおほんこと　『枕草子春曙抄』　中村徳五郎『新訳枕草子』

二　きんのおんこと　古谷知新『国民文庫　枕草紙』　内海弘蔵『枕草紙評釈』　永井一孝『枕草紙源氏物語選釈』　短歌雑誌編輯部『枕草紙』

三　きんのおこと　池辺義象『校註国文叢書　枕草紙』

四　きんのこと　『枕草紙旁注』

枕草子の三巻本に於て「こと（琴）」に「御」の付いた語として他に左のものがある。

御こと　第九十七段「無名といふひわの御ことを」の段　八六頁

ひわの御こと　第九十七段「無名といふひわの御ことを」の段　八五頁

ひはの御こと　第九十八段「うへの御つほねのみすのまへにて」の段　八六頁

みこと　第百四十五段「猶めてたきこと」の段　二例（共に仮名表記）　一三二頁

第二百四十二段「身をかへて天人なとは」の段　仮名表記　一九四頁

「御こと」の例は、琴一般を指す例である。

「みこと」は三例共に能因本でも仮名表記である。共に和琴である。『源氏物語事典』上巻に、

こせんにさふらふものは御ことも御ふえもみなめつらしき名つきてそある

みこと　御琴〔音楽〕一例。東遊びや神楽のときに限って和琴をこう呼ぶ。

とあり、琴の中で和琴に限り「みこと」と呼ぶのが慣用となつてゐた。本書第七章の「みこと」参照。

「みこと」以外に枕草子では「御こと」の仮名表記例がないため、他の作品の仮名表記例を引く。

『平安朝歌合大成』巻三　一三九　永承五年四月廿六日　前麗景殿女御延子歌絵合

　かわらけあまた、びになりておほむことなどは憚らせ給へば
『群書類従』の正子内親王絵合は「おほむこと」で、『続群書類従』の歌絵合は「おほんこと」である。
『私家集大成』　中古Ⅰ　斎宮女御集（書陵部蔵）
　もろともにおほむことひかせ給てそのよまかて給けれは、又の日、御
『私家集大成』　中古Ⅱ　二条大皇大后宮大弐集
　うちのこせんの、おほむことひきあそはせおはしますをきゝ、まいらせて
『宇津保物語本文と索引』　本文編
おほむこと　　　二七一頁　　　おほむことゞも　　四〇七頁
おほむことども　二〇〇頁　　　おほんことのね　　二七二頁
これらの仮名表記例より枕草子の「御こと」は「おほむ（おほん）こと」であることが確定する。「御」が枕草子の時代に「おん」、「お」と普通読まれたことは無い。二説、三説は誤であり、四説は問題外である。
結論として枕草子の「御こと」は「おほむ（おほん）こと」であり、「きんのおほんこと」とする一説が適当である。

十三　御かくもん

三巻本　は　のうた　　　　　　　ふ・　　　　　ん　　・・・
能因本　さて・古今・・・・廿巻をみなうかへさせ給はんを御かくもんにはせさせ給へとなむ聞え・させ給ひけ
前田本　は　の歌　を　なから　　・・・・・・・・・　そ・をしへ　　・
　　　き・・・
るときこしめしをかせ給ひて

「御かくもん（御学問）」の読みについて諸説がある。

一　おんがくもん　　古谷知新『国民文庫　枕草紙』　中村徳五郎『新訳枕草子』　松本竜之助『学習受験参考枕の草子詳解』　松本竜之助『詳註枕の草紙』

二　おほんがくもん　　山岸徳平『高校生のための枕草子新講』

三　ごがくもん　　小林栄子『口訳新註枕草紙』

「御学問」の「御」の仮名表記は枕草子にも他の作品にも無い。他の方法で読みを推定して決める必要がある。拙著『平安語彙論考』（教育出版センター）第一章、『枕草子研究及び資料』（和泉書院）第五章で述べた通り、「おん」は平安時代末期に僅かに見え始める程度であり、枕草子の成立した時代には用ゐられてゐない。従つて「おんがくもん」の一説は否定される。

次に「おほん」も「ご」も枕草子に仮名表記があり、可能性としては、二説と、三説とは有り得る。

そこで注意すべき事としては「がくもん（学問）」が漢語である事である。漢語に付く接頭語であるからには、「御」は「ご」又は「ぎよ」と音読するのが普通ではなからうかといふ問題がある。

大鏡の萩野本に「きよい（御意）」があり、八巻本には「御衣《きよい》」、「御感《きよかん》」がありはするものの、例は限られ、天皇に関する場面のみに用ゐられる。一般には「ご」が考へられる事になる。

「ご」が漢語に付いた例を各作品から拾ふ。

こかち（御加持）	源氏物語絵巻詞書　柏木	こきそく（御気色）	今鏡　畠山本
こき（御器）	宇津保物語　前田家本	こけい（御禊）	栄花物語　梅沢本
	大鏡　蓬左文庫本	こさ（御座）	今鏡　畠山本

こさむ（御産）　枕草子　堺本
こしよ（御書）のところ　古今和歌集　寂恵本
こせい（御製）　今鏡　畠山本
こせん（御前）　廿巻本歌合
こそとも（御所）　今鏡　畠山本
こたいとも（御題）　宇津保物語　前田家本
こはい（御拝）　今鏡　畠山本
こはうたち（御房）　枕草子　三巻本
五はん（御盤）　紫式部日記　黒川本
こ両衛（御霊会）　栄花物語　富岡甲本

一見すれば明らかであるやうに二字の漢語に「ご」の付いた例は三例であり、全体の二割に過ぎない。一字の漢語に「ご」の付いた例は十二例であり、全体の八割といふ多数である。二字の「学問」に付く可能性は乏しい。

漢語に「ご」以外の尊敬の接頭語が付いた例は、

おほんえさく（御会釈）　宇津保物語　前田家本
おほん賀（御賀）　伝紀貫之筆深養父集
おほんかく（御楽）　宇津保物語　前田家本
おほむかち（御加持）　源氏物語　肖柏本　柏木
おほむ忌日（御忌日）　源氏物語　横山本　藤裏葉
おほむくとく（御功徳）　源氏物語絵巻詞書　柏木
おほむけしき（御気色）　源氏物語　大島本　行幸
おほん五十賀（御五十賀）　古今和歌集　雅経本
おほむさ（御座）　伝行成筆麗景殿女御歌合
おほむさうし（御曹司）　大和物語　伝為筆本
おほむさうそう（御葬送）　伝源実朝筆中院切
おほんさうそくとも（御装束）　宇津保物語　前田家本
おほむしとも（御師）　源氏物語　大島本　若菜下
おほん四十九日（御四十九日）　栄花物語　梅沢本
おほむしそく（御親族）　三十六人集西本願寺本敦忠集
おほんすくせ（御宿世）　源氏物語　高松宮本　薄雲
おほむせうそく（御消息）　宇津保物語　前田家本
おほむせうそこ（御消息）　宇津保物語　前田家本
おほんせく（御節供）　枕草子　三巻本
おほんせし（御宣旨）　大納言公任集
おほんそう（御族）　源氏物語　三条西家本　蜻蛉
おほんそうぶんども（御処分）　源氏物語　御物本　若菜上

あ行、か行、さ行の「おほむ（おほん）」を挙げた。二例以上あるものは一例を挙げた。以下も同じ。

みかうし（御格子）　枕草子　三巻本
みけしき（御気色）　狭衣物語　内閣文庫本
みけん（御験）　宇津保物語　前田家本
みさ（御座）　源氏物語　大島本　横笛
みさう（御荘）　宇津保物語　前田家本
みさうし（御障子）　枕草子　三巻本
みさうし（御曹司）　廿巻本歌合
みさうそく（御装束）　栄花物語　富岡甲本
みしそく（御親族）　平中物語
みしほ（御修法）　今鏡　前田本
みしやう（御荘）　宇津保物語　前田家本
みすいしん（御随身）　源氏物語　大島本
みす経（御誦経）　枕草子　三巻本
みすくせ（御宿世）　源氏物語　大島本
みすほう（御修法）　枕草子　三巻本
みせうそく（御消息）　宇津保物語　前田家本
みぞう（御族）　宇津保物語　前田家本

「み」が付くものは宮中、殿舎、調度、仏教など特定の分野に限られてゐて、一般の語に付く可能性が少ない。「おほむ（おほん）」は広く各分野の語に付き、一字の漢語に付く例は二割強であり、二字以上の漢語に付く例は八割弱ある。「おほんがくもん」とする二の説が適当である。拙著『古典新釈シリーズ　枕草子』（中道館）に「おほむ学問」としておいた。

第四章　『枕草子』延徳本

拙著『枕草子研究及び資料』（和泉書院）「十四　枕草子註釈書綜覧」に、

十　清少納言枕冊子新釈　一巻　藤井高尚

『藤井高尚全集』第一巻。吉備津神社社務所。

一段より「おひさきなくまめやかに」の段までしか無いけれども、詳しく優れた註釈である。第一段は十六条ある。本文は三巻本に拠つたり、堺本に拠つたりして校訂する所が多い。

と紹介した藤井高尚の『清少納言枕冊子新釈』は諸本で校訂して本文を定めた『枕草子』の註釈書である。本書を収めた『藤井高尚全集　第一巻』の凡例に、本書の用ゐた諸本として左を挙げる。

春曙抄本　　古本（三巻本）　　異本（群書類従本）　　延徳本　　一本

延徳本とは室町時代の延徳年間（一四八九―一四九一）の年号が奥書にあつたのであらう。しかし現存する『枕草子』の諸本に該当するものは見当らない。『清少納言枕冊子新釈』は自筆本で、墨付六十五枚の一冊が残存するのみである。これは『枕草子春曙抄』の第一冊分に当る。延徳本は二十二ケ所、一本は八ケ所に引用してゐる。『枕草子』全体からは僅かであるけれども、両本とも他の諸本に無い独自の本文がかなり有り、考察したい。

以下の『枕草子』の段数、段名は榊原邦彦『枕草子本文及び総索引』に拠り、『枕草子』の本文は『校本枕冊子』、『三巻本枕草子本文集成』に拠り、枕草子抜書本の本文は榊原邦彦『枕草子論考』に拠る。

第三段　正月一日は

一　正月ついたちハまいてそらのけしきもうら〳〵とめづらしうかすミこめたるに、世にありとある人ハ、ミなすがたかたち、心ことにつくろひたて、君をも我身をもいはひなとしたるさま、ことにおかし。

古本にしたがふ。たゞしつくろひたてといへるハ延徳本によりてたてといふ詞をくハへ、我身の身ハ春曙抄本によりてくハへつ。異本ハいたくことなり、ながくてくた〳〵しければとらず。

とある。ここの諸本の本文は左の通り。

三巻本　　みなすかたかたち心ことにつくろひ
能因本の底本　　すかたかたち心ことに
能因本の富岡本　　すかたかたちこゝろことにつくろひ
能因本の十行古活字本、十二行古活字本、十三行古活字本、慶安刊本
　　すかたかたち心ことにつくろひ
春曙抄本　　すがたかたち心ことにつくろひ
前田本　　みなすかたかたちなとかはる事もあらしをいかにする事にかあらぬさまにとつくろひたて、
堺本底本　　みなすかたかたちなとこそかはることしもあらしをいかにする事にかあらぬさまにつくろひたて、

『清少納言枕冊子新釈』の本文は三巻本の本文と一致する。「古本にしたがふ」とある古本は三巻本を指す。「延徳本によりてたてといふ詞をくハへ」とあるが、「たて」を本文とする諸本は無く、延徳本は独自の本文であると言ふ事が出来る。前田本の本文と堺本の本文とは類似してゐて、「たてゝ」がある。しかし「たて」ではなく、「異本ハいたくことなり、ながくてくだ〳〵しければとらず」と、異本即ち堺本は用ゐなかつた事を明記してゐるので、

堺本を用ゐたのではない。又前田本の本文に拠ったのではない。ここからは延徳本の本文は三巻本、能因本、前田本、堺本とは異なる独自の本文であると言へる。

二　あをうま見にとて

延徳本にしたがふ。古本には見るとて。春曙抄本にハ見んとてとあり。

とある。ここの諸本の本文は、

三巻本の諸本　白馬みにとて（見にとて）
三巻本の内閣文庫本　白馬見るとて
能因本の底本　あを馬みんとて
能因本の十行古活字本、十二行古活字本、十三行古活字本　青馬みんとて
能因本の慶安刊本　白馬《あをむま》みんとて
春曙抄本　白馬《あをむま》見んとて
前田本　あおむまみるとて
堺本　あをむま（あを、あほむま）みるとて

である。『藤井高尚全集』の凡例に古本を三巻本とする。ここに「古本には見るとて」とし、三巻本の諸本の中で一致するのは内閣文庫本である。ここでは「延徳本にしたがふ」として「見にとて」とする。この本文は内閣文庫本でない三巻本の諸本の本文と一致する。

三　はつかに見いれたれハ、たてしとミなとの見ゆるに、とのもつかさ女官なとのゆきちかひたるこそおかしけれ。

異本にハたてしとミ、くす殿なとわづかに見えてとあり。とのもつかさハ延徳本にしたがふ。諸本とのもりつかさとあれど、伊勢物語にもとのもつかさと見え、となへもよろし。さてとのもつかさ女官ハ殿上人につか

ハれなどして、いそがしくはしりありくめれば、ゆきちがふなり。

ここの諸本の本文は、

三巻本の諸本　とのもりつかさ女官　前田本　とのもつかさ
三巻本の宇和島伊達家本　とのこもりつかさ女官　堺本の諸本　とのもつかさ
三巻本の河野本　とのもり（「り」見せけち）つかさ女官　堺本の山井我足軒自筆本　とものつかさ
能因本　とのもりつかさ女官　堺本の無窮会文庫本　とのものつかさ
春曙抄本　とのもりづかさ女官《にようくわん》

である。延徳本の「とのもつかさ」の本文と一致する諸本は、前田本と堺本とであるけれども、堺本ならば異本とするであらうし、前田本を見合せたとは考へられない。

一と同じく延徳本の本文は三巻本、能因本、前田本、堺本とは異なる本に拠るものであると言へる。

四　うちにて見るハ。

異本延徳本にしたがふ。古本春本ともに、うちにもとあるハわろし。うちにいりて見るをいふ。

とある。ここの諸本の本文は左の通り。

三巻本の諸本　うちにも　能因本　うちにも
三巻本の弥富本　うちにて《も》　春曙抄本　うちにも
三巻本の刈谷図書館本、宇和島伊達家本、古梓堂文庫本、前田家本　うちにて　前田本　この部分無し　堺本　この部分無し
三巻本の河野本　うちにて《も》（「て」見せけち）

延徳本の「うちにて」の本文は三巻本の弥富本、刈谷図書館本、宇和島伊達家本、古梓堂文庫本、前田家本の本文

と一致する。猶「異本」とあるものの、この部分の本文は堺本に見当らない。

五　わかやかにあをミわたりて、かすミも霧もへたてぬそらのけしきなとこそ、たゝなにともなくおかしけれ。

異本にしたかふ。古本春本なとには、なにとなくそゝろにおかしきにとあり。延徳本にハすゝろにおかしきにとあり。何となくそゝろにといへるハつたなきいひさま也。

とある。ここの諸本の本文は、

三巻本の諸本　なにとなくすゝろにおかしきに
三巻本の宇和島伊達家本　なにとなくすろにおかしきに
三巻本の前田家本　なにとなくすゝろにおかしきに
能因本　なにとなくそゝろにおかしきに
春曙抄本　なにとなくそゞろにおかしきに
前田本　なるともなくおかしけれ
堺本の諸本　なにともなくをかしけれ
堺本の宮内庁図書寮本　なにとなくをかしけれ

である。本書に「延徳本にハすゝろにおかしきにとあり」と言ふ。この延徳本の本文は宇和島伊達家本以外の三巻本の諸本の本文と一致する。

六　ほと〳〵につけておやをはの女あねなといふものも、その日ハミなとも人になりてつくろひかしつきありく、いとあハれにおかし。

異本にしたかふ。わらハの身のほと〳〵につけてすこしよろしきハ、おやをはのつかふ女なともその日ハとも人にやり、又さる女もなきハあねなともともしてつくろひかしつきありくといふ心なるべし。又思ふにおやをはあねなといふものもとつゝきて、の女と云詞ハ文のあやまりみたれてくはハりたるにやあらん。おやをはの女と云ことよからぬいひざまにておだやかならねど、古本延徳本春本などにもミなさあれば、しばらくさておきつ。またおやをはの如ともおほやうハともある本などハいたくわろし。

ここの諸本の本文は、

三巻本の諸本　おやおはの女あね　能因本　おほやうは女あね
三巻本の中邨本　おやをはの女《あね(朱書)》　春曙抄本　おやおばの女あね
三巻本の内閣文庫本　おやおはの如《女(朱書)》あね　前田本　おやをはの女あね
三巻本の早稲田大学本　おやお《を》はの女あね　堺本　おやをはの女あね

である。「古本延徳本春本などにもミなさあれば」とあり、延徳本の本文は三巻本、春曙抄本の本文と一致する。

第四段　おなしことなれときゝみゝことなるもの

一　おなじ事なれときゝみゝことなるもの
古本延徳本異本など、すべてミなかくあり。春本傍注本にこと〳〵なるものとあるハわろし

とある。ここの諸本の本文は、

三巻本の諸本　おなし事なれともきゝみゝことなるもの
三巻本の中邨本　おなし事なれともきゝみたになるもの
能因本　こと〳〵なるもの
春曙抄本　こと〳〵なるもの
前田本　こと〳〵なる物
堺本　おなしことなれと（とも）きゝみゝことなるもの

である。「古本延徳本異本など、すべてミなかくあり」とあり、延徳本の本文は堺本の本文と一致する。堺本の本文は「おなしことなれと」と「おなしことなれとも」と諸本が二分されてゐる。

第六段　大進なりまさか家に

一　などその門はさせばくハつくりてすミ給ひけるぞといへば。

延徳本にしたかふ。古本にハその門はたせハくはとあり、わろし。

とある。ここの諸本の本文は、

三巻本　なとその門はたせはくは作てすみ給ひけるといへは

能因本　なとてかそのかとせはくつくりてはすみ給ひけるそといへは

春曙抄本　などてか其門せばくつくりてすみ給ひけるぞといへば

である。但し三巻本の「はた」は、「はた《さイ》」と「はた」とに諸本が二分される。又「せはくは」は三巻本の前田家本は「せはく」である。延徳本の本文と一致する諸本は無く、独自の本文と言へる。「させばくハ」の本文の諸本は無い。三巻本中に「さイ」はあるが、「古本にハその門はたせハくはとあり、わろし」とあり、三巻本を用ゐてゐない。

「すミ給ひけるぞ」の「ぞ」は三巻本に無く、能因本、春曙抄本に有る。

二　あなおそろしとおとろきて、それは于公が事にこそ侍るなれ。

一本に于公とあるにしたかふ。うていこくとある本おほけれと、そハわろし。

とある。ここの諸本の本文は、

三巻本　うていこく　能因本の慶安刊本　うていこく

能因本の諸本　うこう　春曙抄本　うていこく　イうこう

である。一本の本文は慶安刊本以外の能因本の本文と一致する。春曙抄本の「イうこう」に拠った事も考へられる。

三　あやしくかればミたるもの〻さわぎたる声にて。

一本にしたがふ。かればミたる声ならバ、ひきくてしづかなるべきを、あけていらんと思ふ心ときめきに、さわぎたる声にていふ也。古本にハかればミさわぎたるとある。春本にハかればミたるもの〻声にてとあり。ともにわろし。

とある。ここの諸本の本文は、

三巻本の諸本　あやしくかれはみさはきたるこゑにて
三巻本の伊達家旧蔵本　あやしくかれはみさきたるこゑにて
能因本　あやしうかれはみたる物のこゑにて
春曙抄本　あやしうかればみたるもの〻こゑにて

である。古本の「かればミさわぎたる」の本文は三巻本の諸本の本文と一致する。一本の「もの〻」の語は能因本、春曙抄本にあるけれども、一本の本文と全く一致する諸本は無い。一本の本文は独自の本文である。

四　なほその事も申さん。

延徳本にしたがふ。

とある。ここの諸本の本文は、

三巻本の諸本　猶そのこと（其事）も申さん　能因本　なをその事申侍らん
三巻本の内閣文庫本　猶そのこと申さん　春曙抄本　なを其こと申侍らん

である。延徳本の「なほその事も申さん」は表記は別として、三巻本の諸本の本文と一致する。

五　あけつとならば。

延徳本にしたがふ。古本にハあけん、春本にハあけぬとあり。

とある。ここの諸本の本文は、

三巻本　あけんとならは　　能因本　あけぬとならは　　春曙抄本　あけぬとならば

である。延徳本の「あけつとならば」の本文に一致するものは三巻本にも能因本にも無い。延徳本の本文は独自のものである。

六　あハれかれをはしたなくいひけんこそ、いとをかしけれとてわらハせ給ふ。

延徳本にしたかふ。古本も大かた同じけれど、いとほしけれとてあり。わらハせたまふとあれば、をかしとあるぞよき。

とある。ここの諸本の本文は、

三巻本　　いとをかしけれ　　能因本の富岡家旧蔵本、慶安刊本　　いとをかしけれ

能因本の諸本　　いとをしけれ　　春曙抄本　　いとおしけれ

である。延徳本の「いとをかしけれ」の本文は、三巻本、能因本の富岡家旧蔵本、慶安刊本に一致する。藤井高尚は古本が「いとほしけれ」であるとするものの、不審である。

第七段　うへにさふらふ御ねこは

一　うへにさふらふ御ねこハかうふりえて。

一本にしたがふ。春本にハかうふりたまハりとあり。（中略）かうふりえてとハ叙爵して五位になるをいへり。

とある。ここの諸本の本文は、

三巻本の諸本　　かうふりにて　　三巻本の内閣文庫本　　かうふり給はりて

三巻本の刈谷図書館本　　かうふりて　　三巻本の前田家本　　かうふりにてにて

三巻本の田安徳川家本　　かうふりゐて　　三巻本の河野本　　からふりにて

能因本の諸本　　かうふり給て　　春曙抄本　　かうふり給はりて
能因本の慶安刊本　　かうふり給りて　　抜書本　　かうふりえて

である。一本の「かうふりえて」の本文は三巻本の田安徳川家本と抜書本との本文と一致する。

枕草子の三巻本系統の諸本は第一類本と第二類本とに大別され、[註]第一類本の方が第二類本より純正である。この段は第一類本が欠けてゐるものの、抜書本は第一類本と推定され、抜書本の「かうふりえて」の本文は第一類本の本文を正しく承け伝へたものと考へられる。田安徳川家本の「かうふりゑて」は第一類本の本文と同じである訳であるが、この本も第二類本であり、他は特に目立つ本文は無い。

『清少納言枕冊子新釈』の一本は左が考へられる。

一　三巻本第二類本の田安徳川家や類似の本
二　三巻本第一類本を伝へた抜書本
三　三巻本第一類本

二　命婦のおとゞとて。

一本おもとゝあり、それもわろからず。されど古本延徳本春本ミなおとゞとあれば、しばらくおほきにつきておとゞとせり。おとゞは源氏物語におばおとゞといへるたぐひにて、かしづきていふ詞也。おもとも女をかしつきて云詞也。

とある。ここの諸本の本文は、

三巻本の諸本　　命婦おとゝとて　　能因本　　命婦のをとゝとて
三巻本の内閣文庫本　　命婦の（朱書）おとゝとて　　春曙抄本　　命婦《みやうぶ》のおとゞとて　イおもと

である。一本の「おもと」の本文は春曙抄本の「イおもと」と一致する。但し春曙抄本の註記に拠ると明記してゐないので、別の本に拠つた可能性は存する。延徳本の本文は「古本延徳本春本ミなおとゞとあれば」とし、三巻本、春曙抄本と同じ本文であるので、ここでは三巻本か能因本か判らない。

三　をのこどもとめせば。

延徳本にしたがふ。こと本ハミなをのこどもめせばとあり。をのことハ古今集の哥の詞がきにも、うへのをのこどもとありて、蔵人などのたぐひの官人をすべていふ事也けん。

とある。

ここの諸本の本文は左の通り。

三巻本　おのこともめせは　　能因本　をのこともめせは　　春曙抄本　おのこどもめせば

「こと本ハミなをのこどもめせばとあり」とある通りに、三巻本も能因本も「をのことも」の本文であつて、「をのこどもと」の本文の延徳本は独自の本文であるから、ここからは系統が判らない。

四　蔵人忠隆まゐりたるに。

春本にしたがふ。古本にハ忠隆の次になりなかとあり。延徳本にハなかなりとありて、まぎらはしければはぶきつ。又まゐりたればとあるもよからず。

とある。ここの諸本の本文は、

三巻本の諸本　　蔵人たゝかなりなか　　能因本　　蔵人たゝたか

三巻本の中邨本　　蔵人忠隆なゝりなる　　春曙抄本　　蔵人たゞたか

である。延徳本の「なかなり」は三巻本にも能因本にも無い独自の本文である。

田中重太郎『枕冊子全注釈』に、「三巻本には「蔵人忠隆・なりなか」とある。「なりなか」は不詳。」とあり、「なりなか」について古来明解を得ない。延徳本の「なかなり」について考究する必要があるのではなかろうか。

五　三四日になりぬるひるつかた。

　延徳本にしたがふ。こと本には、なりぬるのるもじなし。

とある。ここの諸本の本文は、

三巻本の諸本　　三四日になりぬる　　能因本　　三四日になりぬ

三巻本の本田本　　三四日になりぬ。《る》　　春曙抄本　　三四日《みかよか》になりぬ

である。延徳本の「なりぬる」の本文は、三巻本の本文と一致する。

六　あはれきのふおきなまろをいミじうもうちしかな。

　ものてにをは延徳本によりてくはへつ。

とある。ここの諸本の本文は左の通り。

三巻本　いみしうもうちしかな　　能因本　いみしううちしかな　　春曙抄本　いみじう打しかな

延徳本の「いみしうも」の本文は、三巻本の本文と一致する。

七　人などこそ人にいはれてなきなどはすれ。

　延徳本にしたがふ。人などこそ人にあハれげにいはれてなきなどハすれ、犬のあハれがられてなき出たりしハめづらかに、あやしといふ意也。さてこゝの文、古本にハ人など人にもいはでなきなどハすれとあり。これハもじのおちもし、あやまりもしたるなり。

とある。ここの諸本の本文は左の通り。

三巻本の諸本　　人なとこそ人にいはれてなきなとはすれ

三巻本の弥富本　　人なと○《こそイ》人にいはれてなきなとはすれ

三巻本の刈谷図書館本　　人なと大にいはれてなきなとはすれ

三巻本の内閣文庫本　人など人に○《も》いはれてなきなとはすれ
三巻本の中郁本　人なとこそ人にいはれてそ《な》きなとはすれ
三巻本の本田本　人なとこそ人にいはれてめきなとはすれ
能因本の諸本　人〱にもいはれてなきなとす
能因本の慶安刊本　人〱にもいはれてなきなとはすれ
春曙抄本　人々にもいはれてなきなどす

延徳本の本文は刈谷図書館本、内閣文庫本を除く三巻本の本文と一致する。
「古本にハ人など人にもいはでなきなどハすれ」とあるけれど、「いはで」の「で」は不審である。

第八段　正月一日

一　九月九日は暁がたより雨すこしふりて菊の露もこちたく。

　こちたくとハ露のふかくしげきをいふ。源氏物語などに髪の多きをこちたきといへるにてもしるべし。さて春本にハ菊の露もこちたくそほちとあり。いたくわろし。さてハ露がぬれたる事となりて、さらに聞えぬ詞なるを、抄にうたがひおかざるハいと〱おろそかなり。古本延徳本異本などにハそほちといふ詞なし。

とある。ここの諸本の本文は左の通り。

三巻本の諸本　こちたく　能因本の慶安刊本　こちたくそ
三巻本の田安徳川家本　うきたく　春曙抄本　こちたくそぼち
能因本の諸本　こちたうそほち　前田本　こちたく
能因本の十三行古活字本　こちたうそおち　堺本　こちたく

延徳本の「こちたく」の本文は、三巻本の諸本、前田本、堺本の本文と一致する。但しこれまでと同じく古本と対比し、延徳本を三巻本と別の本と認識してゐる。

第十段　いまたいりのひむかしをは

一　ならの木のはるかに高きがたてるを。

　春本にしたがふ。古本延徳本にハなしの木とあり。又がたてるの四文字なし。

とある。ここの諸本の本文は、

三巻本　なしの木のはるかにたかき
能因本　ならの木のはるかにたかきかたてるを
春曙抄本　ならの木のはるかにたかきがたてるを

である。延徳本の「なしの木」の本文、及び「がたてる」を欠く本文は三巻本の本文と一致する。

第十九段　いへは

一　二条一条もよし。

　春本にしたがへり。古本にハ二条のみかど一条もよし。異本にハ二条あたり一条もよし。一本には二条わたり一条もよしとあり。

とある。ここの諸本の本文は、

三巻本の諸本　二条みかゐ《わたりイ》一条もよし
三巻本の刈谷図書館本　二条みかゐ《みたりイ》一条もよし
三巻本の河野本　二条みかゐ《わたりイ》一条もよし（にヲ見セケチもとする）
三巻本の内閣文庫本　二条わたり（みかゐヲ見セケチわたりとする）一条もよし
能因本の諸本　二条一条よし

能因本の慶安刊本　二条一条もよし
春曙抄本　二条一条もよし
前田本　二条の院かも院北一条
堺本の諸本　二条のわたり《のゐんイ》一条もよし
堺本の高野辰之博士旧蔵本　二条にたり一条もよし
堺本の三時知恩寺蔵本　二条わたり一条もよし
堺本の後光厳院宸翰本、京都大学蔵本、宮内庁図書寮本　二条あたり一条もよし

である。一本の「二条わたり一条もよし」の本文と一致するのは、三巻本の諸本のイ、及び堺本の諸本である。

二　せかゐん。

一本にしたがふ。春本せかゐ、抄に清和院なり、正親町の南京極の西、清和の母后の御在所と拾芥抄にあり

といへり。

とある。ここの諸本の本文は、

三巻本　せかい院　春曙抄本　せかゐ　イニせかゐん
能因本の諸本　せかゐ　前田本　せかゐ
能因本の慶安刊本　せかゐ院　堺本　無シ

である。一本の本文は『枕草子春曙抄』の「イ」の本文と一致する。

第二十段　せいえうてんのうしとらのすみの

一　いかで人よりことにひきまさらんとおぼせ。

一本にしたがふ。春本にハいかで人にひきまさんとおぼせとあり。

とある。ここの諸本の本文は、

三巻本　人よりことにひきまさらんとおほせ　春曙抄本　いかで人にひきまさんとおぼせ
能因本　いかて人にひきまさんと仰せ　前田本　いかて人にひきまさらんとおほせ

である。「いかで人よりことにひきまさらんとおぼせ」の一本の本文に一致する諸本は無い。「いかで」があるのは能因本、前田本であり、「人よりことに」があるのは三巻本である。

一本の本文は独自の本文である。

二　さてハ。

　そのつぎハと云意也。はのてにをは、一本によりてくハへつ。春本にハなし。

とある。ここの諸本の本文は、

三巻本　さては　春曙抄本　さて
能因本　さて　前田本　さては

である。一本の本文は三巻本、前田本の本文と一致する。

三　御さうしにけうさんさして。

　延徳本さしてとあるにしたがふ。

とある。ここの諸本の本文は、

三巻本の諸本　けふさむさして　能因本の諸本　けさんして
三巻本の中邨本　けうさむさして　能因本の慶安刊本　けうさんして
三巻本の古梓堂文庫本　けふさんさして　春曙抄本　けうさんして
能因本の底本　けさ《イ無》むして　前田本　けさんさゝせて

である。「けうさん」は別として、延徳本の「さして」の本文は三巻本の本文と一致する。

四　うへもきこしめして、めでさせ給ひ、いかてさおほくよませたまひけん、われハ三巻四巻を

をもじハ延徳本によりてくはへつ。

とある。ここの諸本の本文は、

三巻本の諸本　　三巻四まきをたに

三巻本の弥富本、刈谷図書館本、内閣文庫本　　三巻四まきたに

能因本の底本、富岡家旧蔵本　　三まき四巻たにも

能因本の十行古活字本　　三巻四まきたにも

能因本の十二行古活字本、十三行古活字本　　三　四まきたにも

能因本の慶安刊本　　三まきたにも

前田本　　三巻四巻たに

である。「をもじハ延徳本によりてくはへつ」とある。三巻本には「を」の有る本と、無い本とが有り、延徳本の本文は「を」の有る三巻本の本文と一致する。

延徳本の本文について整理する。

一　三巻本と一致する。　四ケ所　　第四段の四　第七段の六　第十段の一　第二十段の三

二　三巻本の諸本と一致する。　五ケ所　　第三段の二　第三段の四　第三段の五　第七段の七　第二十段の四

三　三巻本の一本と抜書本とに一致する。　一ケ所　　第七段の一

四　三巻本と能因本と春曙抄本とに一致する。　一ケ所　　第七段の二

五　三巻本と能因本の一部とに一致する。　一ケ所　　第四段の六

六　三巻本と春曙抄本とに一致する。　一ケ所　第三段の六
七　三巻本の諸本と前田本と堺本とに一致する。　一ケ所　第八段の一
八　堺本に一致する。　一ケ所　第四段の一
九　一致するものが無く独自の本文である。　七ケ所　第三段の一　第三段の三　第四段の五　第六段の一
　第七段の三　第七段の四　第七段の五

右より延徳本は能因本、前田本、堺本との関係は薄い。三巻本に近いものであるが、独自の本文が七ケ所と多くあり、注目すべき本であると言へる。

次に一本の本文について整理する。

一　能因本の諸本と春曙諸本の書入イと一致する。　一ケ所　第六段の二
二　春曙抄本の書入イと一致する。　二ケ所　第七段の二　第十九段の二
三　三巻本と前田本とに一致する。　一ケ所　第二十段の二
四　三巻本の書入イと堺本の一部とに一致する。　一ケ所　第十九段の一
五　一致するものが無く独自の本文である。　二ケ所　第六段の三　第二十段の一

春曙抄本の書入イと一致するのが三ケ所有り目立つ。しかしこれは引用したとは限らず、他の本とたまたま同じであつたとも考へられる。「一本」とあるが、単独なのか複数であるのかも判らない。独自の本文が二ケ所あり、これも注目すべき本である。

註

榊原邦彦『枕草子論考』（教育出版センター）、「十七　枕草子抜書本について」

第五章　『枕草子』古本

一

藤井高尚『清少納言枕冊子新釈』の本文校訂に「古本」が多く用ゐられてゐる。『藤井高尚全集　第一巻』の凡例に拠ると、古本は三巻本であるとする。この古本がどのやうな本文の本であるかを考察する事にしたい。

以下の『枕草子』の段数、段名は榊原邦彦『枕草子本文及び総索引』に拠り、『枕草子』の本文は『校本枕冊子』、『三巻本枕草子本文集成』に拠る。本稿では三巻本諸本間の漢字仮名表記の違ひ、仮名遣の異同は言及しない。『清少納言枕冊子新釈』の文中で古本に直接関らない文は省いて引用する。

第一段　春はあけほの

一　やミもなほほたるのおほくとびちがひたる、又たゞひとつふたつなとほのかにうちひかりてゆくもおかし

こゝの文、春曙抄本傍注本などには、やミもなほほたるとびたるとあり。それもあしからねと、古本をはじめ、異本そのほかうつしまきの本、これかれにみなかくありて、後の人のくハへたるものとも見えざれば古本にしたかへり。

とある。三巻本の諸本の本文は、「やみも猶ほたるの多く飛ちかひたる」であり、古本と同じ。

二　雨のどやかにふりたるさへこそおかしけれ。

異本にしたがへり。のどやかにと云詞ありておもしろし。古本にハ雨などふるもおかしとあり。

とある。三巻本の本文は諸本とも、「雨なとふるもをかし」であり、古本と同じ。

三　秋ハ夕ぐれ。ゆふ日のはなやかにさして、山のはいと近くなりたるに、

古本にはなやかにと云詞なきハわろし。おちたるものなるべし。春曙抄本に山のはを、山ぎはとあるハ誤也。きはと云べき所にあらず。古本にしたがへり。

とある。三巻本の諸本の本文は、「秋は夕暮ゆふ日のさして山の端いとちかうなりたるに」である。

四　からすのねところへゆくとて、みつよつふたつなど、とびいそぐさへあハれなり。

さてとびいぞ《マヽ》くをとびゆくとある本ハ、ゆくと云事かさなりてわろし。古本にしたがへり。

とある。三巻本の諸本の本文は、「とひいそくさへあわれなり」であり、古本に同じ。

五　まして鴈のおほくとびつらねたるがいとちひさく見ゆるハいとおかし。

異本にしたかへり。古本も春曙抄本もまいて鴈なとのつらねたるがとあり。三つよつふたつとあるにむかへても、おほくといへるかたまされり。などゝいふ詞もこゝにハなきかたよし。さて又見ゆるハといふはのてにをはゝ、古本にしたがひてくハへたり。このてにをはなくてハとゝのはず。

とある。三巻本の諸本の本文は、「まいて雁なとのつらねたるかいとちひさくみゆるはいとをかし」であり、古本に同じ。

六　雪のふりたるハいふへきにあらす。霜のいとしろきも。

古本にしたがふ。

とある。三巻本の本文は、

弥富本、刈谷図書館本　ナシ　内閣文庫本　いふへきも《に》（もハ見セケチ）　他の諸本　いふへきにもあらす

である。これに拠ると「も」の無い古本は内閣文庫本の系統といふ事になる。

七　又さらてもいとさむきに。

にのてにをは古本にあるぞよき。

とある。三巻本の諸本の本文は、「又さらてもいとさむきに」であり、古本に同じ。

八　ゆるひもていけは、すひつ火をけの火もしろきはひかちになりてわろし。

はひかちになりぬるハとある本ハわろし。古本にかくあるぞよき。たゝしすひつと云こと古本になし。おちたるものと見ゆ。あたし本にハみなあり。

とある。三巻本の本文は、諸本の多くが、「ゆるひもていけは火をけの火もしろきはいかちになりてわろし」であり、古本と同じ。三本が、

前田家本　ゆかひもていけは　古梓堂文庫本　ゆるひもてゆけは　刈谷本　火をけの火の

であり、古本の本文と一致しない。これに拠ると古本は前田家本、古梓堂文庫本、刈谷本以外の系統といふ事になる。

第二段　比は

一　ころは正月三月四五月七月八九月十二月、すへてをりにつけつゝ、一とせなからおかし。

古本にハ正月三月四月五月七八九月十一二月とあり。

とある。三巻本の諸本は古本に同じである。但し前田家本は、「五月」が無く、中郎本は「九」が無い。従って古本は前田家本、中邸本以外の系統といふ事になる。

第三段　正月一日は

一　正月ついたちハまいてそらのけしきもうら〳〵とめづらしうかすミこめたるに、世にありとある人ハ、ミなすがたかたち、心ことにつくろひたて、君をも我身をもいはひなとしたるさま、ことにおかし。

古本にしたがふ。たゞしつくろひたてといへるハ延徳本によりてたてといふ詞をくハへ、我身の身ハ春曙抄本によりてくハへつ。

とある。三巻本の諸本の本文は、

正月一日はまいて空の気色もうら〳〵とめつらしうかすみこめたるに世にありとある人はみなすかたかたち心ことにつくろひ君をも我をもいはひなとしたるさまことにをかし

である。但し前田家本は「一日」が無く、古梓堂文庫本は「うら〳〵と」が「よう〳〵と」である。従つて古本は前田家本、古梓堂文庫本以外の系統といふ事になる。

二　七日雪まのわかな、青やかにつみ出て。

異本にしたがふ。古本ハつみ出ての詞をおとせり。

とある。三巻本にはどの本も「つみ出て」の本文は無い。

三　れいハさやうなるもの。

異本にしたがふ。古本春曙抄本などに、れいハさしもさるものとあれど、さしもと云詞こゝにかなハず。さるものと云へるもおだやかならず。うつしあやまれるものなるべし。

とある。三巻本の諸本の本文は、「れいはさしもさるもの」である。但し「れいは」の部分は、前田家本が「例へ」で、河野本が「れいへ」である。従つて古本は前田家本、河野本以外の系統といふ事になる。

四　めちかからぬ所にもてさわきたるこそおかしけれ。

古本にしたがふ。

とある。三巻本の諸本の本文は、「めちかゝらぬ所にもてさはきたるこそをかしけれ」である。但し「さはきたる」は早稲田大学本は「さいきたる」である。従つて古本は早稲田大学本以外の系統といふ事になる。

五　あをうま見にとて

延徳本にしたがふ。古本には見るとて。

とある。三巻本の諸本の本文は、「白馬みにとて」である。但し「みに」の部分は、伊達家旧蔵本が「見」で、内閣文庫本が「見る」である。従つて古本は内閣文庫本の系統といふ事になる。

六　里人ハ車きよけにしたてつゝゆく。

異本にしたがふ。古本春本とも、したてゝ見にゆくとあり。見ると云事重りてわろし。

とある。三巻本の諸本の本文は、「里人は車きよけにしたてゝ見に行」であり、古本に同じ。

七　中の御門のとしきミひきすくるほとに。

としきミといへバ古本にひき過るとあるぞよき。しきミのうへをひきすくる也。

とある。三巻本の諸本の本文は、「中御門のとしきみひきすくる程」である。但し「ひきすくる」の部分は、本田本は「ひきすゝる」で、田安徳川家本が「ひさすつる」である。従つて古本は本田本、田安徳川家本以外の系統といふ事になる。

八　かしらとも一ところにゆるきあひて

異本にしたがふ。古本にもゆるきあひとハあり。

とある。三巻本の諸本の本文は、「かしら一所にゆるきあひ」である。但し勧修寺家本は「ゆるきあひて」である。従つて古本は勧修寺家本以外の系統本といふ事になる。

九　さしくしもおち、よういせねハをれなとしたるを、かたミにわらふも又おかし。

異本にしたがふ。たゝしよういせねばと云詞ハ古本によりてくはへつ。古本春本などにをれなどしてわらふもとあるハ、すこしいひたらぬ心ちす。

とある。三巻本の諸本の本文は、「よういせねはおれなとしてわらふも」であり、古本に同じ。

十　左衛門のちんのもとに。

古本にしたがふ。

とある。三巻本の諸本の本文は、「左衛門の陣のもとに」であり、古本に同じ。

十一　殿上人なとあまたたちて、とねりの弓ともをとりて。

古本にしたがふ。

とある。三巻本の諸本の本文は、「殿上人なとあまたたちてとねりの弓ともとりて」である。但し古梓堂文庫本は「弓とも」が「弓ともを」である。従つて古本は古梓堂文庫本の系統といふ事になる。

十二　うちにて見るハ。

異本延徳本にしたがふ。古本春本ともに、うちにもとあるハわろし。

とある。三巻本の諸本の本文は、「うちにも」である。但し刈谷本、宇和島伊達家本、古梓堂文庫本、前田家本は「うちにて」である。従つて古本は、これら四本以外の本の系統といふ事になる。

十三　いとせハきほとにて、とねりのかほのきぬもあらはれ。

春本にしたがふ。古本きぬにとあるハわろし。

とある。三巻本の諸本の本文は、「いとせはきほとにてとねりのかほのきぬにあらはれ」であり、古本に同じ。

十四　しろきもの丶ゆきつかぬ所は、まことにくろき庭に雪のむら消たるこ丶ちしていと見くるし。

春本にしたがふ。古本にハまことにくろきにしろきもの丶いきつかぬ所は、雪のむら〳〵消のこりたるこ丶ちしてとあり。

とある。三巻本の諸本の本文は、「まことにくろきにしろき物いきつかぬ所は雪のむら〳〵消のこりたるこ丶ちして」

であり、「しろきものゝ」の古本と相違する。
十五　馬のあかりさわくさともいとおそろしう。
古本にしたがふ。

とある。三巻本の諸本の本文は、「馬のあかりさはくなともいとおそろしう」である。但し弥富本、伊達家旧蔵本は「あかりさはく」が「あまりさはく」である。古本に一致する三巻本は無い。しかし古本の「さと」は意味不明であり、「なと」の誤写ではなからうか。
十六　おほゆれは
春本にしたがふ。古本にハ見ゆればとあり。

とある。三巻本の諸本の本文は、「見ゆれは」である。但し古梓堂文庫本は「みゆるれは」である。従つて古本は古梓堂文庫本以外の系統といふ事になる。
十七　ひきいられてよくもみえす。
古本にしたがふ。

とある。三巻本の諸本の本文は、「引いられてよくもみえす」である。古本と一致する。
十八　いかにしつるひまにかあらん。
異本にしたがふ。古本にハいかにしたるかあらんとあり、わろし。

とある。三巻本の諸本の本文は、「いかにしたるにかあらん」であり、古本と一致しない。
十九　こそよりあたらしうとりよせたるむこの君のうちへまゐらんとて出たつほとをも。
異本にしたかふ。こゝハかゆ杖もてうつ女房の事をむねといへる所なれは、古本春本などにあたらしうかよふとあるよりハ、とりよせたるとあるかたそよき。又同本ともにうちへまゐるほとをもとあるも、いひたらす。

とある。三巻本の諸本の本文は、「あたらしうかよふむこの君などのうちへまいるほどをも」であり、古本と同じ。但し前田家本は「むとの君」とある。

廿　こゝろもとなう、所につけてわれはと思ひたる女房の。

古本にしたがふ。春本も同じ。

とある。三巻本の諸本の本文は、「心もとなう所につけてわれはと思ひたる女房の」である。但し古梓堂文庫本は「心もとなく」とある。従つて古本は古梓堂文庫本以外の系統である。

廿一　まへてゐたる人ハこゝろえてわたふを、あなかまとまねきせいすれど。

古本にしたかふ。

とある。三巻本の諸本の本文は、「をまへにゐたる人は心えてわらふをあなかまとまねきせいすれとも」である。但し「をまへに」の部分は、本田本は「まへに」で、前田家本は「をさへに」である。古本の本文と一致する三巻本は無い。古本の本文「まへて」と「わたふを」とは不審であり、誤写などがあるのではなからうか。

廿二　女君はしらぬ顔にて、おほとかにてゐ給へり。

異本にしたかふ。たゝしおほとかと云詞ハ古本春本などによりてそへつ。つぎにをとこ君もにくからずと云にかけて見るも、此詞あるぞよき。

三巻本の諸本の本文は、「女はたしらすかほにておほとかにてゐ給へり」であり、古本と同じ。

廿三　こゝなるものとり出んなといひよりて。

異本にしたがふ。古本春本などに、とり侍らんとあるはわろし。

三巻本の諸本の本文は、「とり侍らん」であり、古本と同じ。

廿四　打ゑミて見おこせたるに、ことにおとろかぬさまにて。

異本にしたかふ。古本などに打ゑミたる、ことにおどろかすとあるハ、いひたらぬ心ちす。

三巻本の諸本の本文は、「うちゑみたるにことにおとろかす」で、古本は「に」が無い。

廿五　顔すこしあかみてゐたるこそおかしけれ。

古本にしたがふ。

三巻本の諸本の本文は、「かほすこしあかみてゐたるこそをかしけれ」であり、古本と同じ。

廿六　いかなる心にかあらん、なきはらたちつ、うちつる人をのろひ、まかく〳〵しくいふもあるこそをかしけれ。

古本にしたがふ。

三巻本の諸本の本文は、「いかなる心にかあらんなきはらたちつ、人をのろひまか〳〵しくいふもあるこそをかしけれ」であり、「人を」の部分は内閣文庫本のみ「うちつる人を」である。古本の本文は内閣文庫本の本文と一致してゐる。

廿七　内わたりなとのやむ事なきも。

古本にしたかふ。

三巻本の本文は古梓堂文庫本、前田家本が「うちわたるなとの」であり、古本の本文は上記以外の三巻本の諸本の本文と一致する。

廿八　ちもくの頃なと。

古本にしたかふ。

三巻本の諸本の本文は、「ちもくの比なと」であり、古本と同じ。

廿九　うちわたりいとおかし。雪ふりいミしうこほりたるに。

古本にしたかふ。異本にハこほりあれたるにとあり。春本には氷りなとしたるにとあり。

三巻本の諸本の本文は、「内わたりいとをかし雪ふりいみしうこほりたるに」であり、古本と同じ。

卅　申文もてありく四位五位。

古本にしたかふ。異本には申文とももてありきさわくにも四位五位とあり。

三巻本の諸本の本文は、「申ふみもてありく四位五位」であり、古本と同じ。

卅一　わかやかにこゝちよけなるハいとたのもしけなり。老てかしらしろきか人にあんないいひ。

古本にしたかふ。此わたり異本ハいたくことなり。

三巻本の諸本の本文は、「わかやかに心ちよけなるはいとたのもしけなり老てかしらしろき」であり、古本と同じである。但し諸本は「しろきなとか」であり、「なと」の無い古本の本文と一致しない。「あんないいひ」は、

弥富本、刈谷本　あんなゝひ　　古梓堂文庫本　あないいひ　　他の諸本　あんないいひ

であり、弥富本、刈谷本、古梓堂文庫本以外の諸本の本文と古本とが同じ。

卅二　おのか身のかしこきよしなと、心ひとつをやりてとききかするを。

古本にしたかふ。

三巻本の諸本の本文は、「をのか身のかしこきよしなと心ひとつをやりてときゝかするを」であり、古本に同じ。

卅三　えたるハいとよし。えすなりぬるこそあハれなれ。

古本にしたかふ。

三巻本の諸本の本文は、「えたるはいとよしえす成ぬるこそいと哀なれ」である。古本には下の「いと」が無い。能因本には「いと」がある。

卅四　三月三日ハ。

はのてにをハ古本によりてくハへつ。

三巻本の諸本の本文は、「三月三日は」であり、古本と同じ。

卅五　おもしろく咲たる桜を長くをりて大なるかめにさしたるこそ、わざとまことの花かめにさしたるよりもおかしけれ。

古本にしたかふ。異本も同し。春本にハ大なる花かめにさしたるこそおかしけれとあり。

三巻本の諸本の本文は、「おもしろくさきたるさくらをなかく折ておほきなるかめにさしたるこそをかしけれ」である。「わざとまことの花かめにさしたるよりも」は三巻本に無い。

能因本　わさとまことの花かめふさなとしたるよりも

前田本　わさとまことの花かめにさしたるよりも

卅六　まらうとにまれ、御せうとの公達にまれ、そこちかくゐてものがたりなどし給ふ、いとおかし。

異本にしたかふ。古本春本なとに、ものなとうちいひたるとあるハ、なめしけなるいひざまにてわろし。

三巻本の諸本の本文は、「まらうとにもあれ御せうとの君たちにてもそこちかくゐて物なとうちいひたるいとをかし」であり、「ものなとうちいひたる」の部分は古本と同じ。

もの語などし給ふとあるそよき。

卅七　う月の衣かへいとおかし。

異本にしたかふ。古本春本なとに、まつりの頃とあるハわろし。

三巻本の諸本の本文は、「まつりの比いとをかし」であり、古本と同じ。

卅八　上達部殿上人もうへのきぬのこきうすきはかりのけちめにて、しらかさねとおなしさまにすゝしけにおかし。

古本にしたかふ。

三巻本の刈谷本は「うへのきぬ」で、他の諸本は、
　上達部殿上人もうへのきぬのこきうすきはかりのけちめにてしらかさねともおなしさまにすゝしけにをかし
である。三巻本の刈谷本以外の諸本の本文は古本に同じ。
卅九　木々の葉のまたいとしけうハあらて。
　古本にしたかふ。春本にしけうハなうてとあるハ俗語のふり也。いとと云詞なきもわろし。
三巻本の諸本の本文は、「木々の木葉またいとしけうはあらて」であり、古本と同じ本文のものは無い。
四十　わかやかにあをミわたりて、かすミも霧もへたてぬそらのけしきなとこそ、たゝなにともなくおかしけれ
　異本にしたかふ。古本春本なとには、なにとなくそゝろにおかしきにとあり。

三巻本の諸本の本文は、「なにとなくすゝろにをかしきに」であり、「そゝろに」の本は無い。能因本が「そゝろに」であり、古本と同じ。
四十一　すこしくもりたる夕つかたよるなと、しのひたるほとゝきすのとほくそらねかとおほゆはかりたと〳〵しきをきゝつけたらんは何こゝちかせん
　古本にしたかふ。異本春本なとに、そらねをそらみゝとあるハわろし。

三巻本の多くの諸本は、「すこしくもりたる夕つかたよるなとしのひたる郭公の遠くそらねかとおほゆはかりたと〳〵しきをきゝつけたらんはなに心ちかせん」である。宇和島伊達家本が「夕つかたに」であり、前田家本が「遠く」が無い。内閣文庫本が「おほゆるはかり」で古本と異つてゐる。
四十二　まつり近くなりて青くちはふたあゐなどやうなるものども。
　異本にしたかふ。古本春本なとに、ふたあゐなとのものともとあるハわろし。

三巻本の諸本の本文は、「祭ちかく成てあをくちはふたあゐの物とも」であり、古本と同じ本は無い。能因本が、

「まつりちかくなりてあをくちはふたあゐなとの物とも」であり、古本と同じ。

四十三　おしまきて。

古本にしたかふ。春本にハおしきつゝとあり。

三巻本の諸本の本文は、「をしまきて」であり、古本と同じ。

四十四　ほそひつのふたにいれ、かみなとにけしきはかりおしつゝみてゆきちかひもてありくこそおかしけれ。

古本にしたかふ。

三巻本の諸本の本文は、「かみなとにけしきはかりをしつゝみていきちかひもてありくこそをかしけれ」であり、「ほそひつのふたにいれ」が無く、「いきちかひもてありくこそ」である所が古本と異る。「ほそひつのふたにいれ」があるのは能因本である。能因本の諸本は「行ちかひもてありくこそ」で、慶安刊本と春曙抄本とが「ゆきちかひもてありくこそ」である。

四十五　すそこむらこまきそめなとも、つねよりハおかしくミゆ。

古本にしたかふ。

三巻本の内閣文庫本は、「すそこむらこまきそめ」で「まきそめ」がある。他の三巻本の諸本は、「すそこむらこなともつねよりはをかしくみゆ」であり、「まきそめ」が無い。古本は内閣文庫本と同じである。

四十六　わらハへのかしらはかりあらひたてゝ、なりハミななへほころびかちにうちみたれて。

異本にしたかふ。古本春本なとにミたれかゝりたるもあるかといへるハ、かみにみなといひたる詞にかなハす。又古本にほころひたえミたれとあるハいたくわろし。

古本の「ほころひたえ」の部分の三巻本は、

ほころひひたえ　　中郁本

ほころひたヽ　　古梓堂文庫本　本田本
ほひろひ○《ひ》たえ　河野本
が古本と異り、他の三巻本は古本と同じ。
古本の「みたれかヽりたるもあるか」の部分の三巻本は、
みたれ○《かゝる》たるもあるか　弥富本　みたれかヽりたるも　早稲田大学本
みたれかヽるもあるか　内閣文庫本　みたれかヽけたるもあるか　前田家本
が古本と異り、他の三巻本は古本と同じ。
四十七　けいしくつなと緒すけさせ、うらおさせなともてさわきて。
古本にしたかふ。

三巻本の諸本の本文は、「けいしくつなとにをすけさせうらをさせなともてさはきて」であり、古本と同じ「なと」の本文のものは無い。
四十八　いつしかその日にならなんと。
古本にしたかふ。
三巻本の諸本の本文は、「いつしかその日にならなんと」であり、古本と同じ。
四十九　いそきはしりありくも。
春本にしたかふ。古本にハおしありくもとあり。
三巻本の諸本の本文は、「いそきをしありくも」であり、古本と同じ。
五十　いとおかしや。
古本にしたかふ。

三巻本は、早稲田大学本、宇和島伊達家本が、「をかしや」であり、古梓堂文庫本、前田家本が「おかしや」であり、古本と異る。他の三巻本の諸本は古本と同じ。

五十一　さうそきしたてつれは、いミしくちやうさなといふ法師のやうに。

春本にしたかふ。古本にハねりさまよふ、いかにこゝろもとなからんとあり。

三巻本は古梓堂文庫本、前田家本が、「いかにも心もとなからん」で古本と異る。他の諸本は古本と同じ。

五十二　ほと〳〵につけておやをはの女あねなといふものも、その日ハミなとも人になりてつくろひかしつきありく、いとあハれにおかし。

異本にしたかふ。（中略）おやをはの女と云ことよからぬいひざまにておだやかならねど、古本延徳本春本などにもミなさあれば、しばらくさておきつ。

三巻本の諸本の本文は、「おやおはの女あねなとの」であり、古本に同じ。

五十三　あやならぬそわろき

蔵人云々あやならぬそわろきと云までの文、春本にハなし。古本にしたかひてくはへつ。

三巻本の諸本の本文は、「あやならぬはわろき」であり、古本の本文と異る。

第四段　おなしことなれともきゝみゝことなるもの

一　げすの詞にハかならずもじあまりし、たらぬこそあやしけれ。

古本にしたかふ。たゝしあやしけれと云詞は異本によりつ。古本にハをかしけれとあり。

「げすの詞にハ」の部分は、中郁本と内閣文庫とが「けすの詞」で「にハ」が無い。「もじあまりし」の部分は内閣文庫本のみが「もしあまりし」で、古本と同じであり、他の諸本は「し」が無い。

第五段　思はん子を

一　おもハん子をほうしになしたらんこそハいとくるしけれ。
　　春本にしたかふ。古本も大かたハ同し。

三巻本の諸本の本文は、「思はん子を法師になしたらんこそ心くるしけれ」である。「こそは」の「は」があるのは能因本系統である。
二　さるハいとたのもしきわざを。
　　春本にしたがふ。古本にハなし。

三巻本の諸本の本文には無い。
三　たゝ木のはしなどのやうに思ひたるこそいといとほしけれ。
　　古本にしたかふ。春本にハ思ひたらんこそとあり。

三巻本は本田本が、「思ひこそ」であり、中邨本が、「思ふこそ」である。他の諸本は、「思ひ（思、おもひ）たるこそ」であり、古本と同じである。
四　さうじものゝいとあしきをうちくひ。
　　古本にしたがふ。

三巻本は古梓堂文庫本が、「さうしのものゝ」であり、他の諸本は古本と同じ。
五　まいてげんざなどはいとくるしげなめり。
　　古本にしたがふ。春本にハけんじやなとのかたハとあり、わろし。

三巻本は古梓堂文庫本が「けんさ」であり、前田家本が「そんしや」であり、河野本が「そんしや（けイ）」である。他の諸本は「けんしや」である。古本と一致するのは古梓堂文庫本である。

後半は古梓堂文庫本が、「くるしけなり」であり、前田家本が、「くるしけれめり」であり、河野本が、「くるしけれめり（な歟）」である。他の諸本は古本と同じ。

六　うちねふればねふりをのみしてと。

古本にしたがふ。春本にハねふりなどのみしてとあり。

三巻本の諸本の本文は、「うちねふれはねふりをのみしてなと」であり、「してと」の本文の本は無い。

第六段　大進なりまさか家に

一　北の門より女房の車どもゝ、まだちんのゐねば。

古本にしたがふ。春本にハまだと云詞なく、ちん屋のゐねばとあるなどもわろし。

三巻本の早稲田大学本が「ゐねば」を「ぬれは」とする他は、諸本の本文が古本と同じ。

二　いりなんと思ひて。

古本にしたかふ。春本にハいりなんやと思ひてとあり。

三巻本の諸本の本文は、「入なんとおもひて」であり、古本と同じ。

三　おるゝにいとにくゝはらだゝしけれどもいかゞハせん。殿上人地下なるも陣にたちそひて見るもいとねたし。

古本にしたがふ。

三巻本は内閣文庫本が、「いとにくゝ」であり、他の諸本は、「いとわくゝ」である。古本は内閣文庫本に同じ。

前田家本が、「はらたかし」であり、他の諸本は、「はらたゝし」である。

四　御まへにまゐりてありつるやうけいすれば、こゝにても人ハ見るまじうやは、などかはさしもうちとけつるとわらハせたまふ。

古本にしたがふ。春本にこゝにもとあるハわろし。

三巻本は宇和島伊達家本が、「こしにても」であり、他の諸本は、「こゝにても」であり、古本に同じ。

五　されどそれはみなめなれにて侍れば、よくしたて、侍らんにしもこそおどろく人も侍らめ。

古本にしたがふ。

三巻本の諸本の本文は、「されとそれはめなれにて侍れはよくしたてゝ侍らんにしもこそおとろく人も侍らめ」であり、古本にある「みな」は無い。能因本は、「されとそれはみなめなれて」で「みな」は有るものの「めなれにて」の「に」は無い。

六　さてもかばかりの家に車いらぬ門やハある、見えばわらハん。

古本にしたがふ。春本にハかばかりなる家にとあり。

三巻本の諸本の本文は、「さてもかはかりの家に車いらぬ門やはある見えはわらはん」であり、古本に同じ。

七　などいふほどにしも、これまゐらせたまへとて御硯などさしいる。

古本にしたがふ。春本にハこれまゐらせんとてとあり、わろし。

三巻本は中邨本が、「程にも」とある。他の諸本は、「なといふ程にしもこれまいらせ給へとて御すゝりなとさしいる」であり、古本に同じ。

八　などその門はさせばくハつくりてすミ給ひけるぞといへば。

延徳本にしたかふ。古本にハその門はたせハくはとあり、わろし。

三巻本は、前田家本が「せはく」で「は」が無い。他の諸本は、「その門はたせはくは」であり、古本に同じ。「はた《さイ》」の本がある。

九　されど門のかぎりをたかくつくりける人もきこゆるハといへば。

春本にしたかふ。古本にハつくる人もありけるハとあり、わろし。

三巻本の諸本の本文は、「作人もありけるは」であり、古本に同じ。

十　うけたまハりしるべきにも侍らざりけり。

古本にしたがふ。

三巻本の諸本の本文は、「うけ給しるへきにも侍らさりけり」であり、古本に同じ。

十一　その御道もかしこからざめり。

古本にしたがふ。

三巻本の諸本の本文は、「その御みちもかしこからさめり」であり、古本に同じ。

十二　えん道しきたれどみなおちいりさわぎつるハ。

古本にしたがふ。春本にえん道しきたればとあるハわろし。

三巻本は早稲田大学本が、「さいきつる」とある他は、「えんたう敷たれとみなおち入さはきつるは」であり、古本に同じ。

十三　雨のふり侍つればさも侍りつらん。

古本にしたがふ。春本には雨のふり侍ればげにさも侍らんとあり、わろし。

三巻本は古梓堂文庫本が、「さも侍らむ」である他は、「雨のふり侍つれはさも侍つらん」であり、古本に同じ。

十四　又おほせられかくる事もぞ侍る、まかりたちなんとていぬ。

古本にしたがふ。春本にハおほせかくべき事もぞ侍るとあり。

三巻本の諸本の本文は、「又おほせられかくる事もそ侍まかりたちなんとていぬ」であり、古本に同じ。

十五　何事ぞ、なりまさがいミじうおぢつるハとはせ給ふ。

春本にしたがふ。いミじうおぢつるハ何事ぞといふ意也。古本にハなに事になり昌がいミじうおぢつるとあり。

三巻本は内閣文庫本が、「何ことにそ」であり、前田家本、河野本が、「なにた、こそ」であり、他の諸本は、「なにことそ」であり、古本と同じ。古梓堂文庫本、前田家本、河野本は、「なかまさ」であり、他の諸本は、「なりまさ」であり、古本に同じ。

十六　車のいり侍らさりつる事いひ侍つると申ておりたり。

古本にしたがふ。春本にハ車のいらざりつる事いひ侍ると申ておりぬとあり、わろし。

三巻本は早稲田大学本に、「おりたりし」とある他は、「車の入侍らさりつることいひ侍つると申ておりたり」であり、古本に同じ。

十七　よろづの事もしらずねふたければみなねぬ。ひんがしのたいの西のひさし、北かけてあるに　北のさうじにはかけがねもなかりけるを、それもたづねず。

さてこゝは古本にしたがふ。

三巻本の諸本の本文は、「よろつのこともしらすねふたけれはみなねぬひんかしのたいの西のひさし北かけてあるに北のさうしにかけかねもなかりけるをそれも尋す」であり、能因本は、「万の事もしらすねふたけれはねぬ東のたいのにしのひさしかけてある北のさうしにはかけかねもなかりけるをそれもたつねす」である。

古本は殆ど三巻本の諸本と同じである、三巻本には「さうじには」の「は」が無い。古本は能因本と二ヶ所で異る。

但し「さうしには」の「は」がある事は能因本と同じ。

十八　あやしくかればミたるもの、さわぎたる声にて。

一本にしたがふ。かればミたる声ならバ、ひきくてしづかなるべきを、あけていらんと思ふ心ときめきに、さわぎたる声にていふ也。古本にハかればミさわぎたるとあり。春本にハかればミたるもの、声にてとあり。

ともにわろし。

三巻本の諸本の本文は、「かれはみさはきたる」であり、古本に同じ。

十九　さふらはんハいかに〳〵。

古本にしたかふ。春本にハさふらハんにハいかゞとあり。いとわろし。

三巻本は勧修寺家本が、「さふらんはないかに」であり、他の諸本は、「さふらはんはいかに〳〵」であり、古本に同じ。

廿　わが家に。

古本にしたがふ。春本にハたゞ家にとあり。

三巻本の諸本の本文は、「わが家に」であり、古本に同じ。

廿一　かたハらなる人をおしおこして、かれ見たまへ、かゝる見えぬもの、あめるハといへば。

古本にしたがふ。（中略）春本にあめるをとあるハわろし。

「人をおしおこして」の部分の三巻本は、

人と《をカ》をしおこして　中邨本　本田本　勧修寺家本
人と《をイ》をしおこして　早稲田大学本
人おほしおこして　古梓堂文庫本　前田家本
人おほしおう《こイ》して　河野本
人をゝしおこして　弥富本　刈谷本　宇和島伊達家本　田安徳川家本　日本大学本　内閣文庫本

であり、弥富本以下の諸本が古本に同じ。

「かれ」の部分は、中郁本　本田本　日本大学本が、「かな」であり、他の諸本は古本に同じ。「見たまへ」の部分は、河野本が、「給へ」であり、他の諸本は古本に同じ。

廿二　かしらもたげて見やりていミじうわらふ。あれハたそ、けそうふといへば。

古本にしたがふ。けそうふハ懸想ふると云意なり。春本にハけそうにとありて、抄にあらハにと云意にとけるハわろし。(頭註、古本やわろからん)

三巻本の諸本の本文は、「かしらもたけて見やりていみしうわらふあれはたそけそうといへは」である。「けそうふ」の本は無く、古本独自の本文である。

廿三　門の事をこそきこえつれ、さうじあけたまへとやハ聞えつるといへば。

古本にしたかふ。春本にハ門の事をこそ申つれ、さうじあけ給へとやハいふとあり、わろし。

三巻本の諸本の本文は、「門のことをこそ聞えつれさうしあけ給へとやはきこえつるといへは」であり、古本に同じ。

廿四　あけつとならば。

延徳本にしたがふ。古本にハあけん、春本にハあけぬとあり。

三巻本の諸本の本文は、「あけん」であり、古本に同じ。

廿五　たゞいりねかし、せうそこをいはんに、よかなりとハたれかいはんと、げにぞをかしき。

古本にしたがふ。

三巻本の諸本の本文は、「たゝいりねかしせうそこをいはんによかなりとはたれかいはんとけにそをかしき」であり、古本に同じ。

廿六　おまへにまゐりてけいすれば、さる事も聞えざりつるものを、よべの事にめでていきたりけるなめり。

古本にしたがふ。春本にいりにけるなめりとあるハわろし。

三巻本は、中郁本、本田本が、「さることの」であり、他の諸本は、「おまへにまいりてけいすれはさることも聞えさりつる物をよへのことにめてゝいきたりけるなめり」であり、古本に同じ。

廿七　あハれかれをはしたなくいひけんこそ、いとをかしけれとてわらハせ給ふ。

延徳本にしたかふ。古本も大かた同じけれど、いとほしけれとてとあり。

三巻本の諸本の本文は、「いとをかしけれとて」であり、能因本の諸本の本文は、「いとをしけれとて」であり、古本に同じ。

廿八　ひめ宮の御かたのわらハへのさうそくつかうまつるべきよしおほせらるゝに。

古本にしたがふ。春本にハわらハのあこめのとあり。

三巻本の諸本の本文は、「姫宮の御かたのわらはへのさうそくつかうまつるへきよし仰らるゝに」であり、古本に同じ。

廿九　此あこめのうはおそひハなにの色にかつかうまつらすべきと申を。

古本にしたがふ。春本にハわらハのあこめのとあり。

三巻本の諸本の本文は、「このあこめのうはをそひはなにの色にかつかうまつらすへきと申を」であり、古本に同じ。

卅　姫ミやのおまへのものハれいのやうにてハにくげさふらはん、ちうせいをしきにちうせい高つきなどこそよくさふらハめと申を。

古本にしたがふ。

「にくげさふらはん」は三巻本、能因本共に、「にくけにさふらはん」と「に」があり、「に」の無い本は無い。他は日本大学本が、「れいのやうにてハ」が「れいのやにては」であり、古梓堂文庫本が、「たかつき」が、「さかつき」である他は、三巻本の諸本の本文が古本に同じ。

卅一　さてこそはうはおそひきたらんわらはもまゐりよからめといふを。

古本にしたがふ。

三巻本の諸本の本文は、「さてこそはうはをそひきたらんわらはもまいりよからめといふを」であり、古本に同じ。

卅二　なほれいの人のやうにかくないひわらひそ。

春本にしたがふ。古本にハこれなわらひそとあり。

三巻本は内閣文庫本が、「これなわらひそ」であり、宇和島伊達家本が、「これなからないひわらひそ」であり、前田家本が、「なかくないひわらひそ」であり、他の諸本は、「これなかくないひわらひそ」である。古本の本文は内閣文庫本に同じ。能因本も古本に同じである。

卅三　いときんこうなるものをといとほしがらせたまふもをかし。

古本にしたがふ。春本にはきすくなるものをといとほしけにせいし給ふもをかしとあり。

三巻本は古梓堂文庫本、河野本、前田家本が、「いと〳〵おしからせ」とある他は、諸本「いときんこうなる物をといとおしからせ給ふもをかし」であり、古本に同じ。

卅四　又なでふこといひてわらハれんとならんとおほせらるゝも又をかし。

古本にしたがふ。

三巻本は「いひて」が日本大学本に、「いひ」とある他は、「又なてうこといひてわらはれんとならんと仰らるゝも又をかし」であり、古本に同じ。但し「又をかし」の「又」は能因本に無い。

卅五　いミじうかんじ申されていかでさるべからんをりに、心のどかにたいめんして申うけたまハらんとなん申されつるとて、又こと〳〵もなし。

古本にしたがふ。春本にハ心のどかにといふ詞なく、又こともなしとあり。ミなわろし。

三巻本は前田家本、河野本に、「さるへからんおに」とある他は、「いみしうかんし申されていかてさるへからんおりに心のとかにたいめんして申うけ給はらんとなん申されつるとて又こと〳〵もなし」であり、古本に同じ。

卅六　今しづかに御つぼねにさふらハんとていぬれば。

古本にしたがふ。春本にハじゝていぬればとあり、わろし。

三巻本は内閣文庫本が、「さむらはん」であり、前田家本が、「さふらんはん」である他は、「いましつかに御つほねにさふらはんとていぬれは」であり、古本に同じ。

卅七　さて何ごとぞとのたまはすれば、申つる事をさなんとまねびけいして、わざとせうそこしよび出べき事にもあらぬを。

春本にしたがふ。古本にハさなんとけいすれば、わざとせうそこしよひ出べき事にぞあらぬやとあり。

三巻本の諸本の本文は、「さなんとけいすれはわさとせうそこしよひいつへきことにはあらぬや」であり、「事にぞ」の本文の本は無い。能因本は「ことにそ」であり、他は異るが、ここのみ古本に同じ。

卅八　おのがこゝちにかしこしと思ふ人のほめたるをうれしとやおもふとてつげしらするならんとのたまハする御けしきもいとをかし。

春本にしたがふ。古本にハつけしらするをつけきかするとあり。いとをかしをいとめでたしとあり。

三巻本の諸本の本文は、「つけきかする」、「いとめてたし」であり、古本に同じ。

第七段　うへにさふらふ御ねこは

一　命婦のおとゞとて。

一本おもとゝあり、それもわろからず。されど古本延徳本春本ミなおとゞとあれば、しばらくおほきにつきておとゞとせり。

三巻本の諸本の本文は、「おと、」であり、古本に同じ。
二　いミじうおかしければ。
　古本にしたがふ。春本にハいとおかしければとあり。

三巻本は本田本が、「をしければ」である他は、「をかしければ」であり、古本に同じ。
三　かしづかせたまふが、はしに出てふしたるに。
　古本にしたかふ。春本にハはしに出てたるをとあり、わろし。

三巻本は中邨本が、「いて」であり、伊達家旧蔵本が、「て、」である他は、「かしつかせ給ふかはしにいて、ふしたるに」であり、古本に同じ。
四　めのとのうまの命婦、あなまさなやいりたまへとよぶに、きかで。
　春本にしたがふ。古本にハきかでと云詞なし。

三巻本の諸本は「きかで」が無く古本に同じ。
五　日のさしいりたるにねふりてゐたるを。
　古本にしたがふ。春本にハさしあたりたるにとあり。

三巻本は日本大学本が「ねふり」である他は、「日のさし入たるにねふりてゐたるを」であり、古本に同じ。
六　あさかれひのおまに、うへおはしますに。
　古本にしたがふ。春本にハあさかれひのまに、うへハおはしますとあり。

三巻本は内閣文庫本のみが、「あさかれゐのおま」であり、古本に同じ。他の諸本は、「あさかれゐのおまへ」である。
七　御らんじていミじうおどろかせ給ふ。ねこを御ふところにいれさせ給ひて。
　古本にしたがふ。春本には猫ハとあり。

三巻本の諸本の本文は、「御らんしていみしうおとろかせ給ねこを御ふところに入させ給て」であり、古本に同じ。

八　蔵人忠隆まゐりたるに。

　春本にしたがふ。古本にハ忠隆の次になりなかとあり。延徳本にハなかなりとありて、まぎらはしければはぶきつ。又まゐりたればとあるもよからず。

三巻本は中邨本、本田本が、「なゝりなる」である他は、「なりなか」であり、古本に同じ。

九　いぬ嶋へつかはせ、ただ今とおほせらるれば、あつまりてかりさわぐ。

　古本にしたがふ。春本にハ犬嶋にとあり。

三巻本の諸本の本文は、「いぬしまへつかはせた、いまとおほせらるれはあつまりかりさはく」であり、「て」は無い。能因本は、「いぬ島になかしつかはせ」であり、古本、三巻本と異るが、「あつまりて」であり、「て」がある。

十　うまの命婦をもさいなミて、めのとかへてん、いとうしろめたしとおほせらるれば。

　古本にしたがふ。春本にハうまの命婦もとあり。

「さいなミて」の部分は三巻本の内閣文庫本が、「さいなみて」であり、古本に同じ。弥富本が、「い《下》さ《上》なみて」である他は、諸本、「いさなみて」である。「めのとかへてん」の部分は、本田本が、「めのとかへてんてむ」である他は、諸本、「めのとかへてん」であり、古本に同じ。

十一　あハれいミじうゆるぎありきつるものを、三月三日に頭ノ弁の柳のかつらせさせ、もゝの花をかざしにさゝせ、桜こしにさしなどしてありかせ給ひしをり、かゝるめ見んとハおもハざりけんなどあハれがる。

　古本にしたがふ。春本にハ柳のかつらをせさせ、もゝの花かざしにさゝせ、桜こしにさゝせなどしてありかせ給ひしをり、かゝるめ見んとハ思ひかけけんやとあハれがるとあり。

「ありきつるものを」の部分は、中邨本、本田本が、「ありつる物を」であり、内閣文庫本が、「あるきつる物を」

である他は諸本、「ありきつる物を」であり、古本に同じ。「か丶るめ」の部分は、前田本が「しるめ」である他は、諸本、「か丶るめ」であり、古本に同じ。

十二　犬のいミじうなく声のすれば、なにその犬のかくひさしくなくにかあらんときくに。

春本にしたがふ。古本にはなぞの犬のとあり、それもわろからず。

三巻本の諸本の本文は、「なそのいぬの」であり、古本に同じ。

十三　よろづの犬どもはしりさわぎ、とふらひ見にいく。

はしりさわぎと云詞、古本になし。春本によりてくハへつ。とふらひ見にいくハ古本にしたがふ。春本にハとふらひにゆきとあり、わろし。

三巻本の諸本の本文は、「よろつのいぬとふらいみにいく」であり、古本に同じ。

十四　ながさせたまひけるがかへりまゐりたりとて、ちやうじ給ふといふ。

春本にしたがふ。古本にハ犬をながさせ云々とあり、わろし。たゞし春本もまゐりたるとてとあるハよからず。古本にまゐりたりとてとあるによりつ。

三巻本の諸本の本文は内閣文庫本の他は、「なかさせ給けるかかへり参りたるとててうし給ふといふ」であり、内閣文庫本のみ「参りたり」であり、古本に同じ。

十五　おきなまろなり、忠隆さねふさなんうつといへば、せいしにやるほどに、からうじてなきやミぬ。

春本にしたがふ。古本にハさねふさなんと云々なきやミとありて、ぬもじなし、わろし。

三巻本の諸本の本文は、「おきなまろなりた丶たかさねふさなんとうつといへはせいしにやるほとにからうしてなきやみ」であり、「ぬ」は無い。「なきやみぬ」と「ぬ」が有るのは能因本である。

十六　しにければぢんのとにひきすてつといへば。

古本にしたがふ。春本には門の外にとあり、ぢんのとハ陣の外也。

三巻本は日本大学本が、「ひすてつ」である他は、「しにけれはちんのとにひきすてつといへは」であり、古本に同じ。

十七　あハれ、おきなまろか、此頃か、るいぬやはありくといふに。

古本にしたかふ。（中略）春本にハあはれまろか、か、る犬やハ此頃ハ見ゆるなといふにとあり。

三巻本の諸本の本文は、「おきな丸かこの比か、る犬やはありくといふに」であり、「あはれ」は無い。古本と同じく「あはれ」があるのは能因本である。

十八　おきなまろといへどき、もいれず、それともいひ、あらずともくち〳〵申せば。

古本にしたがふ。春本にハ翁丸とよべどみ、にも聞いれず、それぞといひ、あらずといひとあり。

三巻本の諸本の本文は内閣文庫本の他は、「おきな丸といへときゝも入すそれともいひあへすともくち〳〵申せは」であり、内閣文庫本のみ、「あらすとも」であり、古本に同じ。

十九　右近ぞ見しりたる、よべとてしもなるをまづとミの事とてめせばまゐりたり。

春本にしたがふ。古本にハしもなるをまづとミの事とてと云詞なし。おちたるにこそ。

三巻本は、早稲田大学本が、「よとて」であり、宇和島伊達家本、古梓堂文庫本、前田家本が、「よへと」である他は、「右近そ見しりたるよへとてめせはまいりたり」であり、古本に同じ。

廿　これはおきなまろかと見せさせたまふに。

春本にしたがふ。古本にハ見せさせ給ふとありて、にもじなし。

三巻本の諸本の本文は、「これはおきな丸かとみせさせ給」であり、古本に同じ。

廿一　似ては侍れとこれはゆ、しげにこそ侍るめれ。

古本にしたかふ。春本にハ似て侍れどもとあり。

三巻本は古梓堂文庫本、前田家本が、「侍あれ」であり、他は、「侍めれ」であり、古本に同じ。

廿二　又おきなまろとよべバよろこびてまうでくるものを、よべどよりこず。

　春本にしたがふ。古本にハおきなまろかとだにいへバよろこびて云々とあり。

三巻本は弥富本、刈谷本、田安徳川家本が、「よりこそ」であり、他は、「よりこす」であり、古本に同じ。

廿三　それハうちころしてすて侍りぬとこそ申つれ、さるものどものふたりしてうたんにハ、いき侍なんやと申せば

　春本うたんにハ生なんやとあり。古本うたんにハ侍なんやとあり。ともに一字おとせるにて、生《イキ》侍なんやなるべし。さてさるものどもとハさるたけきものどものと云意也。此詞古本になし、うつしおとせるにこそ。

「うたんにハ」の部分の三巻本は、刈谷本が、「うたんに」である他は、「うたんには」であり、古本に同じ。「侍なんや」の部分は、内閣文庫本が、「いき侍なんや」である他は、「侍なんや」であり、古本に同じ。

廿四　御けづりぐしにまゐり。

　春本にしたがふ。中宮の御けづりぐしに清少納言のまゐりたるなり。古本にハにまゐりと云詞なし。

三巻本の諸本の本文は、「御けつりくし」であり、古本に同じ。

廿五　御てうづなどまゐりて御かゞみをもたさせ給て。

　古本にしたがふ。（中略）春本にハ御てうつまゐりて御かゝみもたせてとあり。

「御かゞみ」の部分は、古梓堂文庫本、前田家本が、「御かたみ」であり、他は、「御かゝみ」であり、古本に同じ。「もたさせ給て」の部分は、古梓堂文庫本、前田家本が、「もたさせ給て」であり、河野本が、「もたさ《せイ》せ給て」であり、古本に同じ。他は、「もたせさせ給ひて」である。

廿六　御覧ずればさふらふに、犬の柱のもとにいつゐたるを見やりて。

　ついと云詞春本にありて古本になし。見やりてと云詞古本にありて春本になし。ふたつながらあるぞよき。

三巻本の諸本の本文は、「ゐたるをみやりて」であり、古本に同じ。

廿七　いかにわびしきこゝちしけんとうちいふに、此ゐたる犬ふるひわなゝきて、涙をたゝおとしにおとす。

春本にうちいふほどに、此ねたるとあるハわろく、古本によりつ。又古本に犬の云云おとしにおとすとあるハわろく、春本によりつ。

「こゝちしけん」の部分は、中郁本が、「こちしにけん」である他は、「こゝちしけん」であり、古本に同じ。「犬の」の部分は三巻本の諸本、「犬の」であり、古本に同じ。

廿八　さハこれおきなまろにこそありけれ。

春本によりつ。古本にハこれと云詞なし。

三巻本の諸本の本文は「これ」が無く、古本に同じ。

廿九　かくれしのびてあるなりけり。

古本春本ともにあるなりけりとあれど、あるハありのあやまり。

三巻本は前田本が、「ありなり」である他は、「あるなり」であり、古本に同じ。

卅　とあはれにそへてをかしきことかぎりなし。

古本にしたがふ。春本にはそへてと云詞なし。

三巻本の諸本の本文は、「とあはれにそへてをかしきことかきりなし」であり、古本に同じ。

卅一　御かゞみうちおきて。

古本にしたがふ。春本にハ御鏡をもとあり。

三巻本の諸本の本文は、「御かゝみうちをきて」であり、古本に同じ。

卅二　さはおきなまろかといふに。

古本にしたかふ。春本にハまろかのかもじなし。

三巻本の諸本の本文は、「さはおきな丸か」であり、古本に同じ。

卅三　ひれふしていミじうなく。御前にもうちわらハせ給ふ。

春本にしたがふ。古本にハ御前にもいミじう打わらハせ給ふとあり。

三巻本は内閣文庫本が、「[お]《(朱)う》ちわらはせ給ふ」であり、古本に同じ。他は、「おちわらはせ給」である。

卅四　人々まゐりあつまりて。

春本にしたがふ。古本にハなし。さて此次に詞おちたるものなるべし。いひたらぬこゝちす。古本になきハミながらうつしおとせるにこそ。

三巻本の諸本は無く、古本に同じ。

卅五　右近内侍めしてかくなんとおほせらるれバ、わらひの、しるを。

古本にしたがふ。春本にハかくなど、あり、わろし。

「右近内侍めして」の部分は、宇和島伊達家本、古梓堂文庫本、前田家本が、「右近内侍」であり、他は、「右近内侍めして」であり、古本に同じ。「おほせらるれバ」の部分は、田安徳川家本が、「仰らる、は」であり、他は、「仰らるれは」であり、古本に同じ。「わらひの、しる」の部分は、田安徳川家本が、「わひの、しる」であり、内閣文庫本が、「はらひの、しる」である他は、「わらひの、しる」であり、古本に同じ。

卅六　きこしめしてわたりおハしましたり。

古本にしたがふ。春本にハわたらせおハしましてとあり。それもわろからず。

三巻本は、伊達家本が、「おはしましたる」である他は、「おはしましたり」であり、古本に同じ。

卅七　うへの女房たちなども。

春本にしたかふ。古本にハたちといふことなし。

三巻本は前田家本が「うへの女房」の部分が「人の女房」である他は、「うへの女房」であり、古本に同じ。

卅八　きゝてまゐりあつまりて。

古本にしたがふ。春本にハきゝにとあり、わろし。

三巻本は早稲田大学本が「あつまりて」の部分、「あつまり」である他は、「あつまりて」であり、古本に同じ。

卅九　なほかほなどはれためり。ものてうぜさせバやといへば。

春本にしたがふ。古本にハ猶此顔などのはれたる、ゆくてをせさせバやとあり。

三巻本は、早稲田大学本。宇和島伊達家本、前田家本、河野本、古梓堂文庫本が、「このほか」であり、他が、「このかほ」であり、古本に同じ。「ゆくて」の部分は三巻本の諸本、「物のて」であり、「ゆくて」の本は無い。能因本が、「ゆくて」である。
四十　つひにこれをいひあらハしつることなとわらふに。
古本にしたかふ。春本にハつひにいひあらハしつるなとわらハせ給ふにとありて、
三巻本の諸本の本文は、「つゐにこれをいひあらはしつることなとわらふに」であり、古本に同じ。
四十一　あなゆゝし、さらにさるものなしといはすれは、
このさらにと云詞一本によりてくハへつ。古本にも春本にもなし。

三巻本の諸本の本文は、「さらにさる物なし」であり、「さらに」が有る。中郁本のみ、「さる物なし」であり、「さらに」が無い。中郁本が古本に同じ。
四十二　さてかしこまりゆるされてもとのやうになりにき。
古本にしたがふ。

三巻本の諸本の本文は、「さてかしこまりゆるされてもとのやうになりにき」であり、古本に同じ。

四十三　人などこそ人にいはれてなきなどはすれ。

延徳本にしたがふ。（中略）古本にハ人など人にもいはでなきなどハすれとあり。

「人など」の部分は、刈谷本、内閣文庫本が、「人なと」であり、古本に同じ。他は、「人なとこそ」である。「いはで」の部分は三巻本の諸本、「いはれて」であり、「いはで」の本は三巻本、能因本共に無い。

第八段　正月一日

一　夜ふくるまゝにほしのすがたあらハに見えたる。

古本一本などにハ、星の数も見えたるとあり、それもわろからず。

三巻本の諸本の本文は、「星の数もみえたる」であり、古本に同じ。

二　九月九日ハ暁がたより雨すこしふりて菊の露もこちたく。

さて春本にハ菊の露もこちたくそほちとあり。いたくわろし。（中略）古本延徳本異本などにハそほちといふ詞なし。

三巻本の諸本の本文に「そほち」は無く、古本に同じ。

三　おほひたるわたなどいたうぬれたるぞうつしの香まさりておかしき。

異本にしたがふ。（中略）さて古本にハおほひたる綿などもいたくぬれ、うつしの香ももてはやされてとあり。わろし。春本も古本に大かた同しくて、もてはやされたるとあるのミぞたがへる。

三巻本は河野本が、「かもゝのてはやされて」である他は、「かももてはやされて」であり、古本に同じ。

四　つとめてハやミにたれどそらハ猶くもりて、やゝもせばふりおちぬべく見えたるもおかし。

古本にしたがふ。（中略）さて春本にハやゝもすればとあり、わろし。

「ふりおちぬへく」で、古本に同じ。前田本は、「ふりたち思へく」であり、他は、「ふりたちぬへく」である。

「そらハ」の部分は三巻本の諸本に無い。前田本、堺本に有る。「ふりおちぬべく」の部分は、内閣文庫本のみ、

第十段　いまたいりのひむかしをは

一　今の内裏の。

古本にしたがふ。春本にハ今だいりとあり。

三巻本は内閣文庫本のみ「今のたいり」であり、古本に同じ。他は、「いまたいり」である。

二　ならの木のはるかに高きがたてるを。

春本にしたかふ。古本延徳本にハなしの木とあり。

三巻本の諸本の本文は、「なしの木」であり、古本に同じ。

三　つねに見ていくひろかあらんなどいふに。

春本にしたがふ。古本にハいくひろあらんなどいふとあり。

三巻本の諸本の本文は、「いくひろあらんなといふ」であり、古本に同じ。

四　もとよりうちきりて、定証僧都のえた扇にせさせはやとの給ひしを。

春本にしたかふ。古本にハ枝扇にせハやとあり。

三巻本の諸本の本文は、「えたあふきにせはや」であり、古本に同じ。

五　山しな寺の別当になりて、よろこひ申しの日。

古本にしたかふ。春本にハよろこひ申すの日とあり。

「申しの日」の部分は三巻本、「申する」であり、古本と同じ本文の本は無い。能因本は、「申の日」である。

六　出ぬるのちに。

春本にハ出ぬるのちこそとあり、わろし。古本にしたかふ。

三巻本の諸本の本文は、「出ぬる後に」であり、古本に同じ。
七　などそのえた扇をばもたせたまハぬといへバ、ものわすれせぬとわらひ給ふ。
古本にしたかふ。春本には枝扇ハ云々ものわすれせすとわらひ給ふとあり。

「もたせたまハぬといへば」の以下部分の三巻本は、中郁本、本田本が、「もたせ給はぬとわらひ給」である他は、「もたせ給はぬといへは物わすれせぬとわらひ給」であり、古本に同じ。

第十一段　山は

一　わすれずの山。
古本にしたがふ。春本にハわすれ山とあり。

三巻本の諸本の本文は、「わすれすの山」であり、古本に同じ。
二　いりたち山。
古本にハいりたちの山とあり。

三巻本の諸本の本文は、「いりたちのやま」であり、古本に同じ。
三　かたさり山こそ誰に所おきけるにかとをかしけれ。
古本にハかたさり山こそいかならんとをかしけれとあり。

三巻本の諸本の本文は、「かたさり山こそいかならんとをかしけれ」であり、古本に同じ。
四　とこの山ハわが名もらすなと、みかどのよませ給ひたるがおかしきなり。
三巻本の諸本にこの部分は無い。能因本、前田本は、「床の山はわかなもらすなと御門のよませ給ひけんいとをかし」である。

五　あさくら山よそに見るぞおかしき。

古本にしたかふ。春本にはよそに見るらんおかしきとあり。

三巻本は、弥富本、刈谷本が、「こそに見るそ」であり、伊達家旧蔵本が、「よそに見るこそ」である他は、「よそにみるそ」であり、古本に同じ。

六　おほひれ山もおかし。りんじのまつりのまひ人などの思ひ出らる、なるべし。

さて古本にしたがへり。春本にハりんじのまつりのつかひなどおもひ出らるべしとあり。

三巻本の諸本の本文は、「おほひれ山もをかしりんしの祭のまい人なとのおもひ出らる、なるへし」であり、古本に同じ。

第十四段　いちは

一　つは市ハやまとにおほかる所の中に。

異本にしたかふ。古本春本ともにやまとにあまたある中にとあり。

三巻本の諸本の本文は、「やまとにあまたある中に」であり、古本に同じ。

二　はつせにまうつる人のかならすそこにとまるハ。

古本にしたかふ。春本にハとゞまりければとあり。

「はつせ」の部分の三巻本の諸本の本文は、「はせ」であり、「はつせ」は無い。能因本が「長谷寺」であり、前田本が「はつせ」である。「とまるハ」の部分は中邨本が、「とまる」とする他は、古本に同じである。

第十五段　ふちは

一　かしこふちハいかなるそこの心をみてさる名をつけけんとおかし

さて古本にしたがふ。春本にハ心をみえてさる名をつきけんとあり。

三巻本の諸本の本文は、「かしこふちはいかなるそこの心をみてさる名を付けんとをかし」であり、古本に同じ。

二　ないりその淵たれにいかなる人のをしへけん。

古本にしたがふ。春本にハをしへしならんとあり。それもわろからす。

三巻本の諸本の本文は、「ないりそのふちたれにいかなる人のをしへけん」であり、古本に同じ。

三　蔵人などのぐにしつべくて。

古本にしたがふ。

三巻本の諸本の本文は、「くら人なとのくにしつへくて」であり、古本に同じ。

四　かくれの淵、のそきの淵、玉淵。

古本にハのそきのふち、玉淵ハなし。

三巻本の古梓堂文庫本、前田家本が、「かくれ淵」である他は、「かくれのふち」であり、古本に同じ。

第十九段　いへは

一　二条一条もよし。

春本にしたがへり。古本にハ二条のみかど一条もよし。異本にハ二条あたり一条もよし。一本には二条わたり一条もよしとあり。

三巻本の諸本の本文は、「二条みかゐ一条もよし」であり、「みかど」とする本は無い。

第二十段　せいえうてんのうしとらのすみの

一　あらうミのかた、いきたるものどものおそろしげなる、手ながあしながなどをぞかきたる。

さて古本にしたがふ。春本にハ手ながあしながをぞかゝれたるとあり。

三巻本は「手なが」の部分が前田家本、河野本、「てなり」であり、「などをぞ」の部分が前田家本、「なとそをぞ」

である他は、「あらうみのかたいきたる物とものおそろしけなるてなかあしなかなとをそかきたる」であり、古本に同じ。

二　つねにめに見ゆるをにくミなどしてわらふ。

　さて春本にハわらふほどにとあり。(中略) 古本にハほどにと云詞なくて、一わたり聞えたれば、しバらく古本にしたがひつ。

三巻本の諸本の本文は、「つねにめにみゆるをにくみなとしてわらふ」であり、古本に同じ。

三　かうらんのもとにあをきかめの大なるを。

　春本にハをのてにをはなし。古本によりてくハへつ。

三巻本の諸本の本文は、「かうらんのもとにあをきかめのおほきなるを」であり、古本に同じ。

四　すゑてさくらのいミじうおもしろき枝の五尺ばかりなるをいとおほくさしたれば、かうらんのとまでさきこぼれたるに。

　古本にしたかふ。たゞしにのてにをは、春本にはりてくハへつ。春本にはハかうらんのもとまでこぼれ咲たるにとあり。

三巻本の諸本の本文は、「すへてさくらのいみしうおもしろき枝の五尺はかりなるをいと多くさしたれはかうらんのとまて咲こほれたる」であり、古本に同じ。

五　こきむらさきのさしぬき。

　古本にハかたもんのさしぬきとあり。

三巻本は前田家本が、「かたもんさしぬき」であり、他は、「かたもんのさしぬき」である。

六　しろき御そとも、うへにハこきあやの。

はのてにをハ、古本によりてくハへつ。春本にハなし。
三巻本の諸本の本文は、「しろき御そともうへにはこきあやの」であり、古本に同じ。
七　まゐりたまへり。
古本にハたまへるにとあり。春本にしたがふ。
三巻本の諸本の本文は、「まいり給へるに」であり、古本に同じ。
八　ものなどまうしたまふ。
古本にしたかふ。春本にハ奏し給ふとあり。
三巻本の諸本の本文は、「物なと申たまふ」であり、古本に同じ。
九　みすのうちに女房さくらのからきぬとも、くつろかにぬきたれて。
春本にぬきたれつ、とあるハわろし。古本にしたがふ。

三巻本の諸本の本文は、「みすのうちに女房さくらのからきぬともくつろかにぬきたれて」であり、古本に同じ。
十　いろ〳〵このましうて。
さて古本にしたがふ。春本にハいろ〳〵にこのもしくとあり。
三巻本の諸本の本文は、「色〳〵このましうて」であり、古本に同じ。
十一　ひのおましのかたにハ。
はのてにをハ、古本によりてくハへつ。春本にはなし。
三巻本の諸本の本文は、「日のおましのかたには」であり、古本に同じ。
十二　けいひちなどをし〳〵といふこゑきこゆ。
春本けハひなど、あり、わろし。古本けいひちとあり、よし。春本をしをしとあり、よろし。古本にハをしとばかりあり。古本きこゆるもとあり、わろし。春本によりつ。

三巻本の諸本の本文は、「けいひちなとをしといふこゑきこゆるも」であり、古本に同じ。

十三　うらくとのどかなる日のけしきなど、いミじうおかしきに。

古本にしたがふ。春本にハけしきいとおかしきにとあり。

三巻本の諸本の本文は、「うらくとのとかなる日のけしきなといみしうおかしきに」であり、古本に同じ。

十四　はてのおほんばんとりもたる蔵人まゐりて

さて春本にハ御はんもたるとあり。古本にしたがふ。

三巻本の諸本の本文は、「はての御はんとりたるくら人まいりて」であり、「とりもたる」の本は無い。能因本は「もたる」であり、前田本は「とりたる」である。

十五　中の戸よりわたらせ給ふ。ひさしより大納言殿御おくりにまゐり給ひて。

古本にしたがふ。春本にハ御ともに大納言殿まゐらせ給ふてとあり。

三巻本は「ならの戸」の本と、「なかの戸」の本とがあり、「なかの戸」と古本と同じである本は、勧修寺家本、弥富本、刈谷本、田安徳川家本、内閣文庫本である。

十六　なにとなくたゞめでたきを。

古本にしたがふ。春本にハたゞなに事もなく、よろづにめでたきをとあり。

三巻本は弥富本が、「何事なく」である他は、「なにとなくたゝめてたきを」であり、古本に同じ。

十七　いとゆるらかにうちいたしたまへる。

古本にしたかふ。春本にハゆるゝかにうちよみ出してゐ給へるとあり、わろし。

三巻本は「いとゆるゝかに」の本と、「いとゆるらかに」の本と、「ゆるらかに」の本とがあり、古本と同じ「いとゆるらかに」の本は、弥富本、日本大学本、内閣文庫本である。

十八　いとおかしうおほゆ。

　春本おほゆるとあれど、さてハてにをはと丶のはず。るもじをはぶきつ。古本おぼゆるにぞとあり。これもわろし。おかしうハ古本にしたがふ。春本にハおかしと丶あり。

三巻本の諸本の本文は、「いとおかしう覚るにぞ」であり、古本に同じ。

十九　げにちとせもあらまほしき御ありさまなりや。

　古本にしたがふ。たゞしさまなるやハなりやのうつしあやまりなる事しるければあらためつ。春本にハげにぞ千とせもあらまほしげなる御ありさまなるやとあり。

三巻本の諸本の本文は、「けにちとせもあらまほしけなる御ありさまなるや」であり、古本に同じ。

廿　御すゞりのすミすれとおほせらる丶に、めはそらにて。

　春本にハめはそらにのミにてとあり、古本にしたがふ。

三巻本の諸本の本文は、「御す丶りのすみすれと仰らる丶にめはそらにて」であり、古本に同じ。

廿一　たゞおはしますをのミ見奉れば、ほとと《○も》ほ《○な》きめもはなちつべし。

　春本にかくありて、抄にほどとほきめとハちとせもあらまほしきとまもり奉りし中宮にも、目をはなつべしと云意なりといへるハしひ言也。古本にほともほきめもとあり。ほきのほハなの誤にて、ほどもなきめもなるべし。

三巻本の諸本の本文は、「ほと丶つきめもはなちつへし」であり、「ほともほきめも」の古本の本文と一致するものは無い。

廿二　しろきしきしおした丶みて、これ《主上の御詞》にたゞ今おぼえんふる言。

古本にハふるき言とあり。春本にしたがふ。

三巻本の諸本の本文は、「ふるき事」であり、古本に同じ。

廿三　ひとつゞゝかけとおほせらるゝ。とにゐ給へるにこれハいかゞ。

古本にしたがふ。春本いかにとあり。

三巻本の諸本の本文は、「是はいかゝ」であり、古本に同じ。

廿四　とく〳〵たゞおもひまハさで。

古本にしたかふ。春本おもひめぐらさでとあり。いづれにてもよし。

三巻本は刈谷本が、「思るまはさて」である他は、「思ひまはさて」であり、古本に同じ。

廿五　上らうふたつミつばかりかきて。

春本二つ三つかきてとあり。古本にしたがふ。

三巻本の諸本の本文は、「上らうふたつみつはかり書て」であり、古本に同じ。

廿六　御らんじくらへて。

さきの春の哥、花のこゝろなどかけると御らんじくらぶる也。さて古本にしたがふ。春本にハくらべの三字なし。

三巻本は中邨本が、「御覧しくらへ」、河野本が、「御らんくらへて」である他は、「御覧しくらへ」であり、古本に同じ。

廿七　たゞ此こゝろばへどものゆかしかりつるぞとおほせらるゝついでに。

ふる言をかけといひしハ、かやうのおもしろき心ばへを見んとてせし事ぞとおほせらるゝついてに、昔がたりをし給ふ也。さて古本にハ御心とものとあり、わろし。春本にしたがふ。

三巻本の諸本の本文は、「この心とものゆかしかりつるそとおほせらる丶ついてに」であり、古本の本文と一致しない。

廿八　ゑんいゆうゐんの御時に。

にのてにをはハ古本によりてくハへつ。春本にハなし。

三巻本の諸本の本文は、「ゑんいう院の御時に」である。『清少納言枕冊子新釈』の「ゑんいゆうゐん」の「い」と「ゆ」とは、どちらかが衍字であらうから、三巻本の諸本の本文は古本に同じと言へる。

廿九　御前にてさうしに哥ひとつかけと殿上人におほせられけるを。

さうしハ冊子にて、あまたの紙をひとつにとちたるをいへり。古本にハおほせられけれはとあり。春本にしたがふ。

三巻本の諸本の本文は、「殿上人に仰られけれは」であり、古本に同じ。

卅　いミじうかきにく丶すまひ申人々ありけるに。

すまひハあらそひいなむ意の詞也。にのてにをは古本によりてくハへつ。春本にハなくてわろし。

三巻本の諸本の本文は、「人々ありけるに」であり、古本に同じ。

卅一　さらに手のあしさよさ、哥のをりにあはざらんもしらじとおほせらるれば。

春本にハあはざらんをもしらじとおほせられけれハとあり。古本にしたがふ。

三巻本は中邨本が、「あはさらんもしら〳〵とおほせらるれは」である他は、「あはさらんもしらしとおほせらるれは」であり、古本に同じ。

卅二　いミじくめでさせ給ひけるとおほせらる丶にも。

さて春本おほせらる丶もとあり。古本によりてにと云もしをくハふ。

三巻本の諸本の本文は、「おほせらるゝにも」であり、古本に同じ。

卅三　すゞろにあせあゆるこゝちぞする。

はづかしくて何となくあせのながるゝこゝちする也。さて古本にしたがふ。春本こゝちぞしけるとあり。

三巻本の多くは、「あと《をイ》」、「あと《を歟》」であり、内閣文庫本と古梓堂文庫本とが「あせ」であり、古本に同じ。「こゝちぞする」は三巻本の諸本と古本の本文とが一致する。

卅四　年わかからん人ハさもえかくまじき事のさまにやとぞおぼゆる。

よハひはおいぬにと云哥あればなり。さて春本にしたがふ。古本にハ人はささも云云さまにやなどぞおぼゆれバとあり、わろし。年といふもじハ古本によりてくはへつ。

三巻本の諸本の本文は、「年わかゝらん人はたさもえ書ましき事のさまにやなとそおほゆる」である。田安徳川家本のみ「はた」が「かた」である。古本の「はさ」と一致する本は無い。「年」は三巻本の諸本の本文は「年」であり、古本に同じ。

卅五　哥どものもとをおほせられて、これがすゑはいかにととハせ給ふに。

今の世に哥の上句下句と云を、昔は哥の本末といへり。さて古本にしたがふ。春本いかにとおほせらるゝにとあり。

三巻本は弥富本と刈谷本とが、「いかにもとはせ給」である他は、「いかにととはせ給」であり、古本に同じ。

卅六　すべてよるひる心にかゝりておぼゆるもあるが、けきよう申いてられぬはいかなる事ぞ。

けきようとハ俗語にさつぱりとゝ云意なるべし。此けきよう延徳本にしたかふ。古本にハげによくとあり。げにと云詞こゝにかなハず。春本ハ此わたりことにひが事多し。

三巻本は、内閣文庫本が、「けによう」である他は、「けきよう」であり、古本と同じ本文の本は無い。

卅七　とわびくちをしがるもをかし。

古本にしたがふ。春本にハいひくちをしがるとあり。たゞおぼえぬよしにもいひがたきを、わびおぼえぬをくちをしがるなり。

三巻本の諸本の本文は、「わひくちおしかるもおかし」であり、古本に同じ。

卅八　しると申人なきをば、やがてよみつゞけさせ給ふを。

下の句へすぐによみつゞけたまふなり。古本にハよみつゞけてけうさせさせたまふをとあり。わろし。春本にしたがふ。

三巻本は本田本が、「よみつ、つ、けて」であり、田安徳川家本が、「かみつ、けて」である他は、「よみつ、けて」であり、古本に同じ。

卅九　これハみなしりたる事ぞかし
古本にしたがふ。春本にハさてこれはとあり。

三巻本の諸本の本文は、「是はしりたる事そかし」であり、古本にある「みな」は無い。
四十　御むすめにおはしける○とたれかはしり奉らざらん。
古本にしたがふ。たゞしおハしけることゝありしを、ことをとの一字に見あやまりて、この字をうつしおとせるなるべし。春本にハおハしましければ、たれかハしり聞えざらんとあり、わろし。

三巻本は早稲田大学本が、「おはしけり」である他は、「御むすめにおはしけると誰かはしり奉らさらん」であり、古本に同じ。
四十一　まだひめ君ときこえける時。
いまだ帝につかうまつりたまハぬほど也。古本にしたがふ。春本まだひめ君におハしける時とあり。

三巻本の諸本の本文は、「またひめ君と聞えける時」であり、古本に同じ。
四十二　ち丶おとゞのをしへ聞えさせたまひける事ハ。
古本にしたがふ。春本給ひけるハとあり。

三巻本の諸本の本文は、「父おと丶のをしへ聞え給けることは」であり、古本に同じ。
四十三　一には。
いちにハとよむへし。第一にハの意也。古本傍注本なとに、ひとつにハとかけるハわろし。

三巻本の諸本の本文は、「ひとつには」であり、古本に同じ。
四十四　古今の哥二十巻《はたまき》をみなうかへさせたまハんを。
うかふるとハそらにおほゆる事也。古今の哥をうかむるハ、哥よむがくもんにハげにうへもなき事にぞありける。さて春本にしたがふ。古本うかへさせたまふをとあり。

三巻本の諸本の本文は、「うかへさせ給ふを」であり、古本に同じ。
四十五　御がくもんにはせさせたまへとなん聞えさせたまひける。
春本にしたかふ。古本きこえ給ひけるとあり。

三巻本の諸本の本文は、「聞え給ける」であり、古本に同じ。
四十六　ときこしめしおきて。
古本にしたがふ。春本おかせ給ひてとあり。

三巻本の諸本の本文は、「ときこしめしをきて」であり、古本に同じ。
四十七　れいならず御きちやうをひきへだてさせたまひければ。
つねにハ几帳をひきよせへたて給ふ事なけれは、れいならずといふ也。春本ひきたてさせとあり、わろし。古本にしたがふ。

三巻本は中邨本が、「引隔給」である他は、「ひきへたてさせ給」であり、古本に同じ。
四十八　そのとし、その月なにのをり、その人のよみたる哥ハいかにととひ聞えさせ給ふを。
　古今集の哥の詞書をよミてとハせ給ふ也。そのとしとハ寛平の御時、その月とハやよひのつきごもり、なにのをりとハきさいの宮の哥合になといへるたぐひなり。その人とハよみ人の名をの給ふ也。さてはてのをといふてにをは古本にしたかふ。春本にハにとあり。

三巻本の諸本の本文は、「いかにととひ聞えさせ給を」であり、古本に同じ。
四十九　かうなりけりと心えさせ給ふもをかしきもの、。
　春本かうなりと、あり、わろし。古本にしたがふ。すべてなりけりといへるハ事のよしを解釈したる文のとぢめにおく辞にて、れいならず御きちやうをひきへだて給ひしハ、かうなりけりと心に解釈し給ふ也。

三巻本の諸本の本文は、「かうなりけりと」であり、古本に同じ。
五十　ひがおぼえをもし、わすれたる所もあらバ。
　ひがおぼえとハおぼえたがへるをいひ、わすれたる所とハ、一句二句などわすれて思ひ出られぬをいへり。さて古本にしたがふ。春本ひがおぼえもし、わすれたるなどもとあり。

三巻本は、古梓堂文庫本、前田家本、河野本が、「りすれたる」である他は、「忘れたる所もあらは」であり、古本に同じ。
五十一　二三人ばかりめしいで丶、ごいししてかずをおかせたまハんとて、しひ聞え給ひけんほどなど。
　碁いしして女御のひがおぼえ、又ハわすれ給ふ哥の数をとらせたまハんとて、しひてかず〳〵とひ給ふ也。さて春本おかせたまはんとてとある、よし。古本ハおかせ給ふとて、古本しひ聞え給ひけんほとな

と」については、三巻本の諸本の本文は、「しゐ聞えさせ給けん程なと」であり、古本に同じ。
五十二　せめて申させ給へば。
かミにしひ聞え給ひけんといへるも、しひてかすく〳〵の哥をとひ給ふ事なるに、こゝにせめてといへるハ、猶しひてかずく〳〵とひ給ふ事を、詞をかへていへるなり。せめてハしひてと同しやうなる詞にて、すこし重ければはじめにしひてといひて、のちにせめてとハいへるなり。さて古本にしたかふ。春本給ひければとあり。

三巻本の諸本の本文は、「せめて申させ給へは」であり、古本に同じ。
五十三　さかしうやがてすゑまでハあらねども。
哥の末ハいひさし給ふハ、さかしだちたまハぬ女御の御心しらひ也。古本にしたがふ。春本末までなどハあらねどもとあり。

三巻本の諸本の本文は、「さかしうやかてすゑまてはあらねとも」であり、古本に同じ。
五十四　すべてつゆたがふ事なかりけり。いかで猶すこしひがこと見つけてをやまんと。
をハやすめ詞なり。古本にしたがふ。春本すこしおぼめかしく、ひがこと云云とあり。

三巻本の諸本の本文は、「すへて露たかふ事なかりけりいかて猶すこしひかこと見つけてをやまんと」であり、古本に同じ。
五十五　ねたきまでにおぼしめしけるに。
古本にしたがふ。春本ねたきまでおぼしけるとあり。

三巻本は、中邨本と本田本とが、「ねたまてに」である他は、「ねたきまてにおほしめしけるに」であり、古本に同じ。

五十六　おほとのごもりぬるもいとめでたしかし。

大殿ごもると云ハねたまふ事なり。春本ミとのごもりぬるもとあり。古本にしたがふ。

三巻本の諸本の本文は、「おほとのこもりぬるも」であり、古本に同じ。

五十七　いと久しうありておきさせ給へるに、なほ此事かちまけなくてやませ給ハんはいとわろかるべしとて

なほ此事と云より、村上帝の御心のうちにおぼしめす事をいへり。さて春本さうなくてやまんいと云々ことあり。古本にしたがふ。

三巻本は、

わろし《へしィ》とて　中邨本　わろかるへしとて　内閣文庫本　古梓堂文庫本
わろし〇《へしィ》とて　本田本　弥富本　刈谷本　わろかしへしとて　早稲田大学本　宇和島伊達家本
わろかし〇《へしィ》とて　勧修寺家本　日本大学本　前田家本　河野本
わかつへしとて　田安徳川家本

である。内閣文庫本と古梓堂文庫本とが古本に同じ。

五十八　しも十巻もあすにならばことをぞ見たまひあハするとて

古本にしたがふ。春本しもの十巻をあすにもならばことをもぞとあり。さてことを見たまひあハするとハ、古今集の詞書にかけることを哥と見あはせ給へるをいへり。さるハ詞書をよみて哥をとひたまへバなり。

「しも十巻」については、内閣文庫本が、「しも十巻」であり、古本に同じ。他は、「しもの十巻」である。「ことをぞ」については、「ことそ」早稲田大学本、宇和島伊達家本、古梓堂文庫本、河野本、「こそ」前田家本であり、他

は、「ことをそ」であり、古本に同じ。「あはする」については、古梓堂文庫本が、「あいする」であり、他は、「あはする」であり、古本に同じ。

五十九　夜ふくるまでなんよませ給ひける。されどつひにまけきこえさせたまハずなりにけり。うへわたらせ給ひてのち、かゝる事なん

女御の御かたへ、帝わたらせ給ひてのちに、かやうの事なん侍と帥尹公へ申やりたる也。なんハ侍ると云意をこめていひさしたる也。春本にしたがふ。古本帰りわたらせ給ふてかゝる事なと、あり、わろし。

三巻本の諸本の本文は、「帰わたらせ給てかゝる事」であり、古本に同じ。

六十　そなたにむきてなんねんじくらし給ひけるも

古本にしたがふ。春本そなたにむかひてねんじくらさせとあり。

三巻本の諸本の本文は、「そなたにむきてなん念しくらし給ける」であり、古本に同じ。

六十一　だにもえよみはてじとおほせらる。むかしハゑせものなども、みなすきおかしうこそありけれ

ゑせものとハ身分のかろきものをいふ。よき人のかゝる事ふかくこのミおかしうおはすハもとよりにて、ゑせもののものにふかくかたよりておかしかりしと云意也。さて春本にしたがふ。古本すきと云詞なし。

三巻本の諸本の本文に「すき」は無く、古本に同じ。

六十二　此頃かやうなる事やはきこゆる。

春本にしたがふ。古本此頃ハかやうなる事やとあり。

三巻本は内閣文庫本が、「事やは」であり、他は、「事は」である。「事や」の古本と同じものは無い。

六十三　まことにつゆおもふ事なく、めでたくぞおぼゆる

古本にしたがふ。春本まことにおもふ事なくこそおぼゆれとあり、わろし。

三巻本の諸本の本文は、「まことに露おもふことなくめてたくそおほゆる」であり、古本に同じ。

一　内侍のすけなどにてしハしあらせばやとこそおぼゆれ

　春本ないしなとにてもとあり。古本にしたがふ。

三巻本の諸本の本文は、「内侍のすけなとにてしはしもあらせはやとこそおほゆれ」と「も」があり、古本と同じものは無い。

第二十一段　おいさきなくまめやかに

二　みやづかへする人をバあは〱しうわろき事にいひ思ひ居たるをとこそいとにくけれ

　いひと云詞古本によりてくハへつ。春本にハなし。

三巻本の諸本の本文は、「いひおもひたる」であり、古本に同じ。

三　かけまくもかしこきおまへをはじめ奉りて

　さててもじハ古本によりてくハへつ。春本にはなし。

三巻本の諸本の本文は、「かけまくもかしこきおまへをはしめ奉りて」であり、古本に同じ。

四　見ぬ人ハすくなくこそハあらめ。女房のずさ、その里よりくるもの

　古本にしたがふ。春本女房のずんざども、その里よりくるものどもとあり、わろし。

「すくなく」については、刈谷本が、「すくなう」である他は、古本と同じ。「すくなくこそは」の「は」は三巻本の諸本に無い。「女房のずさ」以下については、三巻本の諸本の本文は、「女房のすさそのさとよりくる物」であり、古本に同じ。

五　いつかはそれをはぢかくれたりし。とのばらなどハいとさしもやあらざらん

　殿はらなどハしも女の見るやうにはあらじと云意なり。さて古本にしたがふ。春本さしもあらすやあらんと

あり。

三巻本の諸本の本文は、「とのはらなとはいとさしもやあらさらん」であり、古本に同じ。

六　それもあるかぎりハしかぞあらん

さて一本にしたがふ。春本ハさぞあらんとあり。古本ハしかさぞあらんとあり。

三巻本は中邨本が、「しかさうあらん」である他は、「しかさそあらん」であり、古本に同じ。

七　うへなどいひてかしづきすゑたらんに

よき人の妻をばその家にてハうへといふ也。さて古本にしたがふ。春本すゑたるにとあり。

三巻本の諸本の本文は、「うへなといひてかしつきすへたらんに」であり、古本に同じ。

八　さてこもりゐたるハまいてめでたし

古本にしたがふ。春本こもりゐたる人ハいとよしとあり。

三巻本の諸本の本文は、「さてこもりゐぬるはまいてめてたし」であり、「ゐたる」の本は無い。

九　ずろうの五せちいたすをりなど

古本にしたがふ。春本五せちなどいだすをりとあり。

「ずろうの」については、

するの　　中邨本　本田本　　　　　　すらうの　　刈谷本

するの（傍註有り）　勧修寺家本　弥富本　田安徳川家　　すらう　　内閣文庫本

本　日本大学本　早稲田大学本　　すりやうの　　古梓堂文庫本

宇和島伊達家本　　　　すかの　　前田家本　河野本

であり、刈谷本が古本に同じ。但し「ろ」と「ら」とは異る。

十　さりともいたうひなび、見しらぬ事人にとひき、などはせじ

　さて春本にしたかふ。古本ハいとひなびいひしらぬ事など人にとひき、などハせじかしとあり。

三巻本の諸本の本文は、「いとひなびいひしらぬことなと人にとひ聞なとはせしかし」であり、古本に同じ。

二

上記を整理すると次のやうになる。

一　三巻本の諸本と同じ

一1（第一段の一を略記。以下同じ）2 3 4 5　三2 6 9 10 13 17 22 23 25 28 29 30 32 34 36 37 43 48 49 52　六2 6 9 10 11 14
18 20 23 24 25 27 28 29 31 38　七1 4 7 12 13 20 24 26 27 28 30 31 32 34 40 42　八1 2　十2 3 4 6　十一1 2 3 6　十四1
十五1 2 3　二十2 3 4 6 7 8 9 10 11 12 13 18 19 20 22 23 25 28 29 30 32 37 41 42 43 44 45 46 48 49 51 52 53 54 56 59 60 61 63　二
十一2 3 4 5 7 10

二　一部の本以外は諸本と同じ

イ　宇和島伊達家本以外の諸本と同じ　六4

ロ　宇和島伊達家本　刈谷本　古梓堂文庫本　前田家本以外の諸本と同じ　三12

ハ　宇和島伊達家本　河野本　古梓堂文庫本　前田家本　早稲田大学本以外の諸本と同じ　七39　二十58

ニ　宇和島伊達家本　古梓堂文庫本　前田家本以外の諸本と同じ　七35

ホ　宇和島伊達家本　古梓堂文庫本　前田家本　早稲田大学本以外の諸本と同じ　三50　六26　七19　十7

ヘ　宇和島伊達家本　内閣文庫本　前田家本以外の諸本と同じ　三41

ト　勧修寺家本以外の諸本と同じ　三8　六19

チ　刈谷本以外の諸本と同じ　三38　七23　二十24　二十一4
リ　刈谷本　古梓堂文庫本　前田家本以外の諸本と同じ　一7
ヌ　刈谷本　古梓堂文庫本　弥富本以外の諸本と同じ　三31
ル　刈谷本　伊達家旧蔵本　弥富本以外の諸本と同じ　十一5　二十35
ヲ　刈谷本　田安徳川家本　弥富本以外の諸本と同じ　七22
ワ　刈谷本　内閣文庫本以外の諸本と同じ　七43
カ　河野本以外の諸本と同じ　六21　八3
ヨ　河野本　古梓堂文庫本　中郁本　本田本以外の諸本と同じ　三46
タ　河野本　古梓堂文庫本　前田家本以外の諸本と同じ　五5　六15 21 33　二十50
レ　河野本　内閣文庫本　前田家本以外の諸本と同じ　六15
ソ　河野本　中郁本以外の諸本と同じ　二十26
ツ　河野本　前田家本以外の諸本と同じ　三3　六35　二十1
ネ　古梓堂文庫本以外の諸本と同じ　三16 18 20　五4　六13 30　二十58
ナ　古梓堂文庫本　前田家本以外の諸本と同じ　三1 27 51　七21 25　十五4
ラ　伊達家旧蔵本以外の諸本と同じ　七3 36
ム　田安徳川家本以外の諸本と同じ　七35 36
ウ　田安徳川家本　本田本以外の諸本と同じ　三7　二十38
ヰ　内閣文庫本以外の諸本と同じ　七23　二十58
ノ　内閣文庫本　中郁本　本田本以外の諸本と同じ　七11

オ　内閣文庫本　前田家本以外の諸本と同じ　六36
ク　内閣文庫本　前田家本　弥富本　早稲田大学本以外の諸本と同じ　三46
ヤ　中邨本以外の諸本と同じ　六7　七27　十四2　二十31 47　二十一6
マ　中邨本　日本大学本　本田本以外の諸本と同じ　六21
ケ　中邨本　本田本以外の諸本と同じ　五3　七8　二十55
フ　中邨本　前田家本以外の諸本と同じ　二1　四1
コ　日本大学本以外の諸本と同じ　六30 34　七5 16
エ　本田本以外の諸本と同じ　七2
テ　前田家本以外の諸本と同じ　三19　六3 8　七29 37　二十1 5
ア　弥富本以外の諸本と同じ　二十16
サ　早稲田大学本以外の諸本と同じ　三4　六1 12 16　七38　二十40

三　一部の本のみと同じ

イ　勧修寺家本　刈谷本　田安徳川家本　内閣文庫本　弥富本のみと同じ　二十15
ロ　刈谷本のみと同じ　二十一9
ハ　古梓堂文庫本のみと同じ　三11　五5
ニ　古梓堂文庫本　内閣文庫本のみと同じ　三十33 57
ホ　古梓堂文庫本　前田家本のみと同じ　七25
ヘ　内閣文庫本のみと同じ　一6　三5 26 45　四1　六3 32　七6 14 18 33　八4　十1
ト　内閣文庫本　日本大学本　弥富本のみと同じ　二十17

チ　中郁本のみと同じ　七41
リ　弥富本のみと同じ　七10
四　どの本とも同じでなく、古本の独自本文
三14 15 21 24 31 33 35 39 40 42 44 47 53　五1 2 6　六5 17 22 30 34 37　七9 15 17 39 43　八4　十5　十一4　十四2　十
九1　二十14 21 27 34 36 39 62　二十一1 4 8

三

古本が一本のみと一致するので目立つのは内閣文庫本である。しかし逆に内閣文庫本が古本と一致しないのもかなりある。

古本と三巻本の諸本とが同じであるのは多く、古本が三巻本であることは間違ひない。

他の諸本に無く古本のみの独自本文は多く、古本は注目すべき本と言へる。一部は能因本、前田本と一致する。

本稿には、「前田本」と「前田家本」と二本の名称を用ゐて区別した。

前田本　前田育徳会尊経閣文庫蔵。武藤元信により「別本」の名で紹介せられ、田中重太郎『前田家本枕冊子新註』に翻刻せられた。同書中には「前田本」とあり、前田本とも前田家本とも呼ばれる。

前田家本　前田育徳会尊経文庫蔵。三巻本。

藤井高尚『清少納言枕冊子新釈』中の諸本は次の通りである。

春本　春曙抄本　延徳本　拙稿「『枕草子』延徳本」（本書第四章）参照。

異本　堺本　一本　右に同じ。

第六章　古梓堂文庫本枕草子の濁点

三巻本系統第二類の古梓堂文庫本（日本古典文学会の複製に拠る）には句読点の他に濁点が加へられてゐる。池田利夫『枕草子解題』に左の通りある。

　細かい論点は問題としないで普通に読めば、文明七年五月、広橋綱光が増運大僧正所持の枕草子下巻二冊をよこした。これを見て教秀が写したいと希望したところ、無力な自分にさまざまな点を施せという厳命である。その元の本には句の切れ目もなかったので、読みやすくしようとするために、あれこれ比べ合わせて吟味し、朱で点を加え終わった、という意味になろうか。この大東急記念文庫蔵本にも多くの句読点、濁点を見るので、奥書によれば教秀に遡る加点と知れるが、文節ごとに区切ることが、一つには初原的な注釈ともなっている。従って、句読点にしても、自然多く施されることになるのであろう。現に見る加点がすべて教秀のものと考えるのは危険ながら、その傾向は窺い知ることができる。

第一段「春はあけぼの」の段（以下段数、段名などは拙著『枕草子本文及び総索引』に拠る）には、

春は明ほのやう〳〵しろくなり行山ぎはすこしあかりてむらさきだちたる雲のほそくたなびきたる夏はよる《夜》月のころはさらなりやみも猶ほたるのおほくとひちがひたる又たゞ一二などほのかにうちひかりて行もおかし雨などふるもおかし秋はゆふ暮ゆふ日のさして山のはいとちかうなりたるにからすのね《寝》所へ行とて三四二三つなどとびいそくさへあはれなりまいて雁などのつらねたるがいとちいさくみゆるはいとおかし日入はてゝ風の音むしのね

などはたいふべきにもあらず霜のいとしろきも又さらでもいとさむきに火などいそぎおこしてすみもてわたるもいとつき〴〵しひるになりてぬるくゆるひもてゆけば火おけの火もしろきはいがちになりてわろし

と十九ケ所に濁点が加へてある。「など」は六ケ所あり、全てに濁点が加へてある。一方「とひちがひたる」や「とびいそく」の「とぶ（飛ぶ）」は有るのと無いのとがあり、徹底してゐない。

この段では普通濁点の付く語でも、濁点の加へてあるものと、濁点の加へてない語とがある。特に問題とすべきものは無い。但し以下の段では特異な濁点と思はれるものがあるので、注意すべきものを挙げる事にする。

第三段　正月一日は

世にありとある人はみなすがたかたちこゝろことにつくろひ君をも我をもいはひなどしたるさまごとにおかし

「すがた」「いはひなど」の濁点は問題ないが、「さまごとに」がある。

普通は「ことに」を清音として「様異に」と解する。「さまごとに」と濁点を加へると「様毎に」の意となる。

十五日せくまいりすへかゆの木ひきかくして家の木だち女房などのうかゞふを

「家の木だち」の「木」に濁点を加へて「ごだち」とする。普通は「御達」で「ごたち」とする所である。

ここの解釈については「第一章　二　家のこたち」で考察した。

すこしくもりたる夕づかたよる《夜》などしのびたる郭公のとをくそらかとおぼゆばかりたど〴〵しきを聞つけたらんはなに心ちかせん

「夕づかた」と「つ」に濁点がある。普通は「夕つ方」で「つ」は清音である。

古梓堂文庫本も第七段「うへにさふらふ御ねこは」の段及び第二百四十七段「五月四日のゆふつがた」の段では「ゆふつかた」とあり、濁点は加へてない。

第六段　大進なりまさか家に

又陣のゐねは入なんと思ひてかしらづきわろき人もいたうもつくろはずよせておるべきものと「かしらづき」とある。普通は「かしらつき」（頭）である。

古梓堂文庫本は第百八十七段「心にくき物」の段は「かしらつき」とし、第二百五十六段「関白との二月廿一日に」の段は「かしらづきのあをくうつくしけに」と「かしらづき」とする。

北のさうじにかけがねもなかりけるをそれも尋ず家あるじなれはあんないをしりてかけてげり

「かけてげり」と「てげり」に濁点が加へてある。萬葉集の巻二十、四四八一番に、

あしひきのやつを椿つらつらに見とも飽かめや植ゑてける君

と「てけり」が見える。

高松宮本源氏物語は長享二年（一四八八）の識語がある。「てげり」の例がある。

うちすて丶げる　玉鬘　みたまふてげり　夕霧

軍記物語に「てげり」、「てんげり」が見え、『日本古典文学大系』の底本には左の例がある。

保元物語　てげり　四例　てんげり　二十六例

平治物語　てんげり　六例

平家物語　てんげり　六十八例

古梓堂文庫本は他に、

第八十六段「頭中将のす丶ろなるそらことを」の段

これとてさし出たるが有つる文なれば返してけるかとてうちみたるにあはせておめけは

第九十一段「しきの御さうしにおはします比にしのひさしにて」の段

さてうちなきよろこびていぬるをひたちのすけきあひてみてげり
おほせことなどいひて左近のつかさのみなみのついぢなどにみなすてゝげり
第百六十六段　「宰相中将たゞのふのふかたの中将」の段
人とものいふ事を碁になしてちかうかたらひなどしつるをばてゆるしてけりけちさしつなどいひ
源中将はそひつきてとへどいはねばかの君にいみじう猶これの給へとうらみられてよきなかなれはきかせてけり
第二百二十五段　「やしろは」の段
さてそのいとのつらぬかれたるをつかはしてける後になん猶日のもとの国はかしこかりけりとて
第二百八十八段　「をはらのとのゝ御はゝうへとこそは」の段
又の日をのとのに人〳〵いとおほくあつまりてあそびしふみつくりてけるに
であり、清音の「てけり」が五例、濁音の「てげり」が二例ある。
「てげり」と濁音化したのは後代の事であり、古今和歌集や枕草子は「てけり」である。
せうそこをいはんによかなりとはたれがいはんとげにぞおかしき
「たれがいはん」とある。普通は「たれかいはん」とする。
猶例の人のやうにこれながくないひそいときんこうなる物をといと〳〵おしからせ給もおかし
「ながくないひそ」とある。「かく」は「斯く」であり、濁点を加へると「長く」の意となり、不適切である。
一夜のことやいはんと心どきめきしつれと今静に御つぼねにさふらはんとていぬれば
「心どきめき」と「と」に濁点を加へる。古梓堂文庫本の他の例は、
第六段　「大進なりまさか家に」の段　　心どきめき
第二十二段　「すさましきもの」の段　　心どきめき

第二十九段　「こゝろときめきするもの」の段　　こゝろときめき
第四十三段　「七月はかりいみしうあつけれは」の段　　心どきめき
第八十六段　「頭中将のすゝろなるそらことを」の段　　心どきめき
第八十七段　「かへるとしの二月廿日より」の段　　心どきめき
第二百三段　「見物は」の段　　心どきめき
第二百五十六段　「関白との二月廿一日に」の段　　心どきめき

であり、一例が清音の他は、七例が「心どきめき」である。

『源氏清濁』朝顔の巻に、「心どきめき」とあり、『源氏詞清濁』朝顔の巻にも、「心どきめき」とある。『源氏清濁』の藤裏葉の巻に、「心どきめき」とあり、『源氏詞清濁』藤裏葉の巻に、「一　心どきめき」とある。古梓堂文庫本や、これらの書からは「心どきめき」が優勢であったと考へられる。

第七段　うへにさふらふ御ねこは

此おきなまろうちてうしていぬ《犬》しまへつかはせたゞいまと仰せらるればあつまりがりさはく

「あつまりがりさはく」とある。「集まり狩り騒ぐ」で、「かりさはく」が普通であり、「が」の濁点は不審である。

いぬ《犬》ばかりいでゝ瀧口などしてをひつかはしつ

「ばかり」とある。「犬は狩り出でゝ」であり、「ば」の濁点は不審である。助詞の「ばかり」と解したのであらう。

つとめて御けづりぐし御てうづなどまいりて御かゞみをもたせて給て御らんずれば

「御けづりぐし」とある。「けづりくし」が濁音化して「けづりぐし」となつた。『源氏清濁』、『源氏詞清濁』の紅葉賀の巻に「けづりぐし」がある。

さはおきな丸にこそは有けれよべばかくれ忍びてあるなりけりとあはれにそへて

「よべば」とある。「よべ（昨夜）は隠れ忍びて」であり、「ば」は不審である。「呼べば」と誤解したのであらう。

さりともみつくるおりも侍らんさのみえがたくさせ給はじといふまでかしこまりゆるされて

「えがたくさせ給はじ」は他本では「えかくさせたまはし」とある。「いふまで」は他本では「いふさて」である。

第十一段　山は

いづはた山かへる山のちせの山たむけ山まちがね山たまさか山みゝなし山

「いづはた山」とある。『新古今和歌集』巻九、伊勢に「忘れなむ世にも越路のかへる山いつはた人にあはむとすらむ」とある。「いつ（何時）はた」と清音であると考へるのが自然である。

「まちがね山」とある。『古今和歌集六帖』巻二の「律の国の待ちかね山のよぶこ鳥鳴けど今来といふ人もなし」があり、「待ち兼ね」であるから、清音とすべきである。

第十五段　ふちは

ふちはかしこぶちはいかなるそこの心をみてさる名をつけゝんとおかしかくれぶちいなぶち

「ないりそのふち」、「あをいろの淵」の「ふち」は清音であるが、「かしこぶち」、「かくれぶち」、「いなぶち」は連濁で濁点が加へてある。

第二十二段　すさましきもの

殿はなにゝかならせ給ひたるなどとふにいらへにはなにのせんじにこそはなどかならずいらふる

「せんじ（前司）」とある。『書言字考節用集』に「前司　ゼンジ」とあり、後には「ぜんじ」である。「せんじ」は古い読みを伝へる。

はかなきくずたまうつちなどもてありくものなどにも猶かならずとらすべし

「くずたま（薬玉）」とある。『源氏清濁』、『源氏詞清濁』螢の巻に「くすたま」があり、「す」に不濁点、「た」に濁点が付く。従つて「くずたま」は特異である。

古梓堂文庫本は、

第四十六段「せちは」の段　御くず玉　くず玉　薬《くず》玉

第九十三段「なまめかしき物」の段　くす玉　くずだま

第二百三段「見物は」の段　くずだま

第二百十六段「三条の宮におはしますころ」の段　くず玉（「玉」に濁点）　くず玉（「玉」に濁点）　くず玉ども

とあり、「くすたま」、「くずたま」、「くずだま」の三つが見られる。

第二十五段　にくきもの

ならひて常にきつゝ、い入《ゐてイ》てでうどやうちちらしぬるいとにくし

「でうど（調度）」とある。

古梓堂文庫本では、

第三十段「すきにしかた恋しき物」の段　でうど

第百五十五段「うつくしきもの」の段　ひいなのでうど

第三百十二段「人のかほにとりわきてよしと」の段　でうど

第二百五十六段「関白との二月廿一日に」の段　てうど

とあり、第二百五十六段以外は皆「でうど」である。この段は、

三位中将はちんにつかうまつり給へるまゝにてうとをひていとつきぐ〵しうおはします

であり、武人が携へる弓矢を指し、他の例が身の回りの道具であるのに対して異なる。

『源氏清濁』の桐壺の巻に、

御くしあげのでうど　てうと御ノ字上ニアル時ハ御でうど、濁也　御字無之時ハテノ字清也　三西談

とあり、『源氏詞清濁』の桐壺の巻に、

一　御くしあげのでうどめく　でうど御ノ字上ニアル時ハ御でうどと濁也　御ノ字ナキ時ハテノ字清也　三西談

とある。『源氏清濁』の須磨の巻に、

て《ム》うど　調度　三西調スム　御ノ字付時濁也

とあり、『源氏詞清濁』の須磨の巻に、

一　で《ム》うど　調度　三西調スム　御ノ字付時濁也

とある。「てうど」の清音と、「でうど」の濁音と二つの読みがあつたのを「御」の字の有無によるとするのは無理な説明である。古くからの読みの「でうど」と、新しい読みの「てうど」とが併存してゐたのを解決するためである。高松宮本源氏物語には「でうど」、「てうど」共に多い。『書言字考節用集』は「テウド」であり、古くは呉音の「デウ」であり、後代に漢音の「テウ」となつた。古梓堂文庫本の濁点は古い時代の読みを伝へる。

第四十段　くら人なとむかしは

さればとてはしめつかたばかりありきする人はなかりき

「はしめつかたばかりありき」とある。三巻本の「かりありき」は「かちありき」の誤である。古梓堂文庫本では「ばかり」に濁点を加へ、第三段「正月一日は」の段を例にすると、

上達部殿上人もうへのきぬのこきうすきばかりのけぢめにてしのびたる郭公のとをくそらねかとおぼゆばかりたどく〳〵しきを聞つけたらんは

とある。ここも「ばかり」と解して濁点を加へたものであるが、「始めつ方は、かちありきする人」の意味であるから誤である。

第四十二段　こしらかはといふ所は

あさかうはてぬはなをいかゞ出なんとまへなる車どもにさうぞこすればちかくたゝむかうれしさにや

「さうぞこ（消息）」とある。普通は「せうそこ」であり、『源氏清濁』帚木の巻に、「せうそこ文　コブミ」とある。

古梓堂文庫本には、

第六段「大進なりまさか家に」の段　せうそこ　せうそこし
第四十二段「こしらかはといふ所は」の段　せうぞこをつき〳〵しういひつべからんものひとりめせば
第八十七段「かへるとしの二月廿日より」の段　御せうそこ
第百八段「しけいさ東宮にまいり給ふほとの」の段　御せうそこ
第百三十一段「はしたなき物」の段　女院の御さじきのあなたに御こしとゞめて御せうぞこ申させ給
第二百十四段「よろつのことよりもわひしけなるくるまに」の段　せうそこ
第二百五十四段「うれしき物」の段　せうそこ
第二百五十六段「関白との二月廿一日に」の段

又くら人の弁まいりて殿よりもせうぞこあればたゞおほせごとにていらせ給はんとす院の御さしきよりちかのしほがまなどいふ御せうぞこまいりかよふ

があり、「せうぞこ」四例、「せうそこ」六例であり、「せうぞこ」の例がかなりある。

日葡辞書には「Xôsocu（ショウソク）」が二例あり、

セウソク　伊京集　饅頭屋本節用集　黒本本節用集
ショウソク　明応五年本節用集　黒本本節用集

にも濁音の例は無い。

第四十三段　七月はかりいみしうあつけれは

人げのすればきぬのなかよりみるにうちゑみてなげしにをしかゝりてゐぬ

「人げ」とある。普通は「人げ」であるが、「人け」ともする。

古梓堂文庫本は、

第四十八段　「とりは」の段　　人げ　　　第八十六段　「頭中将のすゝろなるそらことを」の段　　人げ

であり、三例とも「人げ」である。

第四十六段　せちは

つぢありくわらはべなどの程〴〵につけていみじきわざしたりと思ひてつねにたもとまぼり

「つぢ」とある。「辻」と解したものである。『枕草子春曙抄』に、「辻《つじ》ありく童《わらはべ》の」とあり、『枕草紙旁註』に、「つじ《十字、和名》ありくわらはべの」とあり、『清少納言枕草紙抄』に「つぢありくわらはべの」とあり、いづれも「辻」と解してゐる。

武藤元信『枕草紙通釈』に、

つぢありくわらはべの　　〇つぢ—辻

と「辻」と解するものの、武藤元信『清少納言枕草紙別記』に、

◎三七　つぢありくわらはべ（一五九）通釈このつちの頭書に、辻とかきしは、旧説に誤られたり。版本写本共につちとあり（仮名違多き時代にも、十字の字をあてなどしたれば、つじをつぢと誤りたること尠し）こゝは土ありくわらはべにて、栄華本のしづくに「今はのぼらせ給ひても、かひなかるべければ、つちにたゝせ給ひて」とある類なれば、辻を土と改め、ちの濁点を削る。

とある。

田中重太郎『枕草子研究』の「つちにをるもの・つちありくわらはべ・つちにゐる」に左の通り。

「辻《つじ》ありく童《わらはべ》を「つちありく童《わらはべ》」と訂せられた武藤元信翁の御説である。これも、ほとんど世に行はれて居らず、諸註すべて「辻」と解してゐるが、「つち（地）」と考へるべきものと思はれる。

川瀬一馬『講談社文庫　枕草子』に、「辻歩《つじあり》く童《わらはべ》の程々につけては」とし、「町の辻《つじ》を遊び歩《ある》く子供が、程合《ほどあい》に応じて」とし、最近の註釈書も「辻」とするが「土」が正しい。

あをき紙にさうふの葉ほそくまきてゆひ又しろきかみをねじてひきゆひたるもおかし

「ねじて」とある。「根して」であり、白い紙を菖蒲の根で引き結んだものの意である。「ねじて」では捩る意となり、誤である。

第四十七段　花の木ならぬは

かへでの木のさゞやかなるにもえいでたる葉末のあかみて同しかたにひろごりたる葉のさま

「さゞやかなる」とある。「細やかなる」の意であるから普通は「さゝやかなる」であるが、『源氏清濁』には、帚木の巻「さゞやかにて」、橋姫の巻「さゞやかに」で濁点が加へてある。『源氏詞清濁』の橋姫の巻も、「一　さゞやかに」と濁音である。

第五十二段　にけなき物

わかき男もちたるだにみぐるしきにこと人のもとへいきたるとてはらたづに

「はらたづ」とある。「腹立つ」であるから「つ」の濁点は不審である。

古梓堂文庫本の例を挙げる。

第三段「正月一日は」の段　なきはらだちつゝ　　第六段「大進なりまさか家に」の段　はらたゝしけれ

第二十二段「すさましきもの」の段　はらたゝしう　　第五十八段「殿上のなたいめんこそ」の段　はらたち

第七十二段　「たとしへなきもの」の段　はらたつ　　第九十一段　「しきの御さうしにおはします此にしのひさしにて」の段　にくみはらたちて　　第百七段　「雨のうちはへふるころ」の段　はらだちて　　第百三十八段「故殿の御ために月ことの十日」の段　はらたち　　逸文第十三段　「おとこゝそ猶いとありかたく」の段　おほやけはらたちて　　逸文第十五段　「人のうへいふをはらたつ人こそ」の段　はらたつ　　第二百五十五段　「おまへにて人ゝとも」の段　はらたゝしう　　第二百五十六段　「関白との二月廿一日に」の段　いひはらたて第二百九十三段　「そうつの御めのとのまゝなと」の段　はらたゝ　　第三百十六段　「女はうのまいりまかてには」の段　はらたち

『源氏清濁』宿木の巻に、「はらたつ」があり、「た」に不濁点がある。『源氏詞清濁』宿木の巻に、「一　はらたつ」があり、「た」に不濁点がある。『源氏清濁』浮舟の巻に、「はらたてそ」があり、「た」に不濁点がある。『源氏詞清濁』浮舟の巻に、「一　はらたてそ」があり、「た」に不濁点がある。

古梓堂文庫本では二例のみ「た」に濁点があり、「はらたつ」、「はらだつ」、「はらたづ」となる。『源氏清濁』、『源氏詞清濁』に於ては積極的に「た」を不濁とする。古梓堂文庫本の「はらたづ」は特異である。

第二百二十二段　「河は」の段

　あまのがはらたなばたつめに宿からんとなりひらがよみたるもおかし

「あまのがはら」とある。普通は「あまのかはら（天河原）」であらう。萬葉集に「あまのがは（天川）」、「あまのかはら（天河原）」がある。『時代別国語大辞典上代篇』では、「あまのがは」は濁り、「あまのかはら」は濁ってゐない。

第七十二段　たとしへなきもの

　同し人なから心さしあるおりとかはりたるおりはまことにこと人とぞ覚ゆる

「心さじ」とある。普通は「心ざし」であり、「心さじ」は特異である。

古梓堂文庫本の「心ざし」、「御心ざし」は、

第百二十四段「正月にてらにこもりたるは」の段　御心ざし　第百三十九段「頭弁のしきにまいり給で」の段　御心ざし　第百五十九段「むつかしけなる物」の段　心さじ　第百七十八段「宮つかへ人のさとなとも」の段　こゝろざし　逸文第五段「いみしうあつきひる中に」の段　心さし　第三百七段「みやつかへ人のもとにきなとするをとこの」の段　心ざし　第二百五十六段「関白との二月廿一日に」の段　御心ざし　第二百七十一段「なりのふの中将は」の段　心ざし　心ざし

であり、「心さし」一例「心ざし」七例「心さじ」一例である。

第七十六段　けさう人にてきたるは

夜はよ中に成ぬらんかしといひたるいみしう心づきなし

「心づきなし」とある。『源氏清濁』空蝉の巻には「心つきなしと○もたり」とあり、濁点が加へてない。

古梓堂文庫本は、

第二十五段「にくきもの」の段　心づきなし　第百二十五段「いみしうこゝろつきなきもの」の段　心つきなき　第百二十八段「はつかしきもの」の段　心づきなき　第百七十六段「六位蔵人なとは」の段　心づきなし　第百八十二段「宮にはしめてまいりたるころ」の段　心づきなし　第二百十五段「ほそとのにひんなき人なん」の段　心づきなき　第二百六十一段「ひとへは」の段　心づきなし

とあり、清音一例、濁音六例がある。

第八十六段　頭中将のすゝろなるそらことを

すなはち立かへりきてさらばその有づる御文を給はりてことなん仰らるゝとく〳〵といふが

「有づる」とある。連体詞の「ありつる」であり、清音が普通で古梓堂文庫本は特異である。

古梓堂文庫本は他に、「ありつる」四例、「有つる」四例、があるが、濁点の付いたものは無い。

第八十八段　さとにまかてたるに

なにのやうに心もなう遠からぬ門をたかくた丶くらんと聞てとはすればたきぐちなりけり

「たきぐち（滝口）」とある。古梓堂文庫本は、

第七段「うへにさふらふ御ねこは」の段　　滝口

第五十八段「殿上のなたいめんこそ」の段　　たきくち　たきぐち

であり、濁点の加へてない例がある。

かづきするあまのすみかをそことだにゆめいふなどやめをくはせけんとかきてさし出たれば

「など」とある。「ゆめ言ふな、とや」の意であるから、「ど」の濁点は誤である。古梓堂文庫本では「など」の助詞に濁点を加へてあり、ここは助詞と誤解したものである。

その程もこれがうしろめたければおほやけ人すさまじおさめなどしてたえすいましめにやる

「すさまじ」とある。この「すさまじ」は誤写であり、能因本「すまし」、三巻本「すまし」、「すさし」、「すまさし」と異文がある。「おほやけ人」、「をさめ（長女）」と同類の下級の女官「すまし」が適当である。

第九十二段　めでたきもの

めでたきものからにしきかざりだちつくり佛のもくゑ色あひふかく花ぶさなかく

「かざりだち（飾太刀）」とある。「かざりだち」はこの一例のみであるが、類似の語構成は有り、

第九十五段「ほそたちにひらをつけて」の段

ほそだちにひらをつけてきよけなるおのこのもてわたるもなまめかし

の「ほそだち（細太刀）」は「かざりだち」と同じく「ほそだち」と濁点が加へてある。

第九十三段　なまめかしき物

くずだまみこたちがんたちめのたちなみ給へるにたてまつれるいみじうなまめかし

「かんたちめ、かんたちへ」は漢字では「上達部」であり、『饅頭屋本節用集』に「上達部　カンダチベ」、『伊京集』、『黒本本節用集』に、「上達部　カンダチへ」とあり、語頭の「か」は濁らず、「た」を濁るのが普通である。

古梓堂文庫本では次の例がある。

第三段「正月一日は」の段　上達部　第二十一段「おいさきなくまたやかに」の段　上達部　第二十二段「すさましきもの」の段　かんだちめ　第四十二段「こしらかはといふ所は」の段　かんだちめ　上達部　第八十段「しきの御さうしにおはします比木たちなとの」の段　かんだちめ　かんだちめ　第九十三段「なまめかしき物」の段　がんたちめ　第九十四段「宮の五せちいたさせ給に」の段　かんだちめ　第百四段「五月の御さうしのほとしきに」の段　かんだちめ　第百七段「雨のうちはへふるころ」の段　上達部　第百三十八段「故殿の御ためにに月ことの十日」の段　上達部　第百四十一段「圓融院の御はてのとし」の段　かんだちめ　第百四十五段「猶めてたきこと」の段　かんだちめ　第百六十二段「うらやましけなる物」の段　上達部　第百六十五段「ことの、御ふくのころ」の段　かんだちめ　第二百三十五段「上達部は」の段　上達部　第百八十四段「くらゐこそ猶めてたき物はあれ」の段　上達部　上達部　第二百二十五段「やしろは」の段　かんだちめ　上達部　かんだちへ　第二百五十六段「関白との二月廿一日に」の段　かんだちめ　かんだちめ　第二百九十四段「おとこはめおやなくなりて」の段　かんだちめ

「上達部」十二例、「かんだちめ」十三例、「がんたちめ」一例、「かんだちへ」一例がある。古梓堂文庫本の「がんたちめ」は特異な例である。

紫のかみをつゝみ文にてふさながき藤に付たるをみの君だちもいとなまめかし

ここは「君だち」とあるが、他の語形がある。古梓堂文庫本では、第三段「正月一日は」の段　君たち　第四十二段「こしらかはといふ所は」の段　わかきんたち　第五十二段「にけなき物」の段　君達　第五十六段「おのこは又すいしんこそ」の段　君だち　第五十八段「殿上のなたいめんこそ」の段　君だち　第七十六段「けさう人にてきたるは」の段　君だち　第七十八段「内のつほね」の段　君だち　第七十九段「まいてりんしのまつりのてうかくなとは」の段　君達　君達　君達　第九十二段「めてたき物」の段　君だち　君達　第九十三段「なまめかしき物」の段　君達　第九十四段「宮の五せちいたさせ給に」の段　をみの君達　第百五段「御かた〳〵君たち」の段　君だち　第二百三十六段「きんたちは」の段　きむだち　第三百十五段「ある所になにの君とかやいひける人の」の段　きんだち　第百八十三段「したりかほなる物」の段　君達　第二百五段「やまひは」の段　君達　第二百三段「見物は」の段　きんだち　きんだち　第二百四十二段「身をかへて天人なとは」の段　君達　第二十七段「ふみことはなめき人こそ」の段　君だち　第二百五十六段「関白との二月廿一日に」の段　君だち

「君達」十例、「君だち」九例、「君たち」二例、「きむだち」一例、「きんだち」三例である。『源氏清濁』の若紫の巻に、「きみたち《ントヨム》」とあり、藤裏葉の巻に、「きみたち」とあり、「た」に不濁点がある。『源氏詞清濁』も同じ。

「きみたち」の転が「きんだち」であるが、古梓堂文庫本には、「君たち」「きむ（ん）だち」が併存してゐる。漢字表記の「君達」の読みは不明であるが、「君たち」は「きみたち」であり、「君だち」は「きんだち」と考へられる。

第九十四段　宮の五せちいたさせ給に

みなさうぞくしたちてくらうなりにたる程にもてきてきずあかひもおかしうむすびさげていみじうやうしたる

「きず」とある「ず」は不審である。「暗うなりにたる程に持て来て着す。赤紐をかしう結び下げて」であり、「す」が正しく、「ず」と濁るのは誤である。

舞びめはすけまさのむまのかみのむすめ殿のしきぶ卿の宮のうへの御おとうとの四の君の御はら十二にていとおかしげなり

「舞びめ（舞姫）」とある。『日葡辞書』、『日仏辞書』、『日西辞書』、『易林本節用集』に「マイビメ」、「マヒビメ」があり、ある時代は連濁したもの。古梓堂文庫本には、

第百四十四段「とり所なきもの」の段

みそひめのぬりたるこれいみじうよろづの人のにくむなる物とてとゝむべきにあらず

と「みそひめ」があるが、これは濁点が無い。

第九十四段の後半に、

清涼殿のおまへの東のすのこより舞姫をさきにてうへの御つほねにまいりし程もおかしかりき

と「舞姫」がある。

第九十六段　内は五せちの比こそ

とのもづかさなどの色〳〵のさいてを物いみのやうにてさいしにつけたるなども

「とのもづかさ」とある。

第八十六段「頭中将のすゝろなるそらことを」の段

たゞいまみるましとていりぬとのもつかさがいひしかば又おひ返してたゞ袖をとらへて

ここの「とのもつかさ」には濁点が無い。

第三段「正月一日は」の段　　とのもりづかさ

第八十六段　「頭中将のすゝろなるそらことを」の段　　とのもりづかさ

第百三十六段　「頭辨の御もとより」の段　　頭弁の御もとより主殿司ゐなどやうなる物を

「主殿司」は「とのもりづかさ」か「とのもづかさ」か不明である。

他に九例あり、全て「とのもづかさ」と濁点が加へてある。

みやの女房の廿人はかりくら人をなにともせす戸をゝしあけてざめきいればあきれて

「ざめきいれ」とあり特異である。

第二十五段　「にくきもの」の段　　「からすのあつまりて飛ちがひさめき鳴たる」の「さめき」には濁点が無い。

『新撰字鏡』には「佐女久」があり、本来は清音であらう。枕草子の時代に和語の語頭が「ざ」と濁点であった事は無い。

第九十七段　無名といふひわの御ことを

猶物もの給はねば宮のおまへのいかなるべしとおほいたるものをとの給はせたる御けしきのいみじうおかしき

「いかなるべし」とある。これは古梓堂文庫本のみの独自異文である。古梓堂文庫本では「べし」の助動詞となるが、他の三巻本、能因本は「いなかへし」であり、「いな、かへじ」（いな、換へじ）である。

第百四段　五月の御さうしのほとしきに

宮づかさに事のあないいひて北の陣よりさみればとがめなき物ぞとてさしよせて四人ばかりのりていく

「さみれば」とある。これは「ば」を接続助詞と解しての事であらう。三巻本の多くは「さみれ」であるが、他本の「さみたれ」、「五月雨」が正しく、「さみたれは」（五月雨の頃は）となる。

六位などたちさまよべばゆかしからぬことぞはやく過よといひていきもていく

「たちさまよべば」とある。古梓堂文庫本では「呼べば」の意になるが、「立ちさ迷へば」であるから、「べ」の濁点は誤である。

人めもしらずはしられつるをあういかん事こそいとすさまじけれとのたまへば

「すさまじけれ」とある。古梓堂文庫本には、

第二十二段「すさましきもの」の段　すさまじき　すさまじ　すさまじ　すさまじ　すさまじき　すさまじ

すさまじけれ　すさまじげなり　すさまじき　すさまじ　すさまじう　第四十四段「木の花は」の段　すさ

ましき　第五十七段「しきの御さうしのにしおもての」の段　けすさまし　第八十六段「頭中将のすゝろ

なるそらことを」の段　すさまじき　第百四段「五月の御さうしのほとしきに」の段　すさまじう　すさま

しか

があり、清音の例は三例、濁音の例は十三例ある。

この語は清音の「すさまし」から濁音の「すさまじ」に変つたものである。

『日葡辞書』に、「Susamaxij（スサマシイ）」、「Susamajij（スサマジイ）」と両形が見える。当時清濁が併存してゐ

た状況を反映してゐるのであらう。古梓堂文庫本に両形があるのも同様に考へられる。

第百七段　雨のうちはへふるころ

わらひてかゝる雨にのぼり侍らばあしがたつきていとふびんにきたなくなり侍なんどいへば

「あしがた（足形）」とある。

後文には、「のぶつねがあしかたのことを申ざらましかば」と清音の「あしかた」がある。

第百八段　しけいさ東宮にまいり給ふほとの

あなはづかしかれはふるきとくいをいとにくさけなるむすめともだちどもこそ見侍れなどの給ふ

「むすめともだちども」とある。ここは、

陽明文庫本　　むすめとももたりとも
三条西家本　　むすめとももちたりとも
前田本　　　　むすめとも丶たりと

であり、古梓堂文庫本の濁点では意味不明である。
せばきゐんに所せき御そうぞくの下がさねひきちらされたり
「下がさね」とある。古梓堂文庫本の他の例は、
第五十六段「おのこは又すいしんこそ」の段　したがさね　第六十三段「よきいへ中門あけて」の段　下かさね　第九十二段「めでたき物」の段　したかさね　第百十三段「まさひろは」の段　したがさね　第百二十六段「わひしけに見ゆる物」の段　下かざね　第百三十二段「関白殿くろとより」の段　下かさね　第百三十七段「なとてつかさえはしめたる六位の」の段　下がさね　第百四十五段「猶めでたきこと」の段　下かさね　第二百六十六段「関白との二月廿一日に」の段　したがさね　こと下がさね　第二百六十三段「したかさねは」の段　したがさね
である。
下がさね　したがさね　六例　下かざね　一例　下かさね　したかさね　四例
となり、「下かざね」は異例であるが、清音の用例がかなり多い。この語は清音から濁音になつた。『易林本節用集』に「シタガサネ」がある。『源氏清濁』野分の巻に、「下かさねか（下の「か」に不濁点）」があり、『源氏詞清濁』にも、「一　下かさねか（下の「か」に不濁点）」とある。
こよひはえなんなどしふらせ給にとのきかせ給ていとあしきことばやのぼらせ給へと申させ給に
「いとあしきことばやのぼらせ給へ」の「ば」に濁点が加へられてゐる。これでは「言葉」の意となる。ここは、

中宮が清涼殿の帝の許に参上しない事についての関白道隆の言葉であり、「はや（早）のぼらせ給へ（参上しなさい）」の意であるから、濁点は誤である。

第三百二十段　見くるしき物

色くろうにくげなるをんなのかづらしたるとひげがちにかしけやせ〳〵なる男と夏ひるねしたるこそ

「かづら（鬘）」とある。この語は「かつら」もある。古梓堂文庫本には、

第七段「うへにさふらふ御ねこは」の段　柳かつら　第九十三段「なまめかしき物」の段　かつら　第百六十七段「むかしおほえてふようなる物」の段　かつら　第二百三段「見物は」の段　さうふかづら　あふひかづら　かづら

であり、「かつら」三例、「かづら」三例である。

『源氏清濁』推本の巻に、「かづらひげ」があり、『源氏詞清濁』推本の巻に、「一　かづらひげ」がある。『明応五年本節用集』、『天正十八年本節用集』、『饅頭屋本節用集』、『黒本本節用集』、『易林本節用集』は「カヅラ」である。

第百三十六段　頭辨の御もとより

そへたるたてぶみにはげもむのやうにて進上へいたん一つ、みれいによて進上如件

「たてぶみ（立文）」とある。

古梓堂文庫本には、

第二十二段「すさましきもの」の段　たてぶみ　第百二十四段「正月にてらにこもりたるは」の段　たてぶみ　第百四十一段「圓融院の御はてのとし」の段　たてぶみ　第二百二段「ふゑは」の段　たて文　第二百十二段「ものへいく路にきよけなるをのこの」の段　たて文

である。「たて文」の二例には濁点が無い。古梓堂文庫本では、この段で、「御前　「前」に濁点」、「うへの御前

「前」に濁点」と漢字に濁点を加へる。

第百三十九段　「頭辨のしきにまいり給て」の段　「物語　「語」に濁点」と漢字に濁点を加へる。従つて「たて文」の「文」に濁点が加へてない事は、濁音に読む事を主張してゐないとも考へられる。

こはなどでよろこびをこそはきこえめなどいふ

「などで」とある。「こは、などて」（これは、どうして）の意であり、「などて」が正しく、「などで」は誤である。

第百四十二段　つれ〴〵なる物

つれ〴〵なるもの所さりたる物いみむまをりぬすぐろぐちもくにつかさえぬ人の家

「すぐろぐ（双六）」とある。

古梓堂文庫本には二例の「すぐろく」がある。

第百四十三段　「つれ〴〵なくさむもの」の段　すぐろく

第百四十八段　「きよけなるをのこのすくろくを」の段　すぐろく

『日葡辞書』には、「Sugurocu（スグロク）」、「Sugurocu vchi（スグロクウチ）」、「Sugurocuzuqi（スグロクズキ）」、「Sugurocuban（スグロクバン）」があり、『易林本節用集』に、「スグロクバン」がある。普通「すぐろく」であり、「すぐろぐ」は異例である。

第百四十五段　猶めてたきこと

人あらんともしらぬ火たきやよりにはかに出ておほくとらんとさばくものは中〴〵うちこぼしあつかふ程に

「さばく」とある。「多く取らんと騒ぐ者は」であるから「さばく」は「さわぐ（騒ぐ）」の誤。

第百五十五段　うつくしきもの

ひいなのでうどはちすのうきばのいとちいさきを池よりとりあげたる

「うきば（浮葉）」とある。この語は孤例であるから、「は（葉）」が下位語となるものを抜出すと、古梓堂文庫本では、第三段「正月一日は」の段　あをくちは　逸文第二十五段「かさみは」の段　あをくちば　第二百三段「見物は」の段　あをくちばども　第四十七段「花の木ならぬは」の段　青葉　第二百六十段「かりきぬは」の段　あをば　第百八十六段「野わきのまたの日こそ」の段　きくちば　第二百四段「五月はかりなとに山さとにありく」の段　草葉　第百四十六段「殿などのをはしまさてのち」の段　くちば　逸文第二十五段「かさみは」の段　くちば　第六十七段「草は」の段　はちす葉　第四十七段「花の木ならぬは」の段　三葉四葉　第九十一段「しきの御さうしにおはします比にしのひさしにて」の段　もみち葉　第四十七段「花の木ならぬは」の段　ゆづりは
であり、「は（葉）」の濁音六例、清音二例、漢字五例である。
『節用集』には、

クチバ　天正十八年本　饅頭屋本　黒本本　易林本
ミツバゼリ　饅頭屋本　易林本
ユヅリハ　伊京集　天正十八年本　饅頭屋本　黒本本　易林本
ユツリハ　明応五年本

とあり、「ゆづりは」のみ共通して清音である。

第百五十七段　名おそろしき物

ひぢかさあめあらのらからたち又おほろげにおそろしいきずたまくちなはいちごつのむし
「いきずたま（生霊）」とある。「いきすたま」、「いきすだま」ともするが、『観智院本類聚名義抄』に「イキズタマ」、『易林本節用集』に、「イキスタマ」とある。

第百五十九段　むつかしけなる物

うらまだつけぬかはぎぬのぬいめねこのみゝの中ことにきよげならぬ所のくらき

「かはぎぬ（皮衣）」とある。「きぬ（衣）」が下位語になるものは、清音の語と濁音の語とがあり、古梓堂文庫本では、

清音の語

あかきぬ（赤衣）　三例　すりきぬ（摺衣）　一例
からきぬ（唐衣）　十七例　とのゐきぬ（宿直衣）　一例
御からきぬ（唐衣）　一例　みじかきぬ（短衣）　一例
からきぬども（唐衣）　三例

濁音の語

うはぎぬ（上衣）　一例　ぬれぎぬ（濡衣）　一例
しろぎぬ（白衣）　一例　わたぎぬ（綿衣）　二例

清音と濁音とがある語

かりぎぬ（狩衣）
　かりぎぬ　九例　狩衣　二例
　かりきぬ　二例　かりぎぬすがた　一例
ひとへぎぬ（単衣）
　ひとへぎぬ　一例　ひとへきぬ　一例

である。

第百八十段　むらかみの前たいの御時に

わたづうみのおきにこがる丶ものみればあまのつりしてかへるなりけり

「わたづうみ」とある。

古梓堂文庫本の他の二例も和歌中にあり、

第九十一段　「しきの御さうしにおはします比にしのひさしにて」の段

うらやましあしもひかれずわたつうみのいかなる人にものたまふらん

第二百八十七段　「ゑもんのそうなりけるもの丶」の段

わたつうみに親をしいれてこのぬしのほんするみるそあはれなりける

と両例共清音の「わたつうみ」である。

『易林本節用集』に、「ワタヅウミ」がある。『日葡辞書』はこれらと異り、「ワダツウミ」がある。

第百八十二段　宮にはしめてまいりたるころ

おまへちかくはれいのすびつに火こちたくをこしてそれにはわざと人もゐず

「すびつ（炭櫃）」とある。

古梓堂文庫本の他の例は、

第二十二段　「すさましきもの」の段

ちごなくなりたるうぶや火おこさぬすびつうちつゞき女子むませたる

第二十五段　「にくきもの」の段

火桶の火すびつなどに手のうらうち返し〳〵をしのべなどしてあぶりおるもの

第八十六段　「頭中将のす丶ろなるそらことを」の段

すびつのもとにゐたれはそこに又あまたゐて物などいふになにがしさふらふと
たゞそのおくにすびつにきえたるすみのあるして　草のいほりをたれかたつねむ

第百八十二段　「宮にはしめてまいりたるころ」の段

つぎのまにながすびつにひまなくゐたる人〱からきぬこきたれたるほどなどなれやすらかなるを

第百八十七段　「心にくき物」の段

おほとなふらはまいらですびつなどにいとおほくをこしたる火の光ばかりてりみちたるに
おほとなふらもけちたるにながすびつの火にものゝあやめもよくみゆ

「すびつ（炭櫃）」五例、「ながすびつ（長炭櫃）」二例とも濁音である。

第百段　「ねたき物」の段

なかひつもたる物すきなとひきさけてたゞほりにほりていぬるこそわびしうねたけれ

第百八十段　「むらかみの前たいの御時に」の段

たゝずませ給けるに火ひつに煙のたちければかれはなにぞとみよとおほせられければ

「なかひつ（長櫃）」及び「ひひつ（火櫃）」は清音である。炭櫃と火櫃とは共に室内暖房具であるが、濁音と清音との違ひがある事になる。

御ふみとりづきたちゐいきちがふさまなどのつゝましげならずものいひゑわらふ

「とりづき（取次）」とある。

古梓堂文庫本の他の例は、

第百八段　「しけいさ東宮にまいり給ふほとの」の段

さくらのかさみもえぎこうばいなどいみじうかさみながくひきてとりつきまいらするいとなまめきおかし

しもなととりつきまいる程あれかたおほやけしうからめきてをかし

第二百四十二段　「身をかへて天人なとは」の段

女ばうともをよびつかひつぼねにものをいひやりふみをとりつがせなどしてあるさまいひつくすべくもあらす

第三百十九段　「松の木たちたかき所の」の段

北おもてにとりつくわかき人ども心もとなくひきさげながらいそぎきてぞみるや

で、清音の「とりつく」三例、濁音の「とりつぐ」一例がある。「とりづく」は異例である。

宮はしろき御ぞどもくれなゐのからあやをぞうへにたてまつりたる御ぐしのかゝらせ給へるなど

「御ぐし（御髪）」とある。

古梓堂文庫本には、

第百八段　「しけいさ東宮にまいり給ふほとの」の段

御屏風のみなみ御帳のまへに女房いとおほくさふらふ又こなたにて御くしなどまいる程に

第二百五十六段　「関白との二月廿一日に」の段

御さいしにわけめの御ぐしのいさゝかよりてしるくみえさせ給さへぞきこえん方なき

であり、清音の「御くし」が一例、濁音の「御ぐし」が一例ある。

『日葡辞書』に「Vonguxi（オングシ）」があり、本来清音の「くし」に御が上接して後に濁音となつた。『易林本節用集』の「オンクシケツリ」は清音である。

「みくしあげ（御髪上）」は、

第百八段　「しけいさ東宮にまいり給ふほとの」の段

おもの、おりになりてみくしあけまいりてくら人ども御まかなひのかみあけてまいらするほどは

第百六十段　「えせもの、所うるおり」の段

うつえの法師御前のこ丶ろみのよのみくしあけ節会の御まかなひのうねへと二例とも清音である。第七章「枕草子の「み」」の「みぐしあげ」参照。

そらごとなどの給はあらがひろんじなど聞ゆるはめもあやに浅ましきまで「そらごと（空言）」とある。

古梓堂文庫本では、

第五十七段「しきの御さうしのにしおもての」の段　そらこと　第八十六段「頭中将のす丶ろなるそらことを」の段　そらごと　逸文第四段「ほうしはことすくな丶る」の段　そらこと　第百三十八段「故殿の御ためにに月ことの十日」の段　そらこど　第百六十八段「たのもしけなき物」の段　そらごと　第百八十二段「宮にはしめてまいりたるころ」の段　そらごと　そらごと　第二百十五段「ほそとのにひんなき人なん」の段　そらごと　第二百五十六段「関白との二月廿一日に」の段　そらごと　そらごと　第二百九十七段「ある女はうのとをたあふみのこなる人を」の段　そらこと

であり、「そらごと」八例、「そらこと」三例、「そらこと」一例である。「そらこど」は異例で、誤であらう。この語は本来清音の「そらこと」で、後に濁音の「そらごと」になつたのであらう。伊京集、明応五年本、天正十八年本、饅頭屋本、黒本本、易林本など節用集は、「ソラゴト」であるが、古梓堂文庫本の三例の「そらこと」は古い用法を留めたものであらう。

第百八十三段　したりかほなる物

したりがほなるもの正月ついたちにさいそにはなひたる人「したりがほなる」とある。

古梓堂文庫本には、

第二十二段「すさましきもの」の段　したりがほに　第四十八段「とりは」の段　したりかほに　第百八段「しけいさ東宮にまいり給ふほとの」の段　したりがほなる　第百八十三段「したりかほなる物」の段　したりがほなり　したりがほに　第二十六段「かしこき物はめのとのをと、こそあれ」の段　したりがほに　第二百五十四段「うれしき物」の段　したりがほなる

があり、清音一例、濁音六例である。

「かほなり（顔）」が下位語になる語では、

第七十段「草の花は」の段　思ひいでかほに　第二十五段「にくきもの」の段　思ひがほに　第百六十四段「心もとなきもの」の段　思ひがほに　第百六十八段「たのもしけなき物」の段　ことなしかほに　第三段「正月一日は」の段　しらずがほに　第八十八段「さとにまかてたるに」の段　しらずがほに　第八十九段「物のあはれしらせかほなるもの」の段　しらせがほなる　第八十六段「頭中将のすゝろなるそらごとを」の段　しりがほに　第二百二十五段「やしろは」の段　しりがほに　第二十五段「にくきもの」の段　物しりがほに

であり、清音が二例、濁音が八例ある。

逸文第六段　みなみならすは

物がたりのひまぐ\にねもたてずつまびきにかきならしたるこそおかしけれ

「ひまぐ\（隙々）」とある。「ひまひま」が普通であらう。

「つまびき（爪弾）」とある。『源氏清濁』の紅梅の巻に「つまびき」、『源氏詞清濁』の紅梅の巻に「一　つまびき」とあるのに一致する。

第三百七段　みやつかへ人のもとにきなどするをとこの

宮づかへ人のもとにきなどするおとこのそこにて物くうこそいとわろけれくはする人もいとにくし
「宮づかへ人（宮仕人）」とある。
「宮仕」の語は古梓堂文庫本に、
第二十一段「おいさきなくまたやかに」の段　宮づかへ　第二十二段「すさましきもの」の段　宮づかへ　第八十一段「あちきなき物」の段　宮仕　第百六十六段「宰相中将た丶のふのふかたの中将」の段　みやづかへ　第二百八十三段「宮つかへする人〳〵のいてあつまりて」の段　宮づかへ　第二十五段「にくきもの」の段　宮つかへ所　第百三段「くちおしきもの」の段　宮づかへ所　逸文第十二段「世中に猶いと心うきものは」の段　宮づかへ所　第二百三十九段「宮つかへところは」の段　宮づかへどころ　第百二十八段「はつかしきもの」の段　みやづかへ人　第百七十八段「宮つかへ人のさとなとも」の段　宮づかへ人　第三百七段「みやつかへ人のもとにきなとするをとこの」の段　宮づかへ人　第二百八十四段「いへひろくきよけにて」の段　宮づかへ人
この語は本来清音で、後に濁音になつたものであらうが、古梓堂文庫本では清音一例、濁音十一例、漢字表記一例で、濁音が優勢である。
節用集では、「ミヤヅカヒ　易林本」、「ミヤヅカイ　天正十八年本　饅頭屋本　黒本本」と濁音である。

第百八十五段　風は

さくらのはむくのはこそいと、くはおつれ十月ばかりこだちおほかる所の庭はいどめでたし
「こだち（木立）」とある。
この語は本来清音で、後に濁音になつたものであらう。古梓堂文庫本では、

第四十七段「花の木ならぬは」の段　こだち　第八十段「しきの御さうしにおはします比木たちなとの」の段　木だち　第百六十七段「むかしおほえてふようなる物」の段　木たち　第二百五十六段「関白との二月廿一日に」の段　木だち　第二百九十七段「ある女はうのとをたあふみのこなる人を」の段　木だちであり、清音一例、濁音四例である。

『易林本節用集』は、「(コ) ダチ」であり、『日葡辞書』は、「Codachi (コダチ)」である。『日仏辞書』、『日西辞書』も同じ。

「いど」と濁点が付くのは異例である。副詞「いと」は清音が普通である。

第百八十六段　野わきのまたの日こそ

おほきなる木ども、たふれ枝など吹おられたるが萩をみなへしなどのうへによろほびふせるいとおもはずなり

「よろほび」とあるのは異例である。普通は「よろぼひ」である。

第百八十八段　しまは

しまはやそしまうきしまたはれじまゑしままつがうらしまとよらのしままかきがしま

「たはれじま (戯島)」のみ濁音とし、他の「やそしま (八十島)」などは清音である。

第二百四段　五月はかりなとに山さとにありく

うへはつれなくて草おひしげりたるをなか〳〵とたゞさまにいけばしたはえならざりける水のふかくはあらねど

「たださま (縦様)」とある。

古梓堂文庫本は、

第五十七段「しきの御さうしのにしおもての」の段　た丶さま　第九十八段「うへの御つほねのみすのまへにて」の段　たゞさま

であり、清音一例、濁音一例がある。
この語に対応する「よこさま（横様）」は、
第五十七段「しきの御さうしのにしおもての」の段　よこさま　第百八十五段「風は」の段　よこさま
第二百二十五段「やしろは」の段　よこさま　第二百四十三段「ゆきたかうふりていまも」の段　よこさま
第三百十九段「松の木たちたかき所の」の段　よこさま
であり、「さま」は全例清音である。

第二百四十九段　八月つこもりうつまさに

さなへとりしかいつのまにまことにさいつごろかもへまうづとてみしがあはれにもなりにけるかな
「さいつごろ（先頃）」とある。
この語は一例のみである。「ころ（頃）」が下位語に来る語を検討する。

このころ

第七段「うへにさふらふ御猫は」の段　この比　第二十段「せいえうてんのうしとらのすみの」の段　このころ　第二十五段「にくきもの」の段　このころ　第三十一段「こゝろゆく物」の段　此ころ　第四十一段「ほたいといふてらに」の段　此ころ　第五十二段「にけなき物」の段　この比　第九十一段「しきの御さうしにおはします比にしのひさしにて」の段　此ころ　第九十六段「内は五せちの比こそ」の段　このころ　第百七十八段「宮つかへ人のさとなとも」の段　此ころ　第二百七十一段「なりのふの中将は」の段　此比
三例の漢字表記「比」を除き、七例が「ころ」の清音である。枕草子の成立時代の読みを古梓堂文庫本で受継いでゐるのであらう。古くは「このころ」である。

金刀比羅宮本に拠る平治物語（『日本古典文学大系』）に、「このころ」とあるのも古態を留めるものである。
古辞書類では次の通りである。

このころ　枳園本節用集　温故知新書　伊京集　明応五年本節用集　堯空本節用集　妙本寺蔵永禄二年いろは字

このころ　このごろ　易林本節用集　弘治二年本節用集　和漢通用集　図書寮零本節用集

このごろ　日葡辞書　日仏辞書　日西辞書　ラホ日辞典　ロドリゲス日本大文典　黒本本節用集　永禄二年本節用集　合類節用集　節用集大全　書言字考節用集

古い時代に「このころ」であり、後代に「このごろ」に変った状況が見て取れる。

さいつごろ

第二百四十九段「八月つこもりうつまさに」の段
さなへとりしかいつのまにまことにさいつごろかもへまうづとてみしがあはれにもなりにけるかな
「さいつごろ」とある。古梓堂文庫本には、この例のみである。

ついたちごろ

第百六十六段「宰相中将たゝのふのふかたの中将」の段
この四月のついたちごろほそどの、四のくちに殿上人あまたたてり
「ついたちごろ」とある。古梓堂文庫本には、この例のみである。

つきころ

第四十六段「せちは」の段
九月九日の菊をあやしきす、しのきぬにつ、みてまいらせたるを同じはしらにゆひつけて月比ある

第百二十四段　「正月にてらにこもりたるは」の段
いぬふせぎのうちみいれたる心ちぞいみじうたうとくて此月比まうて〻過しつらんとまつ心もおこる
第百六十六段　「宰相中将た〻のふのふかたの中将」の段
月ころいつしかとおぼえたりしだにわか心ながらすき〳〵しとおぼえしに
第二百五十四段　「うれしき物」の段
又もおほかるものを日比月ごろしるき事ありてなやみわたるがおこたりぬるもうれし
「月比」二例、「月ころ」一例、「月ごろ」一例がある。

つごもりころ

第百十段　「二月つこもり比に風いたう吹て」の段
二月つごもりころに風いたう吹て空いみじうくろきに雪すこしうち散たる程
「つごもりころ」とある。古梓堂文庫本は、この例のみである。

としごろ

第九十一段　「しきの御さうしにおはします比にしのひさしにて」の段
うへもわらはせ給てまことにとし比はおぼす人なめりとみしをこれにぞあやしとみしなど仰せらる〻に
第百三十八段　「故殿の御ために月ことの十日」の段
かばかりとしごろになりぬるとくいのうとくてやむはなし
第二百五十六段　「関白との二月廿一日に」の段
いつのまにかう年比の御すまゐのやうにおはしましつきたるにかとおかし
「とし比」、「年比」、「としごろ」各一例である。

金刀比羅宮本に拠る平治物語（『日本古典文学大系』）に、「としころ」とあり、金刀比羅宮本に拠る保元物語（『日本古典文学大系』）に、「としごろ」とある。

古辞書類では次の通りである。

としころ　温故知新書　運歩色葉集　日仏辞書

としころ　としごろ　日葡辞書　ラホ日辞典

としごろ　コリヤード羅西日辞典　コリヤード自筆西日辞書　ロドリゲス日本大文典　伊京集　易林本節用集　節用集大全　合類節用集　書言字考節用集

この語は『和英語林集成（三版）』に「トシゴロ」とあり、後代には「としごろ」のみとなつた。古梓堂文庫本では「としごろ」一例のみであるが、他に「とし比」、「年比」があり、清音の可能性がある。

「月ころ」、「月ごろ」が各一例あるのを参考にすると、「月ころ」から「月ごろ」に変つたのと同じく、この語も「としころ」から「としごろ」に変つたものと推測出来、平治物語や古辞書の状況がこれを裏付ける。

ひころ

第八十八段「さとにまかてたるに」の段

おかしくこそなどかたれば更にな聞え給ひそなどいひて日比ひさしうなりぬ

第百二十四段「正月にてらにこもりたるは」の段

日ごろこもりたるにひるはすこしのどやかにはやくはありし

第百四十六段「殿なとのをはしまさてのち」の段

例ならずおほせごとなどもなくて日比になれば心ぼそくてうちながむるほどに

それにいはで思ふぞとかゝせ給へるいみじう日ごろのたえまなけかれつるみななぐさめてうれしきに

第百六十八段　「たのもしけなき物」の段
七八十ばかりなる人の心ちあしうて日比になりたる
第百八十二段　「宮にはしめてまいりたるころ」の段
さふらひなれ日比すぐればいとさしもあらぬわざにこそは有けれ
第二百五十四段　「うれしき物」の段
又もおほかるものを日比月ごろしるき事ありてなやみわたるがおこたりぬるもうれし
第二百七十一段　「なりのふの中将は」の段
日比おぼつかなくつらきこともありともさてぬれてきたらんはうきこともみな忘れぬべしとは
さらて日比もみえずおぼつかなくてすぐさむ人のかゝるおりにしもこんは
第二百八十二段　「十二月廿四日宮の御佛名の」の段
日ころふりつる雪のけふはやみて風などいたう吹つればたるひいみじうしたり
「ひころ」一例、「ひごろ」二例、「日比」七例である。
この語は本来「ひころ」であり、後に「ひごろ」に変つたのであらう。

ひころ　温故知新書　明応五年本節用集　枳園本節用集　妙本寺蔵永禄二年いろは字

ひころ　ひごろ　平治物語金刀比羅宮本

ひごろ　保元物語金刀比羅宮本　平家正節　日葡辞書　日仏辞書　日西辞書　コリヤード羅西日辞典　コリヤード自筆西日辞書　運歩色葉集　弘治二年本節用集　永禄二年本節用集　堯空本節用集　伊京集　天正十八年本節用集　饅頭屋本節用集　黒本本節用集　易林本節用集　早大本節用集　大谷大学本節用集　合類節用集　和漢通用集　節用集大全　書言字考節用集

軍記物語や古辞書類の例からも、枕草子の時代に「ひころ」であり、「ひごろ」に変つたのは後代の事であらうと考へられる。

以上を総合すると、「ころ」のみの語、「ころ」「ごろ」両様のある語、「ごろ」のみの語と三種あるものの、枕草子の時代には、

このころ　さいつころ　ついたちころ　つきころ　つごもりころ　としころ　ひころ

であつたことが推測し得る。濁音化したのは後の時代であり、語により遅速があつた。

第二百二十五段　やしろは

なゝわだにまがれる玉のをゝぬきてありどをしとはしらずやあるらむ

「わだ（曲）」とある。この歌の前には、

ほど久しくてなゝわたにわだかまりたる玉のなかとをりて左右にくちあきたるがちいさきをたてまつりて

として「なゝわた」とある。上代の日本書紀や万葉集に「和太　わだ」とあり、平安時代も「わだ」であらう。「ありどをし（蟻通）」は普通「ありとほし（蟻通）」と清音であらう。

第二百四十一段　一條の院をはいま内裏とそいふ

にしひんがしはわだとのにてわたらせ給ひまうのぼらせ給ふみちにてまへはつほなればせんざいうへさせませゆゐていとおかし二月廿日ばかりうら〳〵とのとかにてりたるにわたどのゝにしのひさしにてうへの御ふえふかせ給

前文に「わだとの（渡殿）」とあり、後文に「わたどの」とある。他には次の三例がある。

第百八段「しけいさ東宮にまいり給ふほとの」の段

よひにわたらせ給て又の日おはしますべけれ女房は御物やとりにむかひたるわたとのにさふらふべし

御ふみとり入てわた殿はほそきえんなればこなたのえんにしとねさし出したり

第二百五十六段　「関白との二月廿一日に」の段

明はて日もさし出ぬにしの対のからひさしにさしよせてなんのるべきとてわたどのへあるかきりいくほど

「わたとの」、「わたどの」、「わた殿」が各一例である。「わだとの」は異例である。

『源氏清濁』の桐壺の巻に、「わたどの」があり、『源氏詞清濁』の桐壺の巻に、「一　わたどの」がある。古辞書類には左の例がある。

ワタドノ　　書言字考節用集　　ワタリドノ　　書言字考節用集　節用集大全　合類節用集

第二百三十三段　ことはなめけなる物

ことはなめけなる物宮のへのさいもんよむ人舟ごくものどもかんなりのちんのとねりずまゐ

「ごく」、「ずまゐ」とある。

「船漕ぐ者ども」、「雷鳴の陣の舎人。相撲」であるから、「ごく」、「ずまゐ」は異例である。

第二百五十六段　関白との二月廿一日に

とのおはしませばねぐたれのあさがほ時ならずや御らんぜむとひきいるおはしますま丶に

「ねぐたれ（寝腐）」とある。「ねぐたれ」はこの例のみであるが、

第四十五段　「池は」の段

行幸など有けんこそいみじうめでたけれねぐたれがみをと人丸がよみけん程など思ふにいふもをろかなり

と「ねぐたれがみ」がある。

ネクタレカミ　　温故知新集　　ネグタレガミ　　日葡辞書　日仏辞書　日西辞書

があるのに拠ると、古くは「ねくたれ」であらう。『和英語林集成（三版）』に、「ネクタレル」がある。

中にからあやの柳の御ぞえひぞめの五重がさねのをりものにあか色のからの御ぞ地すりのからのうすものに

「えひぞめ（葡萄染）」とある。他には、

第三十段「すきにしかた恋しき物」の段

ふたあひえひそめなどのさいてのをしへされてさうしの中などに有ける見つけたる

第八十七段「かへるとしの二月廿日より」の段

ゑひそめのいとこきさしぬき藤の折枝おとろ〳〵しく

第九十二段「めでたき物」の段

一の人の御ありきかすかまうでゑひそめのおりもの

第百六十七段「むかしおほえてふようなる物」の段

七八尺のかつらのあかくなりたるえひそめのをりもの、はいかへりたる

第二百五十六段「関白との二月廿一日に」の段

ゑひぞめのおりもの、さしぬきをきたればしげまさは色ゆるされにけりなど

まづきみゐてたてまつるゑひぞめのおりもの、なをしこきあやのうちたる紅梅のおりものなどき給へり

第二百八十二段「十二月廿四日宮の御佛名の」の段

月にはへておかしうみゆるかたはらにえひぞめのかたもんのさしぬきしろききぬどもあまた

逸文第二十四段「女のうはきは」の段

女のうはぎはうす色ゑひぞめもえぎさくらこうばい

があり、「え（ゑ）ひそめ」四例、「え（ゑ）ひぞめ」四例である。

清音の「そめ」と濁音の「ぞめ」との用例数から見ると、古くは「そめ」であり、後に「ぞめ」と変ったことが推

測し得る。『源氏清濁』、『源氏詞清濁』の桐壺の巻には、「えびぞめ」がある。
「そめ（染）」が下位語になるものでは、
かうぞめ（香染）　五例　　かりやすぞめ（刈安染）　一例　　すみぞめ（墨染）　一例
があり、濁音が多いが、
第百六十三段　「とくゆかしき物」の段
とくゆかしきものまきそめむらごくゝりものなどそめたる
の「まきそめ（巻染）」は清音である。
大納言殿の御さしきよりまづきみゐてたてまつる
「まづきみ（松君）」とある。
第百八段　「しけいさ東宮にまいり給ふほとの」の段
大納言三位中将まつきみいて給へりとのいつしかいだきとり給てひざにすへ奉り給へるいとうつくし
まつ君のおかしう物の給を誰も〳〵うつくしかりきこえ給
ここでは「まつきみ」、「まつ君」とある。松君は伊周の長男道雅の幼名である。「まづきみ」としたのは人名の松君と認識しなかつたもので、誤である。

第二百八十六段　うちとくましき物

わがのりたるはきよげにつくりつまどあけかうしあけなどしてさ水とひとしうをりげになどあらねば
「つまど（妻戸）」とある。
第二十八段　「あかつきにかへらん人は」の段
かうしをしあけつまどある所はやがてもろともにゐていきてひるのほどのおぼつかなからんことなども

第百八十五段「風は」の段

あか月にかさしつまどを、しあけたればあらしのさとかほにしみたるこそいみじくおかしけれ

この二例とも「つまど」である。

「と（戸）」が下位語となるものでは、

くろと

第八十六段「頭中将のすゝろなるそらことを」の段

くろとのまへなどわたるにもこゑなどするおり袖をふたきてつゆみをこせず

第百九段「殿上よりむめのみな」の段

たゞはやく落にけりといらへたればその詩をすして殿上人くろとにいとおほくゐたるをうへのおまへにきこしめして

第百十段「二月つこもり比に風いたう吹て」の段

風いたう吹て空いみじうくろきに雪すこしうち散たる程黒戸にとのもづかさきてかうしてさふらふといへは

第百三十二段「関白殿くろとより」の段

関白殿くろとより出させ給とて女房のひまなくさふらふをあないみじのおもとたちや

「くろと」三例、「黒戸」一例であり、この語の「と（戸）」は清音であつた。

こと

第百八十七段「心にくき物」の段

五月のなが雨のころうへの御つぼねのこと《小戸》のすにたゝのぶの中将のよりゐ給へりしかは

「こと（小戸）」は一例のみであり、清音である。

なかのと

第二十段　「せいえうてんのうしとらのすみの」の段
　はての御はんとりたる蔵人まいりておものそうすればなかの戸よりわたらせ給
「なかの戸」の「戸」は漢字表記であるが、上に「の」があり、清音である。

やりど

第二十五段　「にくきもの」の段
　やり戸をあらくたてあくるもいとあやしすこしもたくるやうにしてあくるはなりやはする
第五十七段　「しきの御さうしのにしおもての」の段
　おくのやりどをあけさせ給て上のおまへ宮のこせん出させ給へばおきもあへずまどふを
　南のやり戸のそばの木下のてのさし出たるにまはりて簾のすこしあきたるよりくろみたるものゝみゆれば
第七十八段　「内のつほね」の段
　君だち六位の蔵人のあを色などきてうけはりてやりどのもとなどにそばよせてはらたゝて
第二百四十四段　「ほそとの、やりとをいとゝう」の段
　ほそどのゝやり戸をいとうをしあけたれば御ゆどのにめたうよりおりてくる殿上人なへたるなをしさしぬきの
第二百七十一段　「なりのふの中将は」の段
　なにことをさはいひあかすぞなといひわらふにやり戸あけて女はいりきぬつとめて
第百五十三段　「いやしけなるもの」の段
　あたらしうしたてゝ梅の花おほくさかせてごふんすさなど色どりたるゑどもかきたるやりどづし
「やりど」が三例、「やり戸」が四例ある。

以上より「と（戸）」を含む語は、左の通りとなる。

「と」　くろと　こと　「ど」　つまど　やりど　「戸」　なかの戸

軍記物語や古辞書類では、左の通りである。

くろと　合類節用集

くろど　平治物語（金刀比羅宮本）　書言字考節用集

つまと　撮壌集　運歩色葉集　節用文字　永禄二年本節用集　両足院本節用集

つまど　平家正節　平治物語（金刀比羅宮本）　日葡辞書　日仏辞書　日西辞書　コリヤード羅西日辞典　コリヤード自筆西日辞書　弘治二年本節用集　堯空本節用集　和漢通用集　村井本節用集　節用集大全　合類節用集　伊京集　明応五年本節用集　天正十八年本節用集　黒本本節用集　易林本節用集　饅頭屋本節用集　早大本節用集　大谷大学本節用集　枳園本節用集　書言字考節用集

やりと　頓要集　撮壌集　合類節用集　明応五年本節用集　易林本節用集　妙本寺蔵永禄二年本いろは字

やりど　日葡辞書　日仏辞書　日西辞書　運歩色葉集　弘治二年本節用集　永禄二年本節用集　堯空本節用集　和漢通用集　図書寮零本節用集　早大本節用集　大谷大学本節用集　枳園本節用集　節用集大全　伊京集　天正十八年本節用集　饅頭屋本節用集　黒本本節用集　書言字考節用集

これに拠ると、古梓堂文庫本では清音の例の無い「つまど（妻戸）」、「やりど（遣戸）」に清音の「つまと」、「やりと」の例がかなり有り、両語共古くは清音であったのが後に濁音になったと考へられる。

こぶねを見やるこそいみじけれとをきはまことにさゝのはをつくりてうちちらしたるにこそいとようにたれと

「こぶね（小舟）」とある。この段の後文に、

はし舟とつけていみじうちいさきにのりてこぎありくつとめてなどあはれ也

とあるのは「はし舟」と漢字表記である。

第百二十九段「むとくなる物」の段

むとくなるものしほひのかたにおるおほふねおほきなる木の風にふきたうれてねをさゝけ

は「おほふね（大船）」と清音である。

軍記物語や古辞書類では、

こふね　撮壌集　温故知新書　村井本節用集　永禄二年本節用集　易林本節用集（（コ）フネ）

こぶね　平家正節　保元物語（金刀比羅宮本）平治物語（金刀比羅宮本）日葡辞書　日仏辞書　日西辞書　ラホ日辞典　合類節用集　節用集大全　書言字考節用集

おほふね　温故知新書　易林本節用集（（オホ）フネ）

おほぶね　日葡辞書　日仏辞書　日西辞書　ロドリゲス日本大文典　節用集大全　書言字考節用集

であり、両語共に清音、濁音の例がある。

これに拠ると、古くは「こふね」、「おほふね」であり、後に「こぶね」、「おほぶね」に変つた事が考へられる。

逸文第三十段　かひは

かひはうつせがいはまぐりいみじうちいさきむめのはながい

「うつせがい（貝）」、「むめのはながい（梅花貝）」とある。

第百四十五段「猶めでたきこと」の段

公卿殿上人かはり〴〵さかづきとりてはてにはやくかひといふ物してみてたつ

の段の「やくかひ（屋久貝）」は清音である。

古辞書類には、

アカキカイ　ホラカイツビ　ホラノカヒ　　合類節用集
ウンキノカイ　クケツノカヰ　ホラノカヰ　　書言字考節用集
ホラガイ　ホラガイツビ　ホラガイモチ　ホラノカイ　　節用集大全

がある。

古梓堂文庫本の濁点の付いた語を例示すると、

一　誤読、誤解して濁点を加へたもの。

「犬は狩り出てて」を「いぬばかりいでゝ」とする
「よべ（昨夜）は」を「よべば」とする
「土ありく」を「つぢありく」とする

二　後代の用法により濁点を加へたもの

てげり

三　特異な濁点を加へたもの

夕づかた　せうぞこ（消息）　がりさはく（狩り騒ぐ）　まちがね（待兼）
くずたま（薬玉）　はらたづ（腹立）　心さじ（心ざし）　有づる（有つる）

四　古い読みで濁点を加へたもの

でうど（調度）

などがある。古い時代の清濁を伝へる資料が乏しいだけに、全体の分量が多い古梓堂文庫本は、全部の濁音語に濁音を加へてゐるのではないものの、貴重な存在である。

第七章　枕草子の「み」

枕草子の「御」については拙著の『枕草子研究及び資料』(和泉書院)第二章及び『枕草子及び平安作品研究』(和泉書院)第三章で述べた。ここでは枕草子に「み」の仮名表記があるものについて考察したい。本文は『枕草子本文及び総索引』、『校本枕冊子』に拠り、頁数、行数は『枕草子本文及び総索引』に拠る。

みあかし

御みあかし　一一一14

能因本、前田本は「みあかし」である。

源氏物語には「みあかし」と「おほみあかし」とが見える。拙著『枕草子及び平安作品研究』(和泉書院)第二十章で、平安時代には「みあかし」、「おほみあかし」共に多く用ゐられてゐたことを用例を挙げて考察した。神仏の前に供へる燈明を意味する。神仏に関る語は「み」に固定して用ゐられるのが普通である。「みあかし」、「おほみあかし」以外の語形では用ゐられなかつた。

みあれのせし

みあれのせし　一五九10

能因本は「みあれのせんし」である。源氏物語に「みあれ」が一例ある。

「みあれ」は賀茂神社で葵祭に先立ち行ふ神を迎へる神事である。「みあれのせし」は葵祭の宣旨を斎宮に伝へる女官を言ふ。神事関係の語であるから「みあれ」に固定して用ゐられ、他の語形は無い。

みうちき

みうちき　一〇三8

能因本も「みうちき」である。前田本は「御うちき」である。

第百八段「しけいさ東宮にまいり給ふほとの」の段に、

日の入程におきさせ給て山の井の大納言めし入てみうちきまいらせて給てかへらせ給

とあり、『源氏物語大成』紅葉の賀　校異篇　二五四頁　大島本に、

うへの御けつりくしにさふらひけるをはてにけれはうへはみうちきのひとめしていてさせ給ぬるほとに

同二五五頁に、

うへはみうちきはてゝみさうしよりのそかせ給けり

とある。

『河海抄』、『花鳥余情』以降「みうちき」を理髪の意とする説があるものの、前例に「御けつりくし」として理髪を述べ、次に「みうちきのひとめして」とあるのだから、当然理髪ではない。装束の意である。

枕草子の例も次文は、

さくらの御なをしにくれなゐの御その夕はへなともかしこけれは

と続き、「みうちき」を承けて一条天皇の装束のすばらしさを賞賛してゐるのであり、「みうちき」は当然天皇の装束の意である。『日中行事』に「みうちきの人」とあり、例としては天皇の装束について「みうちき」とするもののみである。従つて前田本の「御うちき」は「みうちき」であり、他の語形などは無かつたと思はれる。「みうちき」については第一章「五　みうちき」で述べた。

みかうし

みかうし　七五15　九四1　九九10　一六〇7　二一一2　二二九12　二三〇10 12　御かうし　八六15

八六15は陽明文庫本では「みかうし」と仮名表記である。能因本は「みかうし」五例、「御かうし」一例である。『源氏物語大成』の底本は「みかうし」十八例、「御かうし」一例で、殆どが仮名表記である。他の作品も同様な傾向を示す。「御かうし」の「御」は「み」であり、他の形は存在しなかつたと思はれる。殿舎関係の語は「み」に固定して用ゐられ、平安時代を通して「み」であつた。

みかぐら

みかくら　三八12　六一4　一三二12

三八12の能因本、前田本は「御神楽」で、六一14は二本「御」が無い。一三二12は能因本「御神楽」、前田本は「みかくら」である。『源氏物語大成』の底本は「御かくら」一例である。「かぐら」は神社関係の語であるから、平安時代を通して「みかぐら」に固定してゐたと考へても不自然ではない。三八12の能因本、前田本、一三二12の能因本「御神楽」は「みかぐら」であらうし、源氏物語や他の作品も「みかくら」であらう。

みかど

帝の意の例と、御門の意の例とがある。帝の意の例は固定されてゐるので考察から省く。

みかと　一五六11 14　二二五4

三例共に能因本は「御門」で、前田本は「みかど」である。他に、

おほみかと　一五六5　つちみかと　九二13　九三1

ことみかと〳〵（陽明本は「ことみかと」）　九二16　つちみかとさま　九二10

このゑのみかと　一三14　六〇4　中御門　二3

「中御門」のみ漢字表記である。能因本も「中御門」であるものの、前田本は「中のみかと」であり、三巻本も当然「なかのみかと」の読みである。他の読みは考へられない。能因本は九二16が「ことみかと」の仮名表記である他は全て漢字表記である。諸本により漢字表記か仮名表記かの基準が異るだけで、能因本も全て「み」であらう。固有名詞である「みかど」も、普通の邸の「みかど」も、平安時代を通じて「みかど」に固定化されてゐた。宮中関係でもあり、殿舎関係でもある。一四二13の「みかどつかさ」は仮名表記である。「御そく位のみかとつかさ」と続く。後宮十二司の一つに鍵の出納、管理をつかさどる女官があり、宮中関係で「みかとつかさ」に固定されてゐた。

みかはやうど

みかはやうと　九10　一八13

能因本も九10は「みかはやうと」、一八13は「みかはやう」の仮名表記である。源氏物語にある一例も「みかはやうと」である。

宮中の官職名として「みかはやうと」に固定化されてゐたもので、他の読みは考へられない。

みきちやう

みき丁　一四14　一五九15　一六一9　一六二7　二〇九11　二一〇3　二一八1 12　二三七16

御き丁　一七2　御き丁　一三六1

能因本は一例「み木丁」があるのみで、他は「御木丁」である。『校本枕冊子』の「おんきちやう〔御几帳〕」の項に、「底本スベテ「御木丁」ト表記セリ。スベテ「みきちやう」トヨムベシ。」とある。

源氏物語にも漢字表記と仮名表記とが混在してゐるけれど、殿舎関係の語として「み」に固定化された。

みぐしあげ

みくしあけ　一〇一9　一四三1

能因本も二例共に「みくしあけ」である。

『源氏物語大成』の底本は、若菜上　一〇四四1の例が「みくしあけ」と仮名表記で、他三例が「御くしあけ」である。宮中関係の語で「み」に固定されてゐたから、「御」の漢字表記は「み」と読むべきものである。

猶「御くし」を「みくし」とする説があるが、平安時代の仮名作品には仮名表記例が見当らない。拙稿「「みくし」「御くし」」（『解釋學』第五十九輯）参照。

みくしげどの

みくしけ殿　六六4　一八八15　二一〇2　二三九4　10　みくしけとの　二一九12

能因本は全例「みくしけ殿」である。御匣殿は宮中で装束などを裁縫する所である。そこの女官の長にも言ふ。宮中関係の語として固定化された。『源氏物語大成』底本は「みくしけとの」四例、「みくしけ殿」三例、である。伝藤原行成筆敦忠集に「みくしげ殿」が三例あり、大鏡の諸本に「みくしけとの」、「みくしけ殿」がある他に、千葉本には、「御匣殿《ミクシケ》」六〇ウ、「御匣殿《ミクシケトノ》」一〇三オ、と漢字に振仮名を施したものが二例見える。今鏡の畠山本に、「みくしげどの」一例、がある。平安時代を通して「みくしげどの」であつた。

みくに

みくに　二一七5（前田本）

三巻本　仏のくに　　能因本　仏の御国　　前田本　仏のみくに

であり、前田本に「みくに」がある。

『私家集大成』中古Ⅱ　散木奇歌集（書陵部蔵）

もろ〳〵の仏のみ国よりまいりあつまり給たる仏菩薩たちの御光、

『宇津保物語本文と索引』本文編　としかげ　一四頁

こゝより西、仏のみ国よりは東○《なか》なる所にくだりて、七とせありて、そこにわが子七人とまりにき。

『源氏物語大成』　初音　校異篇　七六三頁　池田本

春のおとゝの御まへとりわきて梅のかもみすのうちのにほひにふきまかひていける仏のみくにとおほゆ

『源氏物語大成』　匂宮　校異篇　一四四〇頁　大島本

けにこゝをゝきていかならむ仏の国にかはかやうのおりふしの心やり所をもとめむとみえたり

校異に拠ると、池田本、肖柏本、三条西家本、河内本、保坂本、山科言経自筆書入本が「みくに」である。

これら全ての仮名表記例は「仏の」に続く。仏教関係で「み」が付く語は他にもあり、この語も平安時代を通して仏教関係の語である故に「みくに」に固定してゐたのである。他の語形は無い。

みこ

みこ　二三六15

「みこたち」も二例ある。一〇三1に「御みこたち」がある。この「御」は「おほむ（おほん）」でもあらう。

「みこ」については拙著『平安語彙論考』（教育出版センター）第四章「源氏物語の『みこ』と『御こ』と」に述べた。

宮中関係の語である。

みこし

御こし　一一八12　一一九2　一七九9　一八〇3 16　二一三6　二一六11 13 14　二一七1 2

みこし　五11　一八七6　御こしやとり　二二三7

天皇に九例、中宮に二例、斎王に二例用ゐられてゐて神社関係、宮中関係の語である。「みこし」に固定化されてゐた、現代迄この語形で用ゐられてゐる。「御こし」表記の語も当然「みこし」である。

みこと（御琴）

みこと　一三二1 7　一九四6　御こと　八六9　きんの御こと　一六15　ひわの御こと　八五14
ひはの御こと　八六16
うとはまうたひて竹のませのもとにあゆみいて丶みことうちたるほとた丶いかにせんとそおほゆるや　一三二1
たのもしきをみことかきかへしてこのたひはやかて竹のうしろよりまひいてたるさまともはいみしうこそあれ　一三二7
こそのしも月のりんしのまつりにみこともたりしは人とも見えさりしに　一九四6
三例とも「みこと」は和琴を指す。和琴の琴の場合のみ「みこと」に固定化してゐた。
こせんにさふらふものは御ことも御ふえもみなめつらしき名つきてそある　八六9
この「御こと」は琴一般を指す。下文の「和琴」は琴に含まれるが、日本古来の楽器で、神楽、東遊などに必須のものとして特別扱ひされてゐた。和琴のみ古くからの「みこと」が平安時代を通じて用ゐられた。八六9の「御こと」を始め、「きんの御こと」、「ひわの御こと」、「ひはの御こと」の「御」は「み」ではない。「おほむ（おほん）」に違ひない。即ち和琴のみは「みこと」で、他の琴は「おほむ（おほん）こと」であり、両者に区別があつた。第三章　十二「きんの御こと」参照。

みさうじ（御障子）

みさうし　一四1
能因本、前田本は「御しやうし」である。
『源氏物語大成』の底本は「みさうし」八例、「御さうし」一例である。殿舎関係の語であり、平安時代を通して「みさうし」に固定して用ゐられた。能因本、前田本などの「御」は当然「み」である。

みす

みす　　二十五例

三巻本、能因本共に全例仮名表記である。

殿舎、調度関係の語として平安時代を通して「みす」に固定して用ゐられた。「みすもと」もある。

みずきやう（御誦経）

みす経　　一七15

能因本のここは「御すきやう」で、他に一例「御誦経」がある。

『源氏物語大成』の底本では左の通り。

みす行　一例　　御す経　五例　　みす経　六例　　御すきやう　一例　　みすきやう　二例　　御す行　二例

仏教関係の語であり、「み」に固定化されて用ゐられたであらうから、能因本や源氏物語の「御」は「み」であったと認められる。

みずほふ（御修法）

みすほう　　二二九7 9

能因本は二例共無く、別に「御修法」が一例ある。

『源氏物語大成』の底本では左の通り。

みすほう　十六例　　みす法とも　一例　　みす法　二例　　御すほうのたん　一例　　御すほう　一例

みす法とものたん　一例　　御す法　一例　　五たんのみすほう　一例

御誦経と同じく御修法も仏教関係の語として、「み」に固定化して用ゐられたもの。能因本や源氏物語の一部の「御」は「み」に違ひない。

みそひめ

みそひめ　一三〇16

能因本も「みそひめ」である。

「みそひめ」は池田亀鑑『全講枕草子』、田中重太郎『枕冊子全注釈』に未詳とする。金子元臣『枕草子評釈』は『枕草子春曙抄』の説を承けて、「みそ」は御衣、「ひめ」は姫糊とする。

拙著の『平安語彙論考』（教育出版センター）第三章「平安時代の「御衣」の語について」で「御衣」を考察した。「おんそ」は平安時代末期以降のものであり、平安時代は「おほむ（おほん）そ」と「みそ」とがあつた。上代の「みそ」は平安時代に引続いて用ゐられたが、神衣、僧衣など特定の分野に限つて見られる。一般には「おほむ（おほん）そ」が普通であつたやうである。

『源氏物語大成』の底本に、「みそかけ」一例、「みそひつ」二例、「御そひつ」一例がある。「みそかけ」は「御衣掛」で衣架であり、「みそひつ」は「御衣櫃」で衣裳入である。これらは調度名として「みそ」が固定化して後にまで使はれた例であり、「みそひめ」も糊の名として「みそ」が固定したものであらう。

枕草子の「御そ」の例は多いが、これらは一般の語であり、「み」は用ゐられなかつたであらう。他作品に仮名表記の多い「おほむ（おほん）そ」であつたと認められる。

みだう

みたう　二〇七16

能因本は「御堂」である。『源氏物語大成』の底本では、

みたう　六例　御たう　四例　さかの、みたう　三例　御堂　一例　み堂　一例

として「みたう」が多い。

この語は仏教関係の語であるから、平安時代を通して「みたう」に固定して用ゐられ、他の語形は無い。

みたけ（御嶽）

みたけ　三九4　一一〇28　みたけさうし　一〇九11

「みたけ（御嶽）」は吉野の金峰山を指す。『源氏物語大成』底本に「みたけさうし」が二例ある。

固有名詞として平安時代を通して固定して用ゐられ、他の語形は無い。

みちやう（御帳）

み帳　三七9　御帳　六〇4　七五15　九九12　一〇三4　み丁　一六二4　御丁　一七三3　一九四4

能因本は、

みちやう　二例　御ちやう　一例　御丁　二例

であり、『源氏物語大成』の底本は、

み丁　四例　御丁　七例　み帳　五例　みちやう　一例　御帳　二例

であり、「み」と「御」とは半ばするものの、調度関係の語である事は「みかうし」、「みさうじ」、「みす」と同じである。平安時代を通して固定して用ゐられたもので、「御」は当然「み」と読むべきである。

第一章　八「み丁」において「御帳」について考察した。拙稿「落窪物語解釈の問題点」（「解釋學」第五十六輯）参照。

みづし

みつし　一二九12　二二三14　みつし所　四九10

能因本は、

みつし　二例　御つし　一例　みつしところ　一例

である。『源氏物語大成』の底本は左の通り。

みつし　十一例　　御すしとも　一例　　みすし　一例　　みつしところ　一例　　みすしとも　一例
　みつし所　一例

「づし（厨子）」は二段になつた棚であり、「みづし」は調度関係の語である。「みづしどころ」は内膳司に属し、宮中の食事を整へる。そこの女官を「みづし」と呼ぶ。調度関係の語であり、宮中関係の語であるから平安時代に固定して用ゐられ、他の語形は無い。

みつな

みつな　二二六14　　みつなのすけ　一七九11

能因本も仮名表記である。

「みつな」は天皇の行幸の際の御輿の綱を言ひ、「みつなのすけ」は綱を持つ役を言ふ。ここでは「みつなのすけの中少将」と続き、近衛の中将、少将が担当した。宮中関係の語として固定してゐた訳であり、他の語形は無い。

みどきやう

みと経　六九14　一六七6　二二九7 9　　きの御と経　一四二14　　きのみと経　一四二15　二二九9

ふたん御と経　七一15（陽明文庫本ハふたんの御と経）

能因本は、

　みと経　一例　　季の御読経　一例　　御と経　三例　　ふたんの御と経　一例　　御読経　一例

である。能因本は「御」の漢字表記が全体に多用されてゐるが、「み」以外の読みは考へられない。

『源氏物語大成』の底本に「みと経」三例がある。

仏教関係の語であり、平安時代を通して固定して用ゐられた。他の語形は無い。

みはし（御階）

みはし　　二〇七14　二〇八5

能因本も二例とも「みはし」である。『源氏物語大成』の底本に左の例がある。

みはし　十例　　御はし　一例　　みはしのま　一例

殿舎関係の語であるから、「みはし」に固定して平安時代を通して用ゐられた。他の語形は無い。

みぶつみやう（御仏名）

御仏名　六一7　八九14　二三二5　　み仏名　一四二15

八九14の例は陽明文庫本「御仏の名」とあるが、誤写であらう。

能因本に「御仏名」二例がある。

『源氏物語大成』校異篇に拠ると、幻　一四二二頁の「御仏名」は、別本の保坂本では「おほん仏名」であるとする。『源氏清濁』、『源氏詞清濁』に「御《ヲン》仏名」があり、後には一部に「おほむ（おほん）ぶつみやう」も用ゐられたやうである。しかし仏教関係の語であるし、岩瀬文庫本にも陽明文庫本にも「み」とあるから、「み」に固定して用ゐられたものと考へられる。『校本枕冊子総索引』に註として、「みぶつみやうトヨムベキカ」とある。

みまくさ（御秣）

みまくさ　　二三九8　12

能因本は「みまくさ」一例がある。『源氏物語大成』の底本は「みまくさ」一例がある。「みまくさ」は古くから用ゐられ、万葉集や催馬楽に見える。ここでは「むまつかさのみまくさ」とある。馬寮の御秣と続き、宮中関係の語と見る事が出来る。二三九12は和歌中の言葉である。源氏物語の椎本の例は、御庄に仕へる人に御秣を取りにやるとある。古くからの語が固定して用ゐられてゐたのであらう。

みもひ

みもひ　一五三15

能因本は「みも井」である。催馬楽の飛鳥井「みもひも寒し、みまくさもよし」を引いた。

みやしろ

御やしろ　一三二16　たひのみやしろ　一九〇6　みやしろ　一八〇15　中のみやしろ　一四三13

すきのみやしろ　一九〇6

能因本は左の通り。

御社　二例　すきのみやしろ　一例　上の御社　一例　中のみやしろ　一例

『源氏物語大成』の底本は左の通り。

みやしろ　四例　かものしものみやしろ　一例　み社　一例　すみよしのみやしろ　一例

御やしろ　一例

神の社であり、神社関係の語として固定され、平安時代を通して用ゐられた。他の語形は無い。

これまでの考察の結果を分類して示すと、次のやうになる。

神社、神事関係　みあれのせし　みかぐら　みこし　みやしろ

仏教、仏事関係　みずきやう　みずほふ　みだう　みどきやう　みぶつみやう

神社、神事及び仏教、仏事関係　みあかし

天皇、宮中関係　みうちき　みかど　みかはやうど　みぐしあげ　みくしげどの　みこ　みこし　みづし　みつな　みまくさ

殿舎関係　みかうし　みかど　みはし

調度関係　みきちやう　みさうじ　みす　みちやう　みづし
固有名詞　みたけ
引用　みもひ
特定の語　みこと　みそひめ

ここに挙げた語は平安時代を通して「み」に固定して用ゐられた。一部注意すべきものがある。

みこ

皇子、皇女、親王の場合は「みこ」、子の敬称の場合は「おほむ（おほん）こ」で、区別があつた。

みこし

後撰和歌集の一一三三番の詞書に「みこしをか」といふ地名が見える。諸本「み」の仮名表記であるが、中院家旧蔵定家無年号本に「おほんこしをか」がある。しかしこれは誤写と考へるべきで、語としては「おほむ（おほん）こし」は存在せず、「みこし」に固定されてゐたであらう。拙著『枕草子及び平安作品研究』（和泉書院）第二十三章参照。

みこと　みそひめ

両語共に特定の分野のみ古くからの「み」が用ゐられ、一般には多くの語に付いて用ゐられた「おほむ（おほん）」が用ゐられ、使ひ分けがなされてゐた。

枕草子で「み」の仮名表記がある語を見ると、

みあかし　みあれのせし　みかはやうど　みぐしあげ　みくしげどの　みそひめ　みたけ　みぶつみやう　みま
くさ　みもひ

などは「み」の付いた形が殆どである。それだけ熟合度が強く、固定してゐた。

八十七　新修枕冊子　一巻　田中重太郎　昭和二十八年三月　白楊社

四十八段を収める。本文は三巻本に拠る。澤瀉久孝の監修である。時代、作者、成立と内容、書名、諸本と参考書の五項目より成る解題を冒頭にして、本文に頭註を施す。段の末尾に研究があり、「春はあけぼの」の段では六問あり、「正月一日は」の段では五問あり、数が多い。「雪のいと高う降りたるを」の段の研究は二頁分もある。本文の主な漢字には振仮名を施す。「ころは」の段の月名を訓読せず音読してゐるのは妥当である。「女官」を「にようくわん」とする。永正十五年（一五一八）成立の『多々良問答』に「によくはん」「によう官」とある辺りを淵源として江戸時代の諸書に「によくわん」と「にようくわん」とを挙げるものの、平安時代は「によくわん」のみで「にようくわん」は無い。詳しくは拙著『平安語彙論考』（教育出版センター）一七五頁以降参照。頭註は欄が狭いため多くを望めないけれども、従来の諸説を列挙したり、通説を批判したりして充実したものとなってゐる。巻末に三頁の枕冊子年表と、四頁半の重要語句索引と、二頁半の附図や官職表などがある。

八十八　明解対訳枕草子　一巻　佐藤正憲　昭和二十八年三月　池田書店

五十一段を収める。本文は『枕草子春曙抄』に拠り、三巻本、前田家本で校訂してある。原文と対応する通釈とを見開きにしてあり読み易い。頭註は「語句の意味、文法上の説明、史的解説のその他注意しなければならない点につ

いて説明を施しました」とあり、詳密である。「しはすの十余日のほどに」の段の「今年の初雪も」の条につき、
ここを通説は、その年の冬、はじめて降るのを初雪と見て、これから夏秋を通して、冬にいたつて降る雪とするが、それでは、あまり誇張にすぎるようだ。当時は立春からが新年であり、春であると考えていたから、元日に降つた雪は初雪とみなくてもよい。立春以後に降ることの予想される雪を初雪と言ったものだろうという説（岡一男氏）に従いたい。
とあり、諸説について目配りがなされてゐる。
「春はあけぼの」の段の「炭櫃」は「いろり。四角な火鉢」とするが、囲炉裏と火鉢とを並記するのは同一視するに似て如何かと思ふ。枕草子には「すびつ」が十例以上見え、拙稿の「枕草子解釈の問題点　六」（『枕草子及び平安作品研究』和泉書院）で考察を試みた。巻末の解説は作者、成立、書名、諸本および原形、内容、影響および研究に分けて九頁を割く。附録として系譜、図版、索引を収め、索引は十一頁に及ぶ。

八十九　学習受験文法詳説枕草子　一巻　浅尾芳之助　野村嗣男　昭和二十八年三月　日栄社

七十三段を収める。「原文は最も広く用いられているものに拠った」とあるだけで拠つた本文を明記してゐないが、三巻本を用ゐる。本文、通釈、解説、語釈、要語、文法、入試問題より成る。附録として文法要項を収め、索引を添えて読解の便を図つてゐる。語釈はかなり詳しく、諸説を引く所もある。「あはれ」「をかし」など重要語は別に要語の項を設け解説を加へる。動植物や有職関係の語は挿絵を添へる。本書の特徴は書名に「文法詳説」と示す通り、文法が詳しい事にある。多くの段で語釈の項を上廻る分量の文法説明がある。とりわけ助動詞や助詞の説明が詳しい。入試問題は全部で百八十一問あり、それ〴〵に解答を添へる。参考書としていろ〳〵と心を配つた書である。

九十　新纂枕草子評釈　一巻　増淵恒吉　昭和二十八年三月　清水書院

四十段を収める。本文は三巻本で田中重太郎『日本古典全書　枕冊子』に拠る。本文と口訳とを上下に配置し読み

易い。註は「春は曙」の段では十七条と多く施し詳しい。必要に応じて伝能因本や前田家本の本文を引用する。「しろくなり行く」の「しろく」に「白く」とする説と「著《し》るく」とする説とがあると両説を挙げ、「あかりて」では「赤りて」と「明りて」と両説を挙げ、前者をとるとし、諸説にも目配りがされてゐる。文法や語法にも言及し、初学者に判り易い。巻頭に解説を置き、巻末に一四頁の充実した索引を置く。

九十一　通解対照枕冊子新釈　一巻　小西甚一　昭和二十八年三月　金子書房

八十四段を収める。本文は三巻本系統に拠る。内容は通釈篇、研究篇、入試問題の研究の三つに分かれる。通釈篇の前に挿絵が八頁ある。猶、通釈篇とは目次の名前で、本文の方は通解篇とある。見開きの右に本文を収め、左に通釈を収める。両者の下に脚註の形で語釈がある。本文にはかなり多く振仮名を施す。この方式は脚註の形が制約となり、詳しい語釈が付けにくい。しかし見開きで本文と通釈とを見る事が出来るのは特色で、書名の通りである。「通釈の訳文はできるだけ原文に近いと同時に、できるだけ現代文として平明で自然なものとするようにつとめた。」とあり、助詞、助動詞まで気を配つて訳してある。研究篇は、一　枕草子という本　二　清少納言と枕冊子　三　枕冊子のことばの三つに分かれる。三では語法を述べ、「き」「けり」や、「つ」「ぬ」など助動詞や、「が」「かし」などの助詞について説明する。

九十二　いてふ本　枕草子　一巻　新間進一　昭和二十八年三月　いてふ本刊行会

全文を収める。本文は『枕草子春曙抄』に拠る。昭和十年六月の版があり、本文のみを収めた。この版は巻末に、引用の語句、故事、人名、有職故実などに関する註を添へた。旧版は二頁の簡単な解題がある。この版は倍増してゐる。本文の漢字の一部に振仮名がある。

九十三　枕草子研究新書　一巻　石上堅　昭和二十八年四月　拓文社

七十段を収める。長い段は全文ではなく抄録する。『枕草子春曙抄』に拠る本文の他、頭註、文法、問題、重要語、

口訳、考異、図絵図表より成る。巻首に、

此の書物は、古典最高峰の一つである枕草子の研究・学習に即応する総ての要求を、完璧に満たすことを目標に、従来の註釈書と全く異つた構想と組織との上に著述したものである。

と記し、特色が多い。一つは各段の主題、要旨を示す。一つには『枕草子春曙抄』、『枕草子杠園抄』、『枕草紙旁註』、『清少納言枕草紙抄』の説を多く引く。一つには三巻本の本文と対照する。「春は曙」の段の頭註は十六条あり、文法の説明を加へる。他に重要語の項も設けてゐる。問題は百三十八問あり、解答は一五頁に及ぶ。巻末に重要語索引を八頁収め、筆者の意欲が窺ひ得る書である。

九十四　学生国文叢書　枕冊子新講　一巻　西義一　昭和二十八年四月　藤谷崇文館

叢書名は内題に「学生国文叢書」とあり、奥付裏の広告に「古典新叢書」とある。書名は背文字、表紙の覆ひ、本文の柱、奥付に「枕冊子新講」とあり、内題には「枕草紙新講」とある。二十七段を収める。本文は能因本の十二行古活字本を用ゐる。解題、新講、註語索引より成り、新講は本文、語釈、通解より成る。本文の漢字に全部振仮名を付けたのは極めて有益で貴重である。語釈は「春は曙」の段で十条と少ない代りに通解で「況して雁などが、竿になり鈎になり、葡萄蔓になつて」の如く詳しく補ふ。語釈に重点を置いたとある通り、語釈が抜ん出て秀でる。

九十五　新講枕冊子　一巻　田中重太郎　昭和二十八年五月　むさし書房

六十一段を収める。本文は『日本古典全書』に拠る。解題、本文、語句索引より成る。語句索引は一二頁ある。上段に語釈、文法、補説を収め、下段に本文、通釈を収める。「春は曙」の段では語釈が九条、文法が五条、補説が三条と充実してゐる。「はしがき」に「その性格はわたくしの三巻本註釈書の簡略版ともいうべきものである」とある。語釈はあちこちに図版を収め、ところどころ著者の説を示している。金剛般若集験記や丹後守為忠朝臣家百首を引用するなど註釈の姿勢は周到である。諸説についても触れる事がある。

九十六　日本古典鑑賞読本　枕草子　解釈と鑑賞　一巻　塩田良平　昭和二十八年五月　創元社

本文は三巻本の内閣文庫本に拠り、図書寮本及び陽明文庫本で校訂した。五十二段を収める。著者には枕草子関係の既刊書として『日本古典読本　枕草子』及び『校訂枕草子抄』があり、拙著『枕草子及び平安作品研究』（和泉書院）二二六頁以降で紹介した。内容を「自然鑑賞　美的心象　折にふれて　自伝的作品」の四部に分け、本文、語釈、鑑賞より成る。語釈は頭註と補註とに二分し、「春は曙」の段は頭註十一条の他に補註四条があり、補註では諸説に触れる。この段の鑑賞は二頁あるが、他の段でも二頁以上を割き詳しく述べ、参考になる事が多い。巻末に「枕草子を研究する人のために」と附図とを添へる。

九十七　枕草子新講　一巻　飯野哲二　昭和二十八年六月　文理図書出版社

六十二段を収める。一部の段は全文ではなく省いてある。本文は春曙抄本に拠る。本文、通釈、語釈、要旨より成る。本文の漢字の一部に現代仮名遣で振仮名が施してある。初学者の為に便宜を図つての事とは思ふものの、仮名表記の本文との連続を考へると歴史的仮名遣で施すべきであらう。「験者」を「けんざ」、「朝餉」を「あさがれえ」とするのは如何かと思はれるし、「白馬」を「あおうま」とするが、第二百七十四段の三巻本の仮名表記が「あをむま」であるのに拠るのが妥当と思はれる。語釈は詳しく文法の説明もある。要旨は粗筋ではなくて鑑賞である。

九十八　枕草子新釈　一巻　田中重太郎　昭和二十八年六月　要書房

六十五段を収める。本文は伝能因所持本系統本中現存最古の三条西条旧藏本に拠る。本文、語釈、通釈、評より成る。巻頭に解題があり、「一　作者と時代、二　書名と内容、三　諸本・参考書」に三分して略述する。巻末に八頁の語句索引がある。この当時二百頁から三百頁ほどの枕草子の註釈書が多く出版されたが、索引を完備する書は少なく、本書は学習者への気配りがなされてゐる。凡例に「〔語釈〕は簡略にした」とあるけれども、「春は曙」の段の語釈は二頁半あり、諸本の本文や諸説を引いて懇切である。「正月」などの月名は音読する方がおだやかであらうとする。

九十九　枕草子評解　一巻　田中重太郎　昭和二十八年七月　有精堂

八十一段を収める。国漢文評解叢書の一冊。本文は三巻本の『日本古典全書　枕冊子』に拠る。著者には別に『枕冊子評解』があり、本書は『枕草子評解』として区別した。解題は三四頁で広範囲に述べる。研究文献が充実し一三頁に及び、良書には印が付けてある。本文、口訳、語釈、評より成り、巻末に二三頁分の語句索引を収める。本文の漢字の一部に振仮名を施す。「春は曙」の段の語釈は十一項目で、一項目に一頁を費す項目があり、従来の諸説を多く引用し、初学者でなくても参考になる。著者の既刊選釈書より分量が多く内容が優れたものとなった。

百　文法詳解枕草子精解　一巻　山崎喜信　昭和二十八年九月　加藤中道館

五十一段を収める。本文は『枕草子春曙抄』に拠る。本文、要旨、通解、語釈、文法より成り、巻末に一部の段の文法解説（品詞分解）、枕草子の文法要覧、入試問題、語釈篇索引、文法篇索引を収める。はしがきに「本書の特色は、実に文法中心主義にある」と述べる通りで、語釈よりも多い文法説明がある段があり、枕草子を文法中心に理解したい読者に相応しい書と言へる。簡略な要旨で段の内容を示したり、語釈の一部の漢字に振仮名を施したりする。有職故実関係の挿絵の他、寺の写真を載せ、視覚での理解を図る。

百一　古典評釈枕草子—文法追究—　一巻　金子武雄　昭和二十八年十月　研文書院

七十一段を収める。本文は春曙抄本に依拠した金子元臣『校註枕草子』に拠る。本文・通説・語釈・文旨より成り、巻末に附図、官職表、活用語の活用表と、二〇頁の索引とを収める。本文の漢字の一部に振仮名を施す。「御薬玉」を「おんくすりだま」とするのは、「おほむ（おほん）くすだま」が適当であるし、「御扇」を「おんあふぎ」とするのは「おほむ（おほん）あふぎ」が適当であらう。「御使」を「みつかひ」とし、「御硯」を「みすずり」とするのも疑問である。語釈では「はしがき」にある通りに、文法上の説明が詳しい。有職故実関係の語に絵図が示してあり、理解を助けてゐる。「月も日も」の歌には、「月も日も変わって行くけれども、いつまでも変わらないみもろの山の離宮よ」と解釈を施し、和歌や漢詩を引用して終るのみといふ不親切な態度ではない。

百二　現代語訳日本古典文学全集　枕草子　池田亀鑑　昭和二十八年十一月　河出書房

全段の現代語訳を収める。本文は三巻本に拠る。古典の口語訳は原文に進む階梯の一つとして大切なものである。しかし抄訳では不十分なものになり、全段の収録が望ましい。本書では原作に忠実な訳出が為されてゐて、「一字一句もゆるがせにしない逐語訳の方針をとった」とある。巻末に二七頁に及ぶ註があり、時に諸註の誤を指摘して参考になる。

百三　新修枕冊子別記　一巻　田中重太郎　昭和二十九年一月　白楊社

本章八十七の『新修枕冊子』の別記である。四十八段を収める。語解（語釈）と通解（通釈）とより成る。「語解」については凡例に、

「新修枕冊子」の頭注に洩れたもの、又は、更に説明を要すべきものを取り上げておいた。なお、諸本との本文の異同についても、できるだけ詳しくあげておいた。

とあり、「春はあけぼの」の段の語解は二頁余と詳しい。主な注釈書で対立する説がある場合や、諸本の本文の主な異同については取上げて言及してゐて、理想の教授資料書である。

百四　新釈註国文叢書　新釈註枕草子　一巻　臼田甚五郎　昭和二十九年二月　櫻井書店

四十三段を収める。本文は『枕草子春曙抄』に拠る。本文を上段に、口訳を下段に収めて対照し、語釈、評説を加へる。巻末に解題、語釈索引、参考図録がある。語釈索引は一一頁に及ぶ精細なもので、参考図録は八頁ある。歳時の記、天地の情、心の鏡、御簾の内の四部に分けて構成してゐる。自序に、

日本民族の伝統を自覚的に把握しようとするものは、当然、古典の世界に踏み入るのであるが、同時に忘れてならないことは、古典を単なる骨董としてのみ愛撫してはならないということである。

とし、詳しい評説は著者の古典への愛情の現れである。

百五　古典新書　枕草子・源氏物語　一巻　池田勉　昭和二十九年三月　東陽書籍

源氏物語と併せて一冊としてゐる為、収録する段数は少なく、八段である。「春は曙」の段は収められてゐない。冒頭に枕草子と清少納言とについての解説があり、清少納言の名について、「清」は清原氏の略称、「少納言」はおそらく中宮から与えられたものであろうとする。清少納言の名についての私見は拙著『枕草子論考』(教育出版センター)で述べた。本文は何本に拠つたか記していない。「うへにさぶらふ御猫は」の段に「命のおもと食へ」とあり不審な本文である。一頁につき三から十程度頭註を施す。

百六　語法詳解枕草子の新解釈　一巻　浅尾芳之助　昭和二十九年三月　有精堂

著者には昭和二十二年六月刊行の「五十一　枕草子の解釈」(以下の番号は拙著『枕草子及び平安作品研究』(和泉書院に拠る)と昭和二十五年四月刊行の「六十一　新訂枕草子の解釈」と「七十一　増訂枕草子の解釈」とがあり、本書はこれに収録する段を増し、入試問題の研究を附録を加へたもの。既刊書に収められた段は内容が同じである。『枕草子の解釈』が三十二段であるのに、本書では五十八段と倍近くになる。本文を上段、通解を下段に収めて対照出来るやうにし、要旨、語釈、文法の設問、同解答を収める。挿絵が多く入試問題は四十三問を収める。

百七　増訂枕草子の文法　一巻　湯澤幸吉郎　三浦和雄　昭和二十九年四月　明治書院

二十三段を収める。本文は金子元臣『枕草子評釈』に拠り、文法の方面から考察した書である。文法は『中等文法』に拠る。本文の右側に品詞名を記し、活用語には活用の名及び活用形の名を記してある。名詞と助詞とについては記してゐない。次の詳説で文節の関係や、主な助詞について解説し、更に重要事項について余説で詳しい説明をなす。詳説では文法の説明の他に語釈も述べる。巻末に品詞判別法や活用語の活用表を収め、参考に供してゐる。

百八　日本文学新撰　枕草紙　一巻　松村博司　昭和二十九年四月　弘道館

久松潜一の「刊行の趣旨」に拠ると、高等学校の副読本、若しくは大学の教科書として編纂したとある。

底本は藤村作『清少納言枕草子』に拠り、田中重太郎『日本古典全書　枕冊子』、山岸徳平『校註枕草子新抄』等を参考にしたとあり、三巻本である。百十三段を収める。校異は主なものを頭註として示した。故事、引歌、故実にわたるものを註解とし、上欄に収め切れないものは巻末に補註とした。口絵は枕草子絵巻から抜いて載せてある。巻末に清少納言関係文献抄として紫式部日記、栄花物語などの本文を引く。清少納言、紫式部、和泉式部対照略年表は新しい試みで参考になる。

百九　最新国文解釈叢書　枕草子　一巻　山岸徳平　安井憲三　昭和二十九年四月　法文社

本文は『枕草子春曙抄』に拠り、四十四段を収める。本文、要旨、通釈、語釈・文法、批評、研究室より成る。研究室は入試問題を集めたもので、他に試問がある。本文の漢字には一部振仮名を施す。「正月一日は」の段の「白馬」を「あをうま」とするが、「きら〳〵しき物」の段の三巻本には「あをむまの日」の仮名表記があるので、「あをむま」が適当であらう。要旨は全体を把握するのに便利である。語釈・文法は詳しく、特に文法の説明が充実してゐる。巻末には研究室の解答の他、付図、一〇頁の重要語句索引がある。

百十　校註源氏物語・枕草子選　一巻　松尾聡　岸上慎二　昭和二十九年五月　武蔵野書院

本文は『枕草子春曙抄』に拠るが、三巻本、能因本の三条西家本に拠り改める所がある。四十四段を収める。「大進生昌が家に」の段、「清涼殿の丑寅の隅」の段など長い段は全文ではなく、後半は省いてある。本文と頭註とより成る。本文の漢字の一部に振仮名を施す。「正月一日は」の段の「白馬」は「あをうま」とする。頭註は多くなく、「春は曙」の段では九条であるが、諸説を挙げたり、諸本の本文を引いたりして詳しい。挿絵に力を入れ、全頁分が九頁ある他、有職故実関係の事項の挿絵を各所に収める。

百十一　国文学新釈叢書　枕冊子新釈　一巻　工藤誠　昭和二十九年七月　白楊社

本文は三巻本系統であり、田中重太郎『日本古典全書　枕冊子』に拠る。枕草子の書名は「枕草子」とする書が多いものの、田中重太郎『校本枕冊子』を始め、「枕冊子」とする書がかなりあり、本書も底本に倣ひ「枕冊子」としてゐる。他に「枕草紙」とする書もある。本書は凡例に、

枕冊子の主要な章段八十を選び、まず五十五について、通釈・語釈・余説の欄を設けて詳説し、補遺二十五について、通釈または語釈を加えた。

とある。他に書名、作者、内容と成立および諸本、享受と研究、年表より成る解説と、索引と、附録とがある。附録は最近の入学試験問題その解答とである。通釈は括弧を多用して補充を行ひ、語釈は本文の異同解釈の諸説について詳しく述べ有益である。文法説明も多い。

百十二　清少納言　一巻　池田亀鑑　昭和二十九年八月　同和春秋社

十項目百十八条に分け、枕草子の諸段の口語訳を通して清少納言を初学の者に理解させようとした書である。中学生を含め一般家庭の方々の読物として筆を執ったとあるものの、「普通に行われている説にくらべ、趣きを異にするものが少なくありません」とある通り、意欲的な書である。

百十三　学燈新書　枕草子の文法研究　一巻　岡一男　村井順　昭和二十九年九月　学燈社

本文は春曙抄本に拠る。四十三段を収める。本文の右側に品詞名や活用語については活用形名を傍書するのであるが、それだけにとどまらず「品詞の研究」として文法を詳しく説明し、更に「文章の研究」として構文を説明してゐる。序編に品詞の判別として、一　形式名詞の判別、二　サ変の判別、三　形容動詞と助動詞・断定との判別、四「に」の判別、五「にて」の判別、六　接続詞と副詞の判別　の六項目があり、例を挙げて基準を述べてゐる。「註」として段の終に説明を補充する事がある。総じて単に品詞分解に終る事無く、読者に文法を理解させようとする良心的な書である。

百十四　枕草子精講　研究と評釈　一巻　五十嵐力　岡一男　昭和二十九年九月　学燈社

本文は伝能因所持本に拠り、全段を収めた。枕草子はかなり分量がある上、随筆という事で抜萃する註釈書が多い

中で、全段を収録し九四七頁に及ぶ本書の存在は貴重である。本文、口訳、要旨、語釈、批評があり、挿絵を載せる。巻末に一八頁より成る綜合索引がある。「春はあけぼの」の段の語釈は二十三条を取上げ三頁にわたり詳しく述べ精講の名に相応しい。本文の漢字に所々振仮名を加へる。「御猫」「御鏡」の「御」は「おほん」とするなど細心の注意が行届いてゐる。三巻本の註釈書が多い中に、伝能因本の良き註釈書を座右に備へ得た事は喜ばしい。

百十五　三巻本枕草子評釈　上下二巻　塩田良平　昭和二十九年十月　学生社

本文は三巻本であり、図書寮本に拠り、陽明文庫本を参照してゐる。全段を収める。

著者のこれまでの枕草子関係の書は抜萃本であるが、本書は全段を収め後学の者が裨益されるところが多々ある名著である。構成は解説、本文、頭註、通釈、鑑賞より成る。解説は主題や内容を略述し、頭註は詳しい語釈で、筆者独自の説が見られる。目次に拠ると挿絵は九十三図ある。諸説に筆を及す事もある。諸説は鑑賞の中で述べる事がある。巻末に清少納言伝、枕草子研究文献、系図、官職表、附図、索引を収める。索引は人名、寺社、邸宅、地名、和歌等、語句索引と分れ、全部で二八頁あり充実している。

百十六　枕冊子の解釈文法　一巻　土部弘　昭和三十年九月　関書院

本文は三巻本で大概『日本古典全書』に従ふとある。基礎篇と解釈篇とに分け、基礎篇では六つの項目により枕草子の解釈文法上で大切だと思はれる事項について詳しく述べる。敬語の口語訳は「おはす」を「オイデニナル」とし、「おはします」を「オイデ遊バス」として違ひを訳し分けてゐるのは見上げたものと思はれる。原文の二重尊敬は口語訳に反映させるのが良い。解釈篇には十段を収め、「うへにさぶらふ御猫は」のやうに長い段は抜萃してゐる。逐語訳には理解に必要な言葉を括弧内に記し、周到なやり方である。文法の説明は品詞分解のみにとどまる事なく、構文や語句の構造を述べ、重要な内容は附説を設けて説明する。資する所が多く、頁数の制約故に収められてゐる段の少ない事が惜しまれる。

百十七　改稿枕草子通解　一巻　金子元臣　橘宗利　昭和三十年十一月　明治書院

全段を収める。昭和四年十二月刊行の金子元臣『枕草子通解』が好評で六十余版を重ねて戦後に及んだ。これに増補改訂を加へたのが本書である。従つて底本は春曙抄本である。前書より頁数が二割増となり、字詰も多いので「詳解」となつたとある。本文、口訳、語釈・文法より成る。各項目とも前書を踏襲する他に、所々増補してゐる。前書は別刷挿図、本文挿図が多く特色をなしてゐた。本書はこれを収めた他に、巻末に二〇頁の索引を収め利便を図つてある。当時三巻本に拠り枕草子を読む事が多くなつてゐたので、三巻本の段数を附載し、三巻本を参考にした。

百十八　改稿新版枕草子新釈　一巻　青木正　昭和三十一年二月　有精堂出版株式会社

百段を収める。『枕草子春曙抄』の本文に拠る。本書は昭和二十一年十二月刊の青木正『枕草子新釈』を基にしたもので、収録の段数こそ変わらぬものの、全文の品詞分解を加へ、挿絵を多く載せ、頁数は前書の一・七倍となり充実した書となつた。原文の下段の品詞分解の他に文法の項目を設け、主な事項を説明してゐる。「春はあけぼの」の段の語釈は前書が十条であるのに対し、本書は十九条ある。「炭櫃」を「ゐろり」とする前書に比べ、本書では「いろり、角火鉢の類」として詳しい。一段の通釈や感想は二書で変りが無く、文法と語釈とが飛躍的に増加した。索引も詳しくなった。

百十九　国文古典随筆・日記・評論文学―研究と鑑賞―　一巻　冨倉徳次郎　昭和三十一年二月　開文社

十段を収める。本文は三巻本に拠る。随筆は枕草子以下四作品、日記は土佐日記以下七作品、評論は無名抄以下七作品を収めた書である。本文、口訳、解釈、頭註、参考、研究より成る。「春は曙」の段では頭註として十八条の語釈がある。頭註のため紙数に制約がある為か、内容は簡略である。「火桶」を「火樋」とする誤植があるのは残念である。解説は詳しい鑑賞である。参考は他の作品を引用する。「春は曙」の段では同じ趣の和歌や俳句を引き、「虫は」の段では枕草子で取上げられてゐる虫の和歌を古今集や古今六帖から引く。研究は応用として設問を設けたものである。

百二十　古典解釈法双書　枕草子解釈法　一巻　間瀬興三郎　昭和三十一年三月（端書）池田書店

五十六段を収める。本文は三巻本系統の陽明文庫本を底本とした『日本古典全書　枕冊子』に拠る。凡例に拠ると枕草子全体の約四分の一に当る五十七段を収めたとあるけれど、目次には五十六段が載せてある。本文、口訳、語句詳説、問題、問題研究、解答、余説より成る。他に解釈の重点として六十項目を挙げ、主に文法事項について詳しい説明を行ふ。重要な事項について説明した語句詳説は語釈であるが、三つに分類して学習者に解り易い。これまで『枕草子春曙抄』の本文で多く読まれて来たのを踏まへて、春曙抄と大きく違ふ本文には本文校異の欄を設けてゐるのも親切な扱ひである。意欲に満ち充実した註釈書である。

百二十一　枕冊子　一巻　田中重太郎　昭和三十一年四月（検定済）初音書房

六十一段を収める。本文は三巻本系統の陽明文庫本に拠る。田中重太郎氏は僅かな場合を除き書名を「枕草子」でなく「枕冊子」を用ゐる。本書でも同じである。高等学校国語科国語（乙）の教科書として編纂されたもので、長い章段は採られてゐない。本文、頭註、研究より成る。教科書のため研究の解答は無い。参考として挿絵がある。本文には一部の漢字に振仮名を施し、「風の音《おと》、虫の音《ね》など」と紛れぬ心配りがしてある。「春は曙」の段の頭註は六項目あり、諸本の本文の違ひで解釈の問題がある所は詳しく述べる。教科書として高い水準に達してゐる書である。

百二十二　文法と解釈シリーズ　枕草子の文法と解釈　一巻　村井順　昭和三十一年七月（凡例）学燈社

四十九段を収める。段によつては全部を収めてゐない段がある。本文は伝能因所持本に拠る。本文、本文の右側の文法説明、訳、語句の研究、文章の研究より成る。冒頭に文章の特長と品詞の判別とを述べた序論があり、「に」、「にて」の判別など紛らはしい語の判別について述べてある。品詞分解など文法上の解明が本書の特色であるが、語句の説明は詳しく、「春は曙」の段では二十二項目ある。「あかりて」の「明かりて」と「赤味をおびて」となど諸説について触れる所もある。岡一男、村井順『学燈新書　枕草子の文法研究』（昭和二十九年九月　学燈社）を基にした書であるが、収めた段は入れ換へがあり、説明が詳しくなつてゐる。

百二十三　新選評釈　枕草子　一巻　大庭光雄　昭和三十一年九月　新興出版社啓林館

七十四段を収める。本文は春曙抄本に拠る。端書に本書の構成を大意、語釈・語法、通釈、鑑賞、研究、参考、問題とする。実際には大意は無く、本文の次に要旨がある。問題は内容把握と語法吟味とから成り、入試問題のある段もある。解答は巻末に三九頁あり、詳しい。「春は曙」の段の語釈は二頁分あり、文法上の説明も行つてある。三巻本の本文がかなり流布してゐた時代の註釈書としては、諸本の本文に全く触れてゐないのは少し物足りない。「炭櫃」について、「いろり。一説に「角火鉢」という」とする如く諸説あるものに触れる所がある。巻末に一二頁の索引を添へる。

百二十四　全講枕草子　二巻（上下、後に一巻とする）　池田亀鑑　昭和三十一年十一月　至文堂

全段を収める。本文は三巻本第一類に拠る。収録する段は、一本、又一本の他に三巻本逸文をも収め充実してゐる。本文、釈義（語釈）、文意（口語訳）、要説、補説より成る。本文の一部の漢字に振仮名を施す。「春は曙」の段の釈義は十五条で、随時諸本の本文にも触れる。諸説ある場合には言及する。著者の『清少納言枕草子評釈』の解釈（語釈）が三頁に互つてゐたのに比べると、分量は三分の一である。巻末に解説、系図、年表、図録、索引一四八頁分を収める。図録は中村義雄画の五九頁に及び、作品の世界の理解を助ける。

百二十五　福音館文庫　古典全釈文庫　全釈枕草子

二巻（上下）　桜井祐三、沢田繁二　昭和三十一年十二月、三十二年一月　福音館書店

全段を収める。本文は三巻本で、田中重太郎校訂本を本にしたとある。枕草子は長篇であつて、全段を収める書は少なく、多くが抜萃本である中に本書が全段を収めてゐるのは立派である。縦十二糎余、横六糎余の掌中本で、隠しに入れて持運びたい可愛い本と言へる。上段に本文、中段に通釈、下段に語注とし、一頁内で一覧出来るやうにしてある。「春は曙」の段では簡略な語注九条を収め、段の末に八条を補ふ。補充の註は文法上の説明が主である。本文

の漢字の一部に振仮名を施す。「正月」以下の月名を音読するのは妥当なものである。

百二十六　評解枕草子　一巻　松田武夫　昭和三十二年二月　山田書院

五十六段を収める。本文は三巻本に拠る。本文、通釈、語釈より成る。本文の漢字の振仮名は少ない。「春は曙」の段の語釈は、春六項、夏四項、秋四項、冬六項と数が多いだけでなく、春では「しろく」の「白く」「著《しろ》く」の説、「あかりて」の「赤りて」、「明りて」の説と諸説を取上げ詳しい。鑑賞も分量、内容共に充実してゐる。「春は曙」の段は九頁を費す。「清涼殿のうしとらのすみの」の段では、「御《おほん》時」、「御《み》女」、「御《おん》琴」、「御《おん》物忌」などに振仮名を施すが、「御時」の「おほん」と他の語の「おん」について説明が欲しいところである。巻末に九頁の索引がある。

百二十七　文法解明叢書　枕草子要解　一巻　伴久美　昭和三十二年三月　有精堂

三十段を収める。本文は三巻本による。端書に本書は改訂版で、前書に増補したとある。本文、本文全部の品詞分解、口訳、語釈・文法より成る。文法が中心の本書であるが、語釈も詳しく、「春は曙」の段では二八項ある。「やうやう」の説明では現代語と対比し、同義語「やうやく」「やや」を挙げ、語源を説くなど親切な書きぶりである。「紫」につき今の紫と違ふ古代紫とし、赤みをおびた紫とするのは妥当であるものの、「濃い赤色」とするのは如何であらう。春曙抄の説を引いたり、『千草の根ざし』を引いたりするし、巻末に六頁余の索引や図録がある。

百二十八　学習受験国文双書　明解枕草子　一巻　佐成謙太郎　昭和三十二年三月　新塔社

七十段を収める。本文は三巻本に拠る。春曙抄本との異同を語釈や本文に示してある。本文、口訳、語釈・文法、要旨・鑑賞より成る。語釈・文法は詳しく、「春は曙」の段は三十二条ある。「しろく」「あかりて」など諸説ある箇所には、その旨を記す。「炭櫃」について、「一般に、いろりと解されているが、角形の火鉢であろう。」とするのは卓見である。語釈や文法の説明が丁寧で、初学者に資する所が多い。衣裳、調度などの挿絵が充実してゐる。巻末に大学入試問題及び解答を載せ、七頁の語訳索引を収めるなど親切である。

百二十九　文法詳解枕冊子新釈　一巻　大島田人　昭和三十二年十月　加藤中道館

十四段を収める。本文は三巻本の『日本古典全書　枕冊子』に拠る。本文、要旨、通解、語釈、文法、参考より成る。語釈には諸説を引く。「春は曙」の段には、五十嵐力、窪田空穂、林和比古、佐藤幹二、池田亀鑑の説を引き、古註では春曙抄、盤斎抄を引く。春曙抄を引く註釈書は少なしとせぬものの、盤斎抄を引く真摯な姿勢には頭が下がる。「雨など降るもをかし」では、「「もまた一段とおもしろい」「でさえもおもしろい」と「も」が二様にとれる。」と追究している。文法は全文の品詞分解に加へて、注意すべきものを説明する。巻末に一五頁の語句索引を収める。

百三十　大学速習シリーズ　速習枕草子　一巻　前田惟義　昭和三十三年二月　螢光社

三十五段を収める。本文は田中重太郎『日本古典全書　枕冊子』に拠り、三巻本である。春曙抄の本文を重んじ春曙抄の本文を参考や校異に引く。「うへにさぶらふ御猫は」の段では、三巻本の「物のてをせさせばや」とあるのを春曙抄に拠り、「もの調ぜさせばや」に改めてゐる。本文、品詞分解、要旨、通釈、語釈・文法・校異、参考より成り、巻末に三巻本と春曙抄本との段数比較一覧表と文語助動詞活用表とを収める。語釈に力を注ぎ、「春はあけぼの」の段では二七条ある。文法は詳しく、本文に傍書する他に文法の条に於ても説明する。「あかりて」は「明り」、「赤り」の両説を挙げ、諸説ある場合は触れる。

百三十一　高校国語乙学習シリーズ　枕草子　一巻　三省堂編修所　昭和三十三年四月　三省堂

六十一段を収める。本文は三巻本の田中重太郎『日本古典全書　枕冊子』に拠る。梗概、本文、脚注、要旨、語釈・文法、通釈、参考、練習問題、略解より成る。巻末の附録に解説、枕草子関係年表、系図、索引がある。「春はあけぼの」の段では脚注が九条あり、語釈・文法が二九条あり、語釈が詳しい。冒頭の「春はあけぼの」の一文は二行に亙つて説明してゐる。諸説あるものは多く取上げ、「山の端いと近うなりたるに」では源氏物語の例を引く。殿舎、調度、衣裳、動物、植物、楽器など挿絵を多く載せるのは初学者に親切である。

第九章　尾張国の西行伝説

一

本稿では、あまり世に知られてゐない鳴海の西行伝説について述べる。

『なるみ叢書　第三冊　鳴海旧記』（名古屋市緑区鳴海町字作町六六　鳴海土風会）に、左の通りある。

　　鳴海の右字枯木にある片葉の葭を読めると云ふ

いろいろに秋は鳴海の浜萩を　誰染つけてこきといふらん

「右字」は「古字」の誤、「浜萩」は「浜荻」の誤である。

『張州名勝志』、『蓬莱東記』には西行の詠とあり、作者名を記さぬ書もある。

『蓬州旧勝録』に、

〇こき　名艸部類に入ル

難波の芦伊勢の浜荻鳴海浦のこき三所名を等ふして皆声にて其形状共に小く異也本州鳴海の浜にのみ在りて他郷に無き名草也

　　鳴海潟浜辺に生ふる草の名を幾しほ染てこきと云けん　　定家朝臣

　　色〳〵に秋は鳴海の浜荻をたが染なしてこきと云らん　　西行法師

とあり、第四句に異文がある。「枯木」とは鳴海の字名で『慶長十三年鳴海村検地帳』に「かれき」と見える。

「片葉の葭」は古くから鳴海の名所として知られた。『尾張国地名考』に、

　　こき草の浜　一名片端蘆

　宿の入口より一町手前の右の田中にあり往昔は広き蘆野なりしが漸々に田に耕とりて今僅に三十歩許り残れり

とある。『尾張国地名考別冊』の原本校訂正誤表に拠ると、「片端蘆」は「片葉蘆」が正しい。

「こき草の浜」から、西行の和歌の「こき」が本で地名になつた事が知られる。「浜」とあるのは、江戸時代田の中になつてゐたが、往古は浜であつた事による。猿投神社本社の西の宮の遷宮は牛毛荒井村の浜辺で垢離を為し、東の宮の遷宮は鳴海村の清水が涌出る片葉の蘆で垢離を為す事になつてゐた。古くは浜辺であつた証である。又近くの山王山は対岸の笠寺村天王社の下までの鳴海の渡りの発着地であつた。鳴海潟の渡である。

下郷家文書には「こきの田」が見え、この地を「こき」と呼ぶ事は江戸時代普通に行はれてゐた。

ところで西行のこの歌は勅撰集に入らず、西行の私家集である『山家集』、『西行上人集』、『聞書集』、『残集』に見当らない。当地にのみ伝へられた和歌と思はれる。西行は元永元年（一一一八）に生れ、保延六年（一一四〇）に出家した後、建久元年（一一九〇）に没するまで諸国の旅を重ねた。東国の往復には鳴海を通つた事は確実であり、西行の伝説が生れる必然性はあつた。

『氷上宮御本起之書紀』に、日本武尊逝去後の宮簀媛命の事跡を述べ、「こき」の和歌を収める。

　被二思続一而歩二行火高里一、御越行道柄、御口号御歌曰、

　　那流美迦多　志本比邇美游流　袁岐能久佐　伊具志本曾売弖　許岐斗伊布良牟

とある。『氷上山神記』にも同じ和歌が見える。

　　なるみかた　しほひにみゆる　をきのくさ　いくしはそめて　こきといふらむ

二

『蓬州旧勝録』の鳴海村の条に、「西行坂　鳴海根の内　千代倉扣地」とあり、西行の名を含む地名が鳴海にあつたことを記す。他書には見えないやうである。

「鳴海根」とは鳴海山の事であり、『張州府志』に二十八峯を挙げる。西行が東国へ出掛けた時には往復とも古東海道（俗称鎌倉海道）を通つた筈である。古東海道は江戸幕府が制定した東海道より前の道筋を総称したもので、上代、平安時代、鎌倉時代、室町時代と時間的にも長く、鳴海潟の海進、海退の故に道筋が一筋ではなく錯綜してゐる。

鳴海山の中で古東海道の道筋に当るのは、大清水山、八松山、小坂山、後山、番場山、小松山である。しかしこれらの山には格別目立つ坂は無い。又現在西行坂の地名は残つてゐない。

鳴海の地名は現行の字、旧字などを含め、現在知られてゐるもの全てを拙著『緑区の史蹟』（鳴海土風会）の地名辞典に収めた。「坂」の付く地名は、

大坂、片坂、庚申坂、小坂、汐見坂、清水坂、団操坂、西坂、ぶんろくさかである。これらの中で古代の東海道の道筋にあるのは、小坂と汐見坂とである。

小坂は字名であり、北方の大坂に対する。緩やかな丘の地で、取立てた坂は無い。

汐見坂は潮見坂と表記する坂を含め三ケ所あり、第十章で考察した。その中で二ケ所が考へられる。

一　潮見坂　鳴海の東方で、字大清水の一部。『海道記』に、「潮見坂といふ所を上れば、呉山の長坂にあらずといへども、周行の短息はここにあへたり。」とあり、二村山の西方に当る。この潮見坂の別名といふ可能性が考へられる。

二　潮見坂　鳴海の西方で、字三王山、字大根の一部。『今昔鳴海潟呼続物語鉄槌誌』に、「山王山と潮見坂石田の辺に」とあり、この潮見坂の別名といふ可能性が考へられる。

この二の汐見坂は字枯木の片葉の葭の直ぐ近くであり、二百米余の距離に過ぎない。西行坂は一の潮見坂より二の汐見坂と考へるのが妥当である。

即ち古東海道の道筋の中で最も南側になるのが浜道であり、鳴海の字三王山と西方の笠寺の狐坂とを結んでゐた。江戸時代の道筋がここになつたのは鳴海潟が陸化し、徒歩で通行出来る最南端であつたからであり、古くは船で結び、鳴海の渡りと呼んだ。字三王山の北の汐見坂は古道であり、字枯木に残る西行の和歌と結び付けて、西行坂の別称が出来た事は十分考へられる。一よりも二の方が蓋然性があるものと思はれる。鳴海山の中の小松山に近く、鳴海山の一部と考へて良い。

結論として西行坂は字枯木、字小松山に近い字三王山の北の汐見坂の別称であらう。

第十章　尾張国の歌枕

一　年魚市潟

年魚市潟については拙著『枕草子及び平安作品研究』（和泉書院）第十六章　尾張国の歌枕　九　年魚市潟　鳴海潟で述べた。本稿では別の観点から考察する。年魚市潟を詠んだ和歌は主なものを拙著『東尾張歌枕集成』（なるみ叢書第二十六冊　鳴海土風会）に収めた。三十四首になる。同書より引く。

一　朝ほらけ舟漕くらしあゆち潟霞の内にたつ鳴渡る　続松葉集　宗恵

二　梓弓春立けらし年魚市潟知多乃山辺に霞たなひく　金鱗九十九乃塵　田中道麿

三　年魚市潟あかさはひるにますかゝみいせしまかけて見ゆる月の夜　名所今歌集　鈴木朖

四　あゆちかた秋のいさりをかことにて潟わにすめる月をこそ見れ　名所今歌集　鈴木朖

五　あゆちがたあさこぐ舟のほのぼのとちたのうらべに浪よするみゆ　夫木和歌抄　中務卿のみこ

六　あゆちかた厚田のうらの朝なきに霞たなひき春はきにけり　名所今歌集　鈴木朖

七　年魚市潟うすもえきなる苗代にちる桜田の雪を見るかな　名区小景　大成

八　あはぢがたかぢおとすなりちたのえのあさけのきりにかたほかくれて　万代和歌集　仁和寺入道二品親王

『張州府志』等尾張国の諸書は初句「年魚市がた」

九　年魚市かた桜田かけて霞むなりはるやこゆらむ二村の山　玉くしけ　清風
一〇　あゆちがた桜の田面かりがねの鳴きてさわたるさむき此夜を　八十浦の玉　川村正雄
一一　愛知潟しほのひるまもさくら田にさなへとる子は袖ぬらすらん　郷土の文学探訪　義稲
一二　あゆちかた汐干しほみち桜田に幾たひたつの行かへるらん　磯のより藻　加藤磯足
一三　年魚市方　塩干家良思　知多乃浦尓　朝榜舟毛　奥尓依所見　萬葉集　読人不知
あゆちがた潮干にけらし知多の浦に朝こぐ舟も沖に寄る見ゆ
一四　あゆちがたしほひにけらしゆふさらす遊ぶ千鳥もこゑのどかなる　宝治百首　真観
一五　あゆちがたしほひにたてるしら鶴のこゑは霞にまがはざりけり　林葉和歌集　俊恵
一六　あゆちがたしほひの浦を見わたせば春の霞ぞ又たちにける　新続古今和歌集　俊恵法師
一七　あゆちがたしほみちぬらしさくらだのほむけの風にたづなきわたる　夫木和歌抄　権僧正公朝
一八　あゆちかた長閑き春のさくら田の霞かくれに鶴遊ぶなり　名区小景　興達
一九　あゆちかた春のひかみの里かけてかすみわたれる空そのとけき　名所今歌集　旦助
二〇　あゆちかた春の曙なかむれは霞にこむるいせのしまやま　名所今歌集　鈴木朖
二一　阿由知何多　比加彌阿禰古波　和例許牟止　止許佐留良牟也　阿波礼阿禰古乎　尾張国熱田太神宮縁記　日本武尊
年魚市潟氷上姉子は我来むと床さるらむやあはれ姉子を
二二　あゆちかた夕霧ふかし旅人の道ふみかねつ汐にをれなみ　名所今歌集　久老
二三　年魚市潟よもきか島に座神の御いつたふとき宮柱かも　名区小景　森房
二四　愛知がたわかめかり上げほし崎のひがたも見えずかすむけふかな　桂園一枝拾遺　香川景樹

二五　あゆちの海なみ立わたる神風のいせ島かけて波立わたる　名所今歌集　鈴木朖
尾張国人大館高門は田中道まろにつきて此比物ならふ人なり歌こひけれはよみてあたふ
二六　ありかよひゆきてくまさね田中のやをちか道ひく年魚市の水を　自撰歌　宣長
二七　川瀬ゆくあゆちの里は月に日に思ひそいてむさかりいぬとも　名所今歌集　太平
二八　けふよりはわすれてうたてあゆちかた朝夕しほのかたきしわさも　名所今歌集　猛彦
二九　桜田部　鶴鳴渡　年魚市方　塩干二家良之　鶴鳴渡　萬葉集　高市連黒人
桜田へたづ鳴渡る年魚市潟塩干にけらしたづ鳴渡る
三〇　知多の浦に霞たな引あゆち潟熱田の浦に春立らしも　金鱗九十九之塵　田中道麿
三一　月夜よし風もすゝしも愛知かた知多の浦はに秋やちかけん　金鱗九十九之塵　田中道磨
三二　なみのうへに夕立すれどあゆちがたくももかからぬうらのとほ山　夫木和歌抄　平政村朝臣
三三　初春のながめぞまさる年魚市潟神の御前をてらす朝日は　郷土の文学探訪　忠陳
三四　ゆふ浪のたゆたひみれはあゆちかたしほひのゆたにちとりなくなり　夫木和歌抄　知家

これを時代順に分類すると左記の通り。

上代　一三　二九　萬葉集
院政期　一五　一六　俊恵
鎌倉時代　五　一七　三二　三四　夫木和歌抄　八　万代和歌集　一四　宝治百首　二一　尾張国熱田太神宮縁記　『群書解題』に「恐らくは鎌倉時代初期でもあろうか」とあり、『国史大辞典』に「鎌倉時代初期ごろの成立と推定される」とある。
江戸時代　一　二　三　四　六　七　九　十　一一　一二　一八　一九　二〇　二二　二三　二四　二五　二

六　二七　二八　三〇　三一　三三

年魚市潟は三十四首と一見かなりの数の和歌が詠まれたやうに思はれるものの、大半は江戸時代の後半に国学の興隆に伴ひ題詠として詠まれたに過ぎない。

院政期と鎌倉時代の和歌は併せて九首あるけれど、二十一を別として実地に臨んで詠んだ和歌とは受取れない。萬葉集の二首のみは現地に於ての作品であるが、時代が降つてからの和歌は萬葉集を参考にして詠んだものと思はれる。

鳴海と熱田との間の海の記述では、

いほぬし　なるみのうら　明日香井和歌集　鳴海かた
更級日記　鳴海の浦　海道記　鳴海の浦
平治物語　鳴海の浦

とし、紀行の類は鳴海とのみ記し、年魚市潟の名は見当らない。年魚市潟が地名として存在し、実際に使用されたのは萬葉集の時代のみであったと認められる。

結論として、年魚市潟の地名が実際に存在して用ゐられたのは萬葉集の時代のみで、それ以降は実際に用ゐられる事は無かつた。紀行にも見えない。平安時代以降の鳴海や熱田の前面の海に年魚市潟と記すのは虚名を記す事になり、控へるのが適当であらう。

二　上野　上野の道

一

富士紀行　飛鳥井雅世

なるみがたのほとり海づらにつゞきて野あり。これぞうへ野なるらむとおぼえ侍て。

あさ日さすなるみの上野塩こえて露さへ共に干潟とそなる

夫木和歌抄　藤原景綱　なるみがたしほひにうらやなりぬらんうへののみちをゆく人もなし

二

鳴海潟のめぐり道として和歌に詠まれ、「上野《うへの》」を通るのが上野の道である。

『名所方角抄』　鳴海　あつたより五十町中間遠干潟なり汐みちぬれは上野へまはる也渚より上野はひかし也山は遠した、なるみのとも云なりめくり路三里なり

『張州府志』　愛知郡　［上野］　里老云。在㆓山王山北。古鳴海東㆒。［上野古道］　自㆓井戸田村㆒至㆓古鳴海㆒田圃中。有㆘呼㆓上野㆒者㆖。至㆓野並村㆒間。有㆘呼㆓並松㆒者㆖。猶有㆓老松一株㆒。疑是古道也。

『尾張徇行記』　熱田神領

一古へ上野海道ト云ハ、熱田ヨリ東へ出テ、高倉宮ノ辺ヨリ大喜村蛇冢辺ヲ通リ、井戸田村龍泉寺ノ後八幡社前ヨリ、新屋敷村クツカケ場へカヽリ、野並村へ出、古鳴海へかヽリ、二村山峠ノ地蔵ヲ過、三河国八橋へ出ル、

『尾張徇行記』　大喜村

今村老ニ就テ上野ノ路ノ址ヲ尋ヌレハ、大喜村ノ東ニ烏帽子街道ト云字ノ所アリ、又ソレヨリ井戸田八幡ノ社神主宅ノ前ノ地ヲ、於今上野街道ト字ヲ呼ヨシ、サレハ此アタリ上野街道ノアトナルコト疑ヒナシ、

『尾張徇行記』　山崎村

往昔喚続浜潮盈レハ鎌倉海道ノ方上野へカヽルト云、其駅路ハ今ノ大喜村ヨリ井戸田村八幡祠前ヲ中根村へ踰、夜寒里今字ヲ常寒ト云へカヽリ古鳴海へ出ツ、コヽニヨメカ茶屋ト云所アリ、是レ古茶店ノ跡也、

○上野里　鳴海ノ宿ヨリ西北ニ当ル同ク名所也

『尾張国地名考』

野並《のなみ》村　上野の道といへるは野並村の前後の間をいふ今畔名にうへのと呼地ありといふ［佐振清多曰］井戸田龍泉寺のうしろに今も上野道とて古名あり
鳴海潟　［里老曰］なるみ潟は中古鳴海より熱田までの間凡五十町ばかりの斥地《ひかたち》をいふ干汐には浜辺を伝ひ満朝（潮）には上野路を通るといへり
『尾張志』愛知郡　古跡
上野《ウヘノ》街道　本井戸田村の東の田面にありこれより東は野並村聖松《ヒジリマツ》へつゞけり上野といふ地は野並にありて今も上野山といふこれ古歌によめる鳴海の上野なり此道条《ミチスヂ》既に廃れて跡なけれと聖松《ヒジリマツ》並松なとの類まれ〳〵に旧名を残せり此井戸田村なるも今は道路たえて田圃の字《ナ》に残れるのみなり
『鳴海旧記』鳴海宿由来書
一　上野　鳴海より北野並島田の松原と申伝候
古来往還之道筋熱田より山崎村之中筋北東桜村之前野並小鳴海東え出其より相原村田楽ケ窪を通り沓掛村より三州八橋へ出候由申伝候　又は熱田より高田村二野之橋井戸田村之東上野道筋中根村辺のへ出申由にも申伝候
『張州雑志』巻二十四
上野　熱田ノ東山手也　古鳴海にならひて東にあり井戸田村龍泉寺の後に今も上野道とてその古名あり

三

『桶狭間合戦名残』絵図
「赤塚」より北方の「古鳴海」、「野並村」、「中根村」に掛けて道筋を描き、「上野道」とある。
『弘化四年鳴海村絵図』
「田地山」（伝治山）、「大塚」、「嫁ケ茶屋」を経て「古鳴海」に到る道を描き、「此辺上野の道」とする。

古東海道

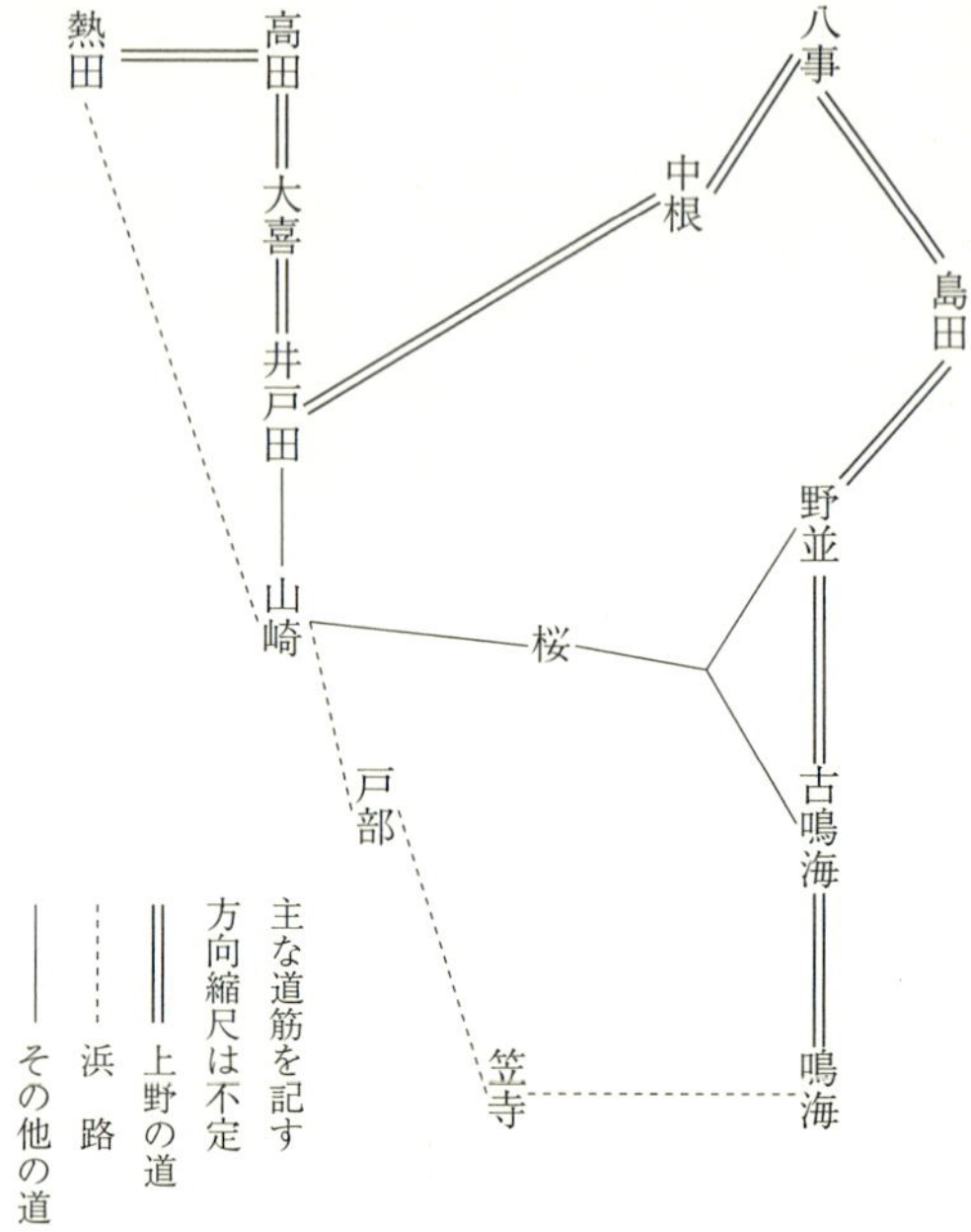

浜路　干潮の時の道。鳴海、笠寺、戸部、山崎、熱田。道法は五十町で近いけれど、鳴海と笠寺との間、山崎と熱田との間は入江であり、潮が満ちると通れなかった。

上野の道　満潮の時の道。鳴海、古鳴海、野並、島田、八事、中根、井戸田、大喜、高田、熱田。道法は三里で遠回りになるけれど、高い所を通るため潮の干満の影響を受けない。

その他の道　山崎、桜に古東海道の道筋が伝へられてゐる。『伊勢湾台風災害誌』に拠ると上野の道のみ湛水せず、浜路も、その他の道も湛水したので、潮の干満の影響を受けた。

三　こまつえ

『能因歌枕』の「国々の所々名」に諸国の歌枕を記す中に、尾張国として十ケ所を挙げる。

うづきの杜　たくなは　ほしざき　おとなし山　おとぎゝの山　としなり　あくもの杜　おほねがは　こまつえ　ふたむら山

今あるのは「ほしざき」（星崎）、「おとぎゝの山」（音聞の山）、「ふたむら山」（二村山）の三ケ所のみである。他の七ケ所の中で本稿では「こまつえ」について考察したい。「こまつえ」に漢字を宛てると「小松江」が考へられる。今も残る三ケ所の中で「ほしざき」は鳴海潟の地名であり、「おとぎゝの山」は鳴海潟を見降す山であり、二村山は頂きから西に鳴海潟を眺め、東に衣の浦を見やる。三ケ所とも鳴海潟及び、鳴海潟近くの歌枕である。

『歌枕名寄』の尾張国の和歌は、

鳴海　二十三首　星崎熱田　一首　阿波堤　十二首　床島　一首　萱津原　一首　夜寒里　一首

松風里　一首

であり、尾張国四十首の中で鳴海は半数を超える二十三首である。星崎、夜寒里、松風里は鳴海潟の中で歌枕であり、尾張国の和歌の六割五分が、鳴海、鳴海潟の和歌となる。

尾張国の海は熱田から鳴海までの鳴海潟（今の伊勢湾北部）であるから、「江」は鳴海潟のどこかの地に求め得る。『八雲御抄』の名所部には名所を五十に分け、その中の「江」に「こまつえ」は入つてゐないが、「江」は歌枕として認められてゐて、「え」は「江」として考へるべきであらう。

今「こまつえ」の地名は残らぬものの、その片鱗を窺ひ得るものはある。

『尾張国笠寺縁起』（『続群書類従』巻第八百四）

右当寺はいにしへ建立の霊地観音利益の道場なり。其本地を尋るに。つたへ聞むかし呼続の浦に一の木あり。いづくともなく浪にうかみてたゞよひよれり。其木よりひかりさしよりよりてりかゞやく。これをみる人は時ならずおはします。其名を禅光と名づく。行学不思議にして遠も近きも皆随喜の思ひをなし。高きいやしきおの〳〵帰依の心をなせり。ある夜彼上人ふしぎの夢想をかうぶりたまふ。其告にいはく。よびつぎの浦にうかべる木はこれよりはるか桂旦国預山といふ所の霊木なり。此木にて十一面の観音の像をつくるならば。もろ〳〵のひとくさを安穏にまもり利益し給はんと。霊夢あらたに見へ給ふ。上人夢さめきどくの思ひをなし。たちまちに信心をこらし。去天平五年癸酉。霊木をもちひて十一面の観音の像をつくりあらはし。則一宇の精舎をたて、これを安置したてまつり。其名を小松寺とがうす。

として「小松寺」の寺名がある。名古屋市南区笠寺町字上新町の真言宗笠覆寺の旧名である。普通笠寺と呼ぶ。各地にある小松寺の中で、小牧市小松寺の小松寺は平重盛が寺領を寄進して小松寺と名付けたと云ふ。知立市の小松寺も平重盛の発願による建立と伝へる。笠寺の旧名の小松寺の場合は上代の創建で重盛には関りが無い。小松江にある寺といふことで小松寺の名が付いたのではないか。小松寺の寺の名から小松江が付いた可能性は少ない。

ところで笠寺は昔から今の東海道沿の小高い地にあったのではない。今の地から七丁程南の南区粕畑町三丁目が旧地であり、観音塚として榎の大樹の下に小堂があり旧地を保つてゐる。近くに縄文早期末の土器を出土した粕畑貝塚があり、共に古くは鳴海潟が直ぐ前にあり、海水が満ちてゐた。

観音塚の北方は標高十米程と小高くなり、笠寺町の字中切。字市場となる。ここと東北方の見晴町との間に開析谷があり、西方にも開析谷がある。海面の高い時代には入江になつてゐた訳で、小松江と名付けられたのであらう。古東海道の鳴海潟の主な道筋に、満潮の時に通る上野の道と、干潮の時に通る浜路とがあり、浜路は小松江のすぐ近くを通つたので小松江の名が京にまで知られたのであらう。「二一　上野　上野の道」参照。

当地の歌枕は、大地名の鳴海、鳴海潟、鳴海の浦の他に、鳴海に含まれる呼続の浜、松風の里、寝覚の里、夜寒の里など小地名の歌枕が世に知られた。小松江も鳴海に含まれる小地名の歌枕であつた。

結論として、『能因歌枕』に見える尾張国の歌枕「こまつえ」は漢字で宛てれば「小松江」であり、笠寺の旧名の小松寺に名を留めた。名古屋市南区粕畑町の観音塚近くの鳴海潟の入江であつたと考へられる。

四　汐見坂

為重の為重集に汐見坂を歌ふ。

寄坂恋

思ふことなるみもしらずしほみ坂我ゆゑからき中のへだてに

為重は二条為重。為世の孫で新後拾遺和歌集の撰者。正中二年（一三二五）生、至徳二年（一三八五）没。為重集は権中納言為重卿集の名もある。この和歌は康暦二年（一三八〇）十月の詠。

和歌に「なるみ」、「しほみ坂」があり、鳴海の汐見坂を考へたい。鳴海には複数の汐見坂がある。鳴海の地名については拙著『緑区の史蹟』（鳴海土風会）の「地名辞典」に述べたので、引いた上で補ふ。

一　字大清水

潮見坂　しほみさか　　字大清水の一部。鎌倉時代の紀行海道記に、

潮見坂という所を上れば、呉山の長坂にあらずといへども、周行の短息はここにあへたり。

とあり、二村山の西の記述である。海の見える坂。　　　　　『緑区の史蹟』

『張州志略』に、

知多郡大野光明寺ノ記ニ当時開山仏性上人参州安静ニテ宗祖上人ニ謁シ安静ヨリ大野へ供奉セラル丶時道路ノ山ノ嶺ヨリ汐水漫々ト見エケレハ宗祖暫ク詠メ給ヒヨキ潮見坂ナリトノ玉ヒシヨリ其山ヲ潮見坂ト名ツケタリト

とあり、鳴海と二村山との間に潮見坂があつたと考へてゐる。

古東海道は相原から東に根山を右に見て延び、字八ツ松、字大清水を経て二村山に続く。長い坂があり見晴しが良い。今は地名として使はないものの、昔の汐見坂であらう。

二　字三王山

潮見坂　しほみさか　　字三王山、大根の一部。『今昔鳴海潟呼続物語鉄槌誌』に「三王山と潮見坂石田の辺に」とあり、三王山の北の坂を言ふ。海の見える坂。　　『緑区の史蹟』

『大日本国郡誌編輯材料』（なるみ叢書　第四冊　鳴海土風会）の天白川堤塘の条に左の通りある。
鳴海古書ニ云フ、鳴海ノ坤ノ沖ニ流落ル。往還ノ辺ノ高ミニ小社ノ内ニ天白大明神ノ社有依テ天白川ト申右祓川トモ申セシ由右近辺ニ塩見坂ト云所アリ今畑トナル。

ここの潮見坂については、第九章「尾張国の西行伝説」で考察し、『蓬州旧勝録』に見える鳴海の西行坂はここであらうと推定した。古東海道の道筋で鳴海西部に於ては、江戸時代の東海道の道が古くからあり、側道の役割を受持つてゐた。南側の道筋で海岸沿に延びてゐた。主道は山寄の北側にあり、字嫁ケ茶屋の南部から字上ノ山、字古鳴海を経て北に向ふ「めぐり路」（上野の道）と、字嫁ケ茶屋の南部から字三王山（正しくは山王山。三王山は宛字の俗称）に向ふ道とに分れた。従つて潮見坂は古東海道の坂であつた。山王山は山王社が鎮座してゐた。

三　字明願

汐見坂　しほみさか　　字明願の旧字。『愛知郡村邑全図』に見える。『細根山小山園考』（なるみ叢書　第十二冊　鳴海土風会）に「観濤阪」とあるのは漢語で言つたもの。海の見える坂。　　『緑区の史蹟』

字明願とは字細根にある細根山の西である。『愛知郡村邑全図』の鳴海村図に「汐見坂」とあり、畑の字である。
明願は明願寺の略。

字明願は古東海道と江戸時代の東海道との中間の地にあり、両街道から遠く離れる。従つて都の人士に知られる所ではない。専ら畑として利用され、作物の手入に耕作する者が訪れる程度の所であり、歌枕の地ではない。

四　その他

『東丘』に、

潮見坂というのは、今の緑高校のあたりとか、鳴海東部小学校の東の熊野社のあたりとか、いわれています。

として説を紹介してゐる。しかしどちらの地も根拠が皆無である。

三の字明願にあつた汐見坂が歌枕でないとすると、一の字大清水か、二の字三王山かの問題になる。

字三王山には芭蕉始め鳴海蕉門の六人の俳人が力を併せて建立した千鳥塚がある。（拙著『鳴海の芭蕉』なるみ叢書第二十五冊　鳴海土風会　参照）。貞享四年十一月の「星崎の闇を見よとや啼千鳥」の芭蕉の句に因み千鳥塚と名付けたが、当時海は後退して星崎の向ふにあり、遠く望んで汐見坂といふ名が出来たのである。古くは字三王山の直下から海を渡る鳴海の渡があり、海の直ぐ近くの坂を汐見坂と呼ぶ事は有り得ない。従つて字三王山の坂は江戸時代には海から遠く汐見坂であつても、鎌倉時代には海を目の前にしてゐて汐見坂の名前は無かつたであらう。遠くから海を眺めた字大清水の汐見坂が歌枕であつたと認められる。

結論として「しほみ坂」（汐見坂、潮見坂）は鳴海の東部、二村山の西の字大清水にあつた坂と考へられる。

五　鳴　海　潟

年魚市潟は上代のみに用ゐられた。平安時代以降は年魚市潟に代つて鳴海潟（鳴海の浦）が専ら広く用ゐられた。伊勢湾北方の海全体を指し、熱田から鳴海までに言ふ。熱田の前も鳴海潟に含まれ、鳴海方面に限られたものではない。同じ海を上代に年魚市潟と呼び、主に平安時代以降に鳴海潟と呼んだとするのが正しい。

榊原邦彦『枕草子及び平安作品研究』　第十六章　尾張国の歌枕　九　年魚市潟　鳴海潟

「鳴海潟」、「鳴海浦」は名所題として題詠された和歌もかなりの数になる。しかし題詠であつても実地に臨んで詠んだ和歌を参考にしたり、東国に下つた都人から話を聴いたり、屏風絵を参考にしたりして詠む場合があつたであらう。全くの空想で現地の実状からかけ離れた和歌は少なかつたと考へられる。

本稿では紀行と和歌とに拠り、「鳴海潟」、「鳴海浦」の有様がどうであつたかを考へてみたい。

一　鳴海宿

をはりのなるみのさとゝいふところにとまれりけるによめる

昔にもあらすなるみの里にきて都恋しき旅ねをそする　　法眼静賢　続詞花和歌集

律令制度で制定された尾張国内の駅は馬津駅・新溝駅・両村駅の三駅である。両村駅は鳴海潟から離れた所に位置したため、早い時期に海岸の鳴海が宿駅として多く利用される事となつた。

二　海人

室町殿着到百首のなかに、むしのうらみ

あまのすむ浦風さむくなるみのや里のしるべの虫のこゑごゑ　　姉小路基綱　卑懐集

海辺である故に宿場であるとともに漁村でもあつた鳴海のさまを詠む。

あま人やたいつるらしもなるみかたおきつなみまに袖かへるみゆ　　為兼　夫木抄

三　製塩

もしほやくなるみのうらのかたおもひけぶりも波もわがみにぞたつ　　飛鳥井雅有　隣女集

なるみがたしほやかぬまの夕煙なびかで立つや霞なるらん　　公保　永享百首

鳴海の浦の潮干潟、音にきゝけるよりもおもしろく、浜千鳥むら〳〵に飛びわたりて、あまのしわざに年ふりにける塩竈どもの、おもひ〳〵にゆがみ立てたるすがたども、見なれずめづらしき心地するにも

阿仏尼　うたたねの記

しほひのほどにて、ひがたをゆく。いとおもしろし。こゝろあらむとも、がなと、みやここひしうおぼゆるに、はまちどりのをほくさきだちて、ともよびかはすも、いとうらやましく、なみのよするなぎさにあまのしほやくなど、あはれなるいとなみ、おもひくらべらる。こゝをなるみのうらといへば、

いかにまたわが身のすゑもなるみがたあまのしほやくなげきのみとは　　如法寺殿紀行

鳴海潟では製塩が盛んであつた。江戸時代には山崎村、戸部村、笠寺村、本地村、南野村、牛毛荒井村で行はれた。鳴海潟の全域である。『尾張旧廻記』に、「又此所を汐くみの里と云ふ由、往昔塩屋有しか」とあり、鳴海村で製塩が行はれた事を地名が伝へてゐる。

四　浦伝ふ

鳴海寺にてかきつけ侍りける

哀れなり何と鳴海のはてなれば又あこがれて浦伝ふらむ　　藤原光俊朝臣　続古今和歌集

跡よりやまた夕しほのなるみがた遠き浦ぢをいそぐ旅人　　宗良親王　宗良親王千首

をのつから風そ知へとなるみかた跡なき波に道迷ふとも　　兵衛内侍　内裏名所百首

鳴海潟の通行は海岸沿の浜路が近道であつた。

五　干潟

なるみかたしほせはるかにひにけらしきのふのおきをかよふかち人　　従三位行能　夫木抄

なるみかたをすき侍しに、ひかたにこほりのひまなく侍しかは

なるみかたしほひの道をあけ行は浪の氷そまつこほりける　　雅有　隣女集

鳴海かたしほのひかたのすく道にみな打むれて人いそくなり　　為尹卿　為尹卿千首

羇中旅といへる事を

旅人はさぞ急ぐらむ鳴海がた汐干のかたの道にまかせて　前大納言為氏　新千載和歌集

干潮の時に干潟の浜路を通ったさまを詠む。

六　満潮

これもおなしあつまの路にて読侍ける歌の中に

あとはかつみえす鳴海の潟をなみ満くる汐に駒うちわたす　雅経　明日香井和歌集

汐もみちぬ日も夕暮になるみ潟いかなる方に今夜かもねん　雅経　明日香井和歌集

なるみがたみちもさりあへずみつしほにくれぬといそぐ浦のたびびと　長慶天皇　長慶天皇千首

ふるさとのさかひはるかになるみがたしほみちくれば行人もなし　宗尊親王　宗尊親王三百首

鳴海潟は鳴海から熱田迄で距離がある。笠寺と鳴海との間、山崎と熱田との間は入江であり、潮が満ちると通行出来ず、上野の道に回る。

七　潮待ち

なるみがたあまの磯山駒とめてしほのひるまを猶ぞやすらふ　大江茂信　六華和歌集

しほのひるほとを待侍しとき

なるみかたしほひを待と山かけにをりしあひたにこの日くらしつ　雅有　隣女集

上野の道は遠回りになるので、長時間待ってでも干潮を待ち直行したいとの気持を詠んだ。

八　潮の干満

ふたむらやまにて

しりしらすあふ人ごとになるみがたしほのみちひをとひとひぞ行く　雅有　隣女集

遠くなり近くなるみの浜千鳥鳴ねに塩のみちひをそしる　暁月　兼載雑談

なるみをとほり侍しに、折ふししほさしてここをばいかがなど人の申し侍りしかば
なるみがたしほのみちひのたびごとに道ふみかふる浦のたび人　　宗良親王　李花和歌集

日により干満の時刻が変るので、鳴海潟の手前の二村山迄来た西行きの旅人は、鳴海潟を通つて来た東行きの旅人に尋ねる事になる。旅人に出会はぬ人は千鳥の啼声で知る事が出来る。

六　鳴海寺

続古今和歌集　巻第十　羇旅歌

鳴海寺にてかきつけ侍ける　　藤原光俊朝臣

936あはれなり何となるみのはてなればまたあくがれてうらづたふらん

静嘉堂文庫蔵の鎌倉期の古写本を翻刻した『続古今集総索引』に拠る。

「鳴海寺」は鳴海にある寺を云ふのであるが、どの寺を指すかについて諸説がある。

一　如意寺　『張州府志』『塩尻』『尾張旧廻記』『尾張志』『尾張名所図会』『張州年中行事鈔』『大日本国郡誌編輯材料』（なるみ叢書　第四冊　名古屋市緑区鳴海町字作町六六　鳴海土風会）『尾張国愛知郡誌』一説『鳳山遊記』『愛知郡誌』一説『ハイキング案内　一』（鳴海文化協会）『愛知の史跡と文化財』『愛知県の地名』『名古屋の史跡と文化財』

二　海国寺　『海邦名勝志』一説『尾張国愛知郡誌』一説『愛知郡誌』一説

三　海蔵寺　『鳴海旧記』（なるみ叢書　第三冊）『尾張旧廻記』一説『尾張国愛知郡誌』一説『愛知郡誌』一説『町勢一班　教育施設概要』

四　平等寺　『鳴海旧記』

五　善照寺　『尾陽雑記』一説　『蓬州旧勝録』一説
六　瑞泉寺　『富士一覧記』
七　万福寺　『愛知郡村誌　鳴海村誌』『寺院に関する調査』『大日本寺院総覧』
八　笠寺　『海邦名勝誌』一説　『蓬州旧勝録』一説　『尾張国地名考』『尾張国愛知郡誌』一説
九　海上寺　『今昔鳴海潟呼続物語鉄槌誌』『鳳山遊記』一説

「あはれなり」の和歌の作者光俊は法名真観、御子左家に対抗して一派をなし、重んじられた。光俊の詠んだ「鳴海寺」の諸説の九つの寺について、主に拙著『名古屋区史シリーズ　緑区の歴史』（愛知県郷土資料刊行会）、『緑区の史蹟』（鳴海土風会）、『緑区郷土史』（鳴海土風会）に拠り略述する。

如意寺　『張州府志』に康平二年（一〇五九）の創建とあり、鳴海最古の寺である。『地蔵菩薩霊験記』に見える。旧地は古東海道（上野の道）の傍らの地蔵山にあり、弘安年中（一二七八―一二八七）に無住国師が現在地の鳴海町字作町に遷した。

海国寺　熱田に現存する。鳴海にあつた海蔵寺を天文年中（一五三二―一五五四）に熱田に遷し、寺の名を改めた。

海蔵寺　鳴海町字小松山にあり、熱田に遷した。創建年は未詳である。海国寺の旧称。

平等寺　『蓬東大記』に寺号田所之字として、「清水寺　平等寺　善照寺　善妙寺　光正寺」がある。江戸時代の初めに寺は無く地名として寺の名が残つてゐたものを挙げた。平等寺は鳴海町字文木の辺の地名であり、平等寺の塚が残つてゐた。『鳴海寺縁起』に拠ると室町時代の創建とある。

善照寺　鳴海町字本町の円龍寺の旧名。円龍寺の寺伝に拠ると嘉吉年中（一四四一―一四四三）の創建といふ。鳴海町字砦にあり、桶廻間合戦の戦火に罹り焼失し、各地に遷つた後、現在地に遷つた。

瑞泉寺　鳴海町字相原町の瑞泉寺は旧名を瑞松寺と称し、永徳元年（一三八一）に字諏訪山の地に大徹禅師が庵を結び、応永三年（一三九六）に安原備中守が伽藍を建立した。

万福寺　現在地は鳴海町字本町。旧地は鳴海町字砦で、永享元年（一四二九）に三井高行が創建した。

笠寺　宗教法人名は笠覆寺であるものの、笠寺の名で人口に膾炙してゐる。天平年中（七二九―七四九）に旧地に建立して小松寺と称した。後に南区粕畑町三丁目の旧地から今の南区笠寺町に遷つた。

海上寺　二書の他に管見に入らない。海蔵寺を海上寺と誤伝したのであらう。

諸説の中で時代が合ふものは、如意寺、海蔵寺、笠寺の三寺である。

『蓬東大記』の寺号田所之字にある三寺について考へる。

清水寺　鳴海町字清水寺の地名に残る。字丹下町にある光明寺の寺伝では清水寺を旧名とする。『鳴海寺縁起』に拠ると室町時代の創建とあり、古くからの寺ではない。

善妙寺　鳴海町字善明寺に墓地がある。僧浄源が廃寺を再興し桶廻間合戦の負傷者を看護したといふ。この地は古く鳴海潟であり、陸化して州が墓地となつたもので、さほど古くからの寺ではない。

光正寺　鳴海町字光正寺の地名に残る。愛知郡南野村（南区星崎二丁目）の光照寺は寺伝に拠ると、山田二郎重忠が創建したといふ。鳴海の光正寺が南野村に移つて光照寺と称したの伝承がある。字光正寺から古瓦が出土してゐる。『鳴海寺縁起』に拠ると、光正寺は室町時代の創建とあり、さほど古くからの寺ではないことになる。

以上より如意寺、海蔵寺、笠寺の可能性が考へられる。

海蔵寺は名前が残るのみで、他に伝承や文献が無い。他の多くの寺と同じく室町時代頃の創建で、人々の記憶に残るほどの寺では無かつたのであらう。鳴海寺であるとは考へ難い。

笠寺は鳴海のすぐ西にはあるものの、鳴海の地ではない。鳴海村は成海郷であり、笠寺村は星崎郷である。鳴海村は鳴海荘であり、笠寺村は善通は星崎荘であり、郷名も荘号も別である。但し『笠寺略縁起』には「尾張の国愛智郡鳴海庄星崎の邑、天林山笠覆寺」とあり、鳴海荘に含める事があつた。笠寺の古名は小松寺であり、娘が笠を覆せてからは笠寺又は笠覆寺であり、鳴海寺とした文献は見当らない。根拠のある推測ではなく、笠寺ではないであらう。如意寺は『地蔵菩薩霊験記』以下多くの文献に見え、地元に残る伝承が多い。鳴海の寺の代表であつた。

飛鳥井雅有の『はるのみやまぢ』に左の通りある。

みしよのまつもあり。しほみつときは。入ぬる磯の草葉ならねど。葉ずゑばかりぞのこるらんかし。五十町といへど。道よくてこまもはやければ。ほどなくなるみの宿につきぬ。このぢぞうだうには安嘉門院の左衛門佐哥かきつけたればみまほしけれど。あまり風吹さむくて。人わぶればみですぎぬ。このたびはかならず其てとみて。物がたりにもさること侍しかなどぞ都のつとにはかたるべき。

飛鳥井雅有は新古今和歌集の撰者藤原雅経の孫で『はるのみやまぢ』は弘安三年（一二八〇）の日記で、抜出した文は京から鎌倉の家へ帰る旅を記した所である。

文中に安嘉門院の左衛門佐が鳴海の地蔵堂に和歌を書付けたとある。阿仏尼を指す。阿仏尼には東海道の紀行『うたたねの記』、『十六夜日記』がある。『十六夜日記』に熱田の宮に五首の歌を書付けた事が見え、地蔵堂の事は無いけれど、その事実があり、当時の歌人に博く知られてゐたものと思はれる。『十六夜日記』中に神社に歌を奉納した記事が見えるのは、熱田の宮（熱田神宮）へ鳴海潟の歌を五首奉り、三嶋の明神（三島神社）へ歌を三首奉るとある。他に和歌奉納の事は記してゐないが和歌を詠んだ神社に、安八町の結神社、一宮市の真清田神社がある。如意寺は所在地が地蔵山の地名である。『鳴海旧記』の地蔵山の条に、

古来鳴海町如意寺大仏之地蔵御座有り、むかし鳴海縄手の地蔵といふ是なり。

とある。『地蔵菩薩霊験記』に拠ると、地獄で地蔵に助けられて生返つた為家が、六角二階の伽藍を建立して丈六の地蔵を本尊として安置したとある。『張州年中行事鈔』に、頭護山如意寺地蔵武射として、左の通りある。

覚て蘇り、いと〳〵忝なくて、定朝に頼み、丈六の地蔵大士を彫せしめ、伊福の神社の傍に安置せし。（社は今絶て其墟定かならず）後冷泉院の時にや堂を建、是を鳴海寺と呼し。（如意寺是也）

阿仏尼が和歌を奉納した事が見えるのは神社のみであるが、寺院に奉納する場合は、当地で名高い寺院の筈である。鳴海で古くから喧伝された寺は如意寺の他は無く、地蔵を安置して名高いのは如意寺であり他の寺は考へられない。

光俊が鳴海寺と詠んだのは如意寺、地蔵堂が名高い古寺であつたからで、他の寺の可能性は無い。阿仏尼、雅有は如意寺、地蔵堂が古来鳴海の名高い寺である事を知つてゐた訳であり、鳴海寺とは言つてゐないが、名に相応しい。

結論として、光俊の詠んだ鳴海寺に当嵌まる寺は如意寺である。当時他に有力な寺は存在しない。阿仏尼が歌を奉納したと雅有が記す地蔵堂は如意寺であり、如意寺が鳴海寺である有力な証拠である。

七　鳴海の渡り

一

後拾遺和歌集　第十三　恋三　『新修国歌大観』に、

ものへまかりけるになるみのわたりといふところにて人をおもひいでてよみはべりける　　増基法師

かひなきはなほひとしれずあふことのはるかなるみのうらみなりけり

と鳴海の渡りが詞書に見える。『張州年中行事鈔』に「鳴海渡今不詳」とある。本稿では鳴海の渡りを考察したい。「かひなきは」の和歌は増基法師の『いほぬし』にも見える。

鳴海の渡りは鳴海潟、鳴海浦の渡り（渡し）を言ふ。鳴海潟、鳴海浦は伊勢湾北部の海の総称であり、鳴海から熱田迄の海を広く指す。大きく言つて、古渡、熱田と御器所、高田、山崎、戸部との間の入江を渡る西寄りの渡りと、新屋敷、桜、笠寺と古鳴海、山王山との間の入江を渡る東寄りの渡りとの二つがあつた。

西寄りの渡りとは精進川（今の新堀川）、山崎川が昔入江であつた所を渡るものであり、東寄りの渡りとは天白川が昔入江であつた所を渡るものである。

二

西寄りの渡りについて述べる。

『尾張徇行記』の古渡村に、

一　小栗海道といへるは、昔し萱津宿より今の稲葉地の支邑、東宿中村米野村北一色村露橋村の交ひへかゝり、今稲荷祠と犬見堂の間を経て、其さき東の方は地卑く、昔しは入海にて、今の大喜村高田村へは渡航の場なり。

とあり、古渡より高田村への渡りについて記す。

イ　古渡村より御器所村への渡り

高田村より北寄りの渡りである。尾藤卓男『鎌倉古道幾山河』一二七頁に、

〔資料〕　鳴海の渡り（方角距離は不定）

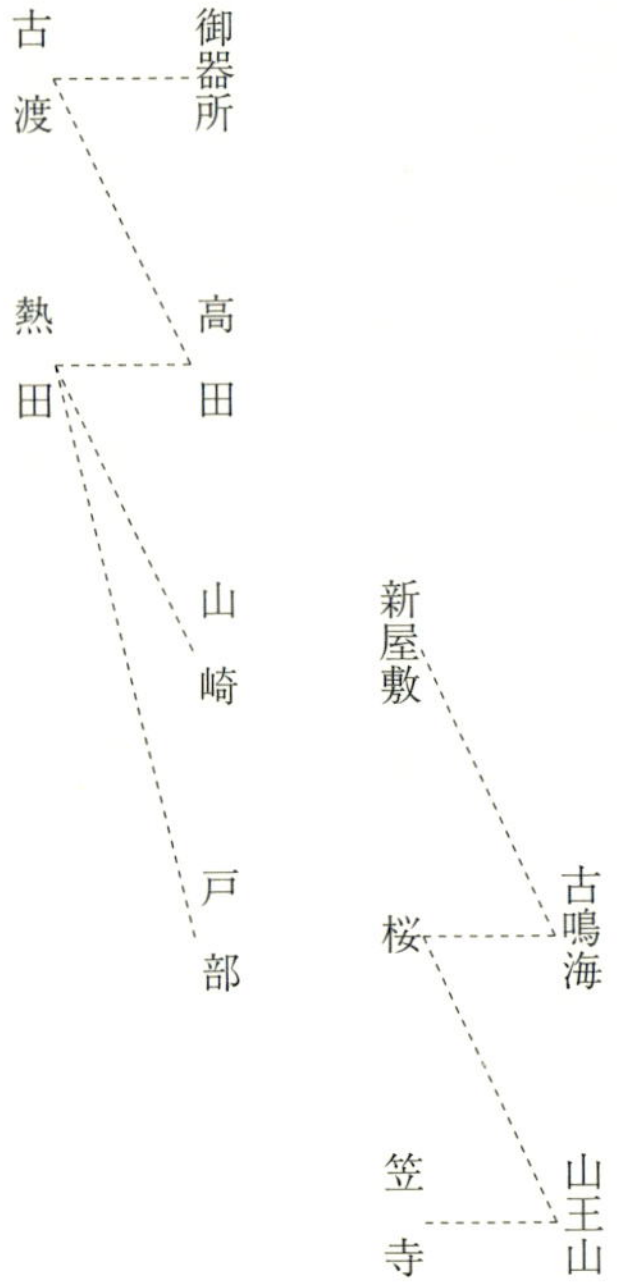

古道は浄六寺西から西へ曲がって高橋病院裏五十米あたり原さん宅あたりから道路工事中舟着場の基礎に用いられたと推定される檜木材が出土したことから、このあたりから舟で古渡へ渡ったと考えられる。

とある。浄六寺は昭和区村雲町、高橋病院は昭和区円上町であり、ここが御器所村の舟着場であつた可能性が強い。古渡の真東に当る。『名陽見聞図会』第三編の「七本松」に、

此七本松は古へ清洲ゟ鳴海路へ至るに、名古屋を経て此所を通りたる其駅路の松也といふ。

とあり、御器所村の七本松に古道が通つてゐた。古東海道の道筋として最も北寄りの道筋であつた。
ロ　古渡より高田村への渡り
御器所村より南の地である。高田村の南が大喜村である。
『金鱗九十九之塵』の古渡村に、「〇古の渡　名所」として、
むかし当村の東にわたしあり。熱田古翁の云。大喜村大日尊へ参詣するに渡しを越す云々。
とあり、古渡から高田村への渡りを述べる。高田村の舟着場は尾藤卓男『鎌倉古道幾山河』で、瑞穂区雁道町の大法寺辺に想定してゐる。瑞穂区直来町の高田幼稚園近くに蛇塚があり、古道が通つたと伝へられる。雁道町より南の舟着場としてはこの辺が想定される。
ハ　熱田より高田村への渡り
『尾張徇行記』の熱田神領に、
古へ上野海道ト云ハ、熱田ヨリ東へ出テ、高倉宮ノ辺ヨリ大喜村蛇塚辺ヲ通リ、
とある。蛇塚を大喜村とするのは誤で、高田村が正しい。この陸路の道筋は古く舟渡しされたであらう。
ニ　熱田より山崎村への渡り
『金鱗九十九之塵』の「喚続浜」の条に、
簗出鳥居の先より、山崎の辺を云と旧記に見えたり。古へは此地と山崎と海をへだて、向ふへ渡りしとかや
と熱田の簗出から山崎村への渡りがあつたことを記す。
南区岩戸町の白豪寺境内の桟敷山は『張州府志』に
左山崎村白豪寺界内。相伝。右幕下頼朝入朝之日。憩息于此。故名。

とある。白豪寺から古道が東に延びてゐて、寺の下に舟着場があつたと伝へられ、熱田と結んでゐた。

『呼続町要覧』に左の通りある。

源頼朝のやうに、直接熱田から山崎の桟敷山へ渡つたものと見れば、この船路が、熱田の築出から最も近道であり、大方の人はこの桟敷山を目掛けて船に乗つたのであらう、

ホ　熱田より戸部村への渡り

『尾張徇行記』の戸部村若宮八幡宮の条に、

○八幡宮縁起ニ尾張国愛知郡戸辺村八幡宮ト申奉ルハ、ムカシ人皇五十二代嵯峨天皇ノ御宇、弘仁年中諸国ニ公卿ヲアマ下シ玉フトキニ、小見原親王ノ後摩志屋トイフ人、尾張ノ国ニ下リ玉ヒ国ノヤウヲミメクリ玉フトキ、成海ヨリ熱田ニコヱ玉ハントテ其ワタリヲシラス、今ノ戸辺村ノ地ニ休ミオハシマス時、村人出テ其ノ親王ヲ船ニテ渡シ奉レハ、親王ヨロコヒマシマスコトカキリナク、是ヨリ渡辺村ト名付玉ヒシト也、

と、戸部村に舟着場があり、熱田と結んでゐたことを伝へる。

『熱田町旧記』の築出《つきだし》町の条に、

一　築出町の名、古来一色《こらいいしき》と云、今の鳥居下より戸《と》部村の下まて渡船、干潟の時は渉也。

とあり、熱田と戸部村とを結ぶ渡りについて記す。これに拠ると熱田の舟着場は築出にあつた。

三

次に東寄りの渡りについて述べる。

へ　新屋敷村の八剣社東より鳴海村の古鳴海への渡り

『桜』に、

八剣社前の道を東へ来た北の渡し場があったという。

とあり、新屋敷村から東の入江（後に天白川になる）を渡る渡りがあつた。

白豪寺から東に進む古道は名鉄電車の線路を越える所迄今も残る。八剣社は南区鳥栖二丁目にあり、鶴田一丁目との境で土地が低くなる。この辺に舟着場があつたといふ伝へである。古鳴海へ渡つた。

郷土研究誌「奈留美」（鳴海土風会）第五号の牧野家所蔵「松巨嶌古図」に拠ると古鳴海より西の新屋敷村へ「鎌倉街道」とし、「舟渡シ」とする。新屋敷村であるから、八剣社東の道である。

『桶狭間合戦名残』の見合画図に、古鳴海から新屋敷村への鎌倉海道を描き、「此辺舟渡し」とする。二筋を描いてゐるので、新屋敷村（への渡り）と桜村との二つの航路を示してゐるものと思はれる。古鳴海では「八幡」の南に舟着場があるやうに描いてある。八幡は今は住宅になつてしまつたが字古鳴海の西端にあつたもので、南は字小森である。『第二区鳴海村全図』に字小森から新屋敷村方面への航路を描く。陸路で古鳴海から野並村に向ふ道筋は、名古屋第二環状線より東で、字古鳴海の中ほどにあつたから、舟着場もこの辺にあつたのであらう。

ト　桜村より鳴海村の古鳴海への渡り

新屋敷村の渡りより南の南区楠町である。村上社の境内に樹齢約一千年といふ大楠があり、船人の目印になつてゐた。木の下から古鳴海への船が出たといふ。

『尾張徇行記』の桜村に、

古街道ノ跡於今遺レリ、其道支邑六本松へカカリ　其先圃中ニ老楠樹一株アリ　是古鳴海ヨリ目当ノ樹ナル由村人イヘリ

とあり、古鳴海迄の渡りがあつたとする。

チ　桜村より鳴海村の山王山への渡り

尾崎久彌『熱田神宮史料考』の「熱田附近の旧東海道」に、

次に熱田の市場から浴地蔵、東南へ指して桜、そこで舟に乗つて鳴海の山王山へ出る線とあり、桜村から鳴海の山王山への渡りを記す。山王山は古鳴海より南である。山王社が鎮座した山なので山王山と言ふが、公称字名は宛字の三王山となつてゐる。

『第二区鳴海村全図』に山王山より少し北寄りの地から桜村方面へ航路を描き、「此辺舟渡シ」とある。

加納誠『南区の歴史ロマンをたずねて』に、

近藤脩平氏宅の前の道が鎌倉街道といわれています。（中略）近藤氏の話では、昔はここから成海神社まで渡し舟があったそうです。

とある。近藤脩平氏宅は南区元桜田町三丁目で、楠町に隣接してゐるので、桜村からの渡りについての話であらう。成海神社は往時の海岸からは少し奥まつてゐるので、山王山（三王山）が舟着場であつた伝へであらう。

『桶狭間合戦名残』に、

嫁ケ茶屋ヨリ桜村え渡舟、新屋敷村ゟ中根村地先え懸り、

とある。鳴海村より桜村への渡りについて記す。

リ　笠寺村より鳴海村の山王山への渡り

『尾張旧廻記』の「成海渡」に、

今其所詳ならされとも恐是熱田ゟ鳴海迄の海をさして云ならんか里民の説に笠寺村天王社の東の坂を狐坂と云ひ此所ゟ三王山の下の間さして鳴海わたりと云ひしとそ

とあり、笠寺村の狐坂の下から鳴海村の山王山（三王山）の下まで渡りがあつたことを記す。この渡りは江戸時代の東海道の道筋と一致したが、江戸時代天白川の大水により度々舟渡しをしなければならなくなり、昔の渡りが再現された。『千代倉家日記抄』元禄十四年に「八月十三日　天白大橋東之方ゟ三王山迄船越」とある。

四

次の和歌は渡りの舟を詠んだものと受取ることが出来る。拙著『東尾張歌枕集成』（鳴海土風会）より摘記する。

あふけ猶朝みつ潮に船とめて神となるみの深き恵みを　塩尻　中村正箌

漕出しとまりやいつこ山のはもみえすなるみの浦のをちかた　五十四番詩歌合　兼覚

こきいてゝ塩路はるかに鳴海潟舟をやひとの千鳥とも見ん　尾陽雑記　貞信

しるべせよ風ぞたよりとなるみがた蘆わけぶねのさはる契を　沙玉集　後崇光院

なるみがたとまり尋ねて行く舟を波間にやどす夕霞かな　玄玉和歌集　覚盛法師

なるみがた波ぢの月をながめつついそがで渡る秋の舟人　宝治百首　顕氏

なるみがたわれとともにぞいでにけるふなぢも月はおくるなりけり　親盛集　親盛

具体的に乗船地や下船地を示す和歌は無いものの、舟による往来がかなりあつたことを示す。

『南区誌』二八五頁で桜村の村上社につき、

室町時代までは、西、東、南は入江になっていて、この木のもとが渡船場となっていたという。

として、桜村からの渡りが室町時代まであつたと伝へる。他の渡りについては時代を限るものはない。時代による海進、海退の状況などで渡りも一定しなかつたであらう。

増基法師の「鳴海の渡り」は時代が古いため、どの渡りも存在した可能性があり、特定は出来ない。

八 根 山 続

山中郭公

俊頼の散木奇歌集（書陵部本）に、

一四二　郭鳥おのかねやまのしゐしはにかへりうてはやおとつれもせぬ

があり、俊恵の林葉和歌集（神宮文庫本）に、

一四五　ほと、きすをのかね山に尋来て聞をりさへの一声やなそ

があり、「ねやま（ね山）」は歌枕となつてゐる。

拙著『枕草子及び平安作品研究』（和泉書院）の第十六章　尾張国の歌枕で考察を試み、鳴海の細根山（鳴海町字細根）と推定した。此の度参考となる使用例を見出したので提示する。

『千代倉家日記抄』享保五年八月三日条に、

照　曽根山天神五十韵興行。連中不残冷麦すいもの夜食茶づけ、夜九つ此迄潮湯。

として「曽根山」が見える。『千代倉家日記抄』は下里知足の寛文八年の日記を始めとして、代々書継がれた。

『千代倉家日記抄』に「細根」、「細根山」の記事が頻出する。「根山」の例は見出し得てゐないものの、「曽根山」がある事は、地名の起源は「根山」であり、上に「そ」や「ほそ」が付いて「細根山」となつたと考へる事が出来る。

結論として、「曽根山」は「根山」が「曽根山」となり、後代に今の「細根山」となつた事を示唆する。

『誹諧古渡集』は秋陽堂冬央が享保十八年に撰集した。この序に、

熱田七社を神拝し、玉の井のもり・鮎市濵・網引の浦・星崎・呼続の浜・松風・夜寒・井戸田の里・笠寺なるみ野　松炬の嶋を打過て、相原の宿に至り、根山《尾ハリ》・二むら山《三河》にかゝりしか、

とあり、根山は鳴海の相原（江戸時代は相原村）と二村山との間とする。前稿で述べた通り、この間のめぼしい山は細根山のみであり、名前からも位置関係からも、歌枕の根山は細根山である。

九　二村山

一

後撰和歌集　巻十一　恋三　天福本

おほやけつかひにて、あつまの方へまかりけるほとに、はしめてあひしりて侍女に、かくやむことなきみちなれは心にもあらすまかりぬるなと、申てくたり侍けるを、のちにあらためさためらるゝ事ありて、めしかへされけれは、この女きゝてよろこひなからとひにつかはしたりけれは、みちにて人の心さしをくりて侍けるくれはとりといふあやを、ふたむらつゝみてつかはしける

清原諸実

くれはとりあやに恋しく有しかはふたむら山もこえすなりにき

返し

唐衣たつをゝしみし心こそふたむら山のせきとなりけめ

二村山は後撰和歌集のこの歌以下多くの和歌に詠まれ、紀行にも描かれてゐるものの、位置を巡つて諸説が紛糾し帰一してゐない。昭和十三年に尾崎久彌氏の明解なる卓説があるにも拘らず、今なほ論拠不明の妄説が散見されるので、改めて考察したい。拙稿「更級日記解釈の問題点　第二回」（『解釋學』第四十八輯）でも述べた。

二

近頃の説の一つとして竹下数馬『文学遺跡辞典　詩歌編』の記述を取上げてみる。同書の二村山の条に、

愛知県（三河国）額田《ぬかた》郡にある山。

西三河、東三河の境をなす山で、その山脈は東北に延びて南設楽《したら》郡の方まで達している。東海道の古い駅路が

この山を通っていた。『更級日記』には「二むらの山の中にとまりたる夜、大きなる柿の木の下に庵《いほ》を作りたれば、夜ひとよ庵の上に柿の落ちかかりたるを人々ひろひなどす。」と述べている。『十六夜日記』には「二村山をこえて行くに、山も野もいと遠くて日も暮れはてぬ」と述べ「はるばるとふたむらやまを行き過ぎてなほ末たどる野辺の夕やみ」と詠んでいる。三河の西、屋張《(ママ)》の東の境にある二村山ではない。とある。尾張ではないと否定し、三河の山としてゐるが、何ら根拠を示さぬ記述である。これでは確定したとは言へない。更級日記と十六夜日記との二作品を例として引いてゐるので、先づ検討してみる。

　更級日記　御物本

やつはしは名のみして、はしの方もなく、なにの見所もなし。ふたむらの山の中にとまりたる夜、おほきなるかきの木のしたに、いほをつくりたれば、夜ひとよ、いほのうへにかきのおちかゝりたるを、人〴〵ひろひなどす。宮ぢの山といふ所こゆるほど、十月つごもりなるに、紅葉ちらでさかりなり。

　あらしこそふきこざりけれみやぢ山まだもみぢばのちらでのこれる

東国から京へ西行する旅を記したものであり、二村の山を本に考へると、

一　八橋の西が二村の山

八橋は逢妻男川の近くの地である。すぐ西は逢妻女川が流れ、その西は高くても標高三十米程で山は無く、三河と尾張との境川になる。山らしい山は境川を越えて一里も無い標高七十二米の豊明市沓掛の二村山しか無い。これは三河の二村山を否定し、尾張の二村山を断定する根拠となる。

二　二村山の西が宮路の山

宮路山は宝飯郡音羽町と宝飯郡御津町との間に聳える標高三百六十四米の山である。宮路山は宝飯郡で東三河の山であり、東三河の宮路山より東に二村山があるなら二村山は東三河の山になり、西三河と東三河との間に二村山があ

ることは有り得ない。

一、二のどちらにしても、二村山を西三河と東三河との境とする説は、更級日記の記事から否定される。

十六夜日記　細川家永青文庫蔵本

鳴海の潟をすぐるに、しほひの程なれば、さはりなくひがたを行。（中略）

二むら山をこえて行に、山も野もいと〻ほくて、日もくれはてぬ。

はる〳〵と二むら山を行すぎてなほすゑたどる野べのゆふやみ

八橋にとゞまらんといふ。くらきにはしもみえずなりぬ。

建治三年十月廿日に尾張国「おもと」を出て、三河国八橋まで進んだ。京から鎌倉まで東行の旅で、鳴海から二村山を越えて八橋に到るから、二村山は豊明市沓掛の二村山しか有り得ない。尾張の東の境にある二村山でないとの結論とは反対に、尾張の東の境にある二村山である明白な根拠である。

要するに、二村山を三河国とするのはどの点からも否定される。

三

尾崎久彌「二村山考（一）（二）」（「國學院雜誌」第十四巻第六号、第七号）に結論として、左の通りである。

一　鎌倉時代末頃までの二村山は、全部尾張二村山であるべきこと。即ち之が本来の歌枕としてのものであること（尾張）

二　室町時代永享頃より三遠の国境、三河の高師山の辺、又は高師山をも時に二村山と見たこと。（三河の第一種）

三　江戸時代専ら法蔵寺の頂の山を二村山と称し、尾張のものをも奪つて全歌枕とならんの勢であつたこと。之が現代なほ残り、誤解多きこと。（三河の第二種）

平安時代、鎌倉時代の二村山は尾張国であり、後世に三河国とする考へが生じたとする卓説である。二村山が動く訳ではなく、後世になつて似而非《えせ》二村山が三河国に出来たといふ事である。

次に平安時代、鎌倉時代の二村山が尾張国である根拠を述べる。

明日香井和歌集　鳴海潟　星崎　二村山　八橋　春能深山路　鳴海　二村山　三河の国　八橋
海道記　鳴海　潮見坂　宮道　二村　堺川　遺塵和歌集　長歌　鳴海　沓掛　二村山　八橋
　参河の国　雉鯉鮒　八橋　宴曲集　海道　鳴海　星崎　二村山　境川
東関紀行　鳴海　二村山　八橋　四部合戦状本平家物語　鳴海　二村山　八橋
都の別れ　鳴海　二村山　矢作　源平盛衰記　巻第四十五　鳴海　二村山　八橋

これらの紀行類の全てが、二村山の尾張説の根拠となる。

『延喜式』に尾張国の駅は馬津、新溝、両村とあり、三河国の駅は鳥捕、山綱、渡津とある。「両村郷」の郷名も正倉院丹裏古文書の天平勝宝二年（七五〇）の貢進状に見える。『和名類聚抄』の元和古活字本に「両村　布多無良」とあり、「両村」は「ふたむら」で、「二村」に同じであり。二村山は両村の近くで、古東海道が通つてゐたのであり、二村山が尾張国であることは明らかである。

歌学書では早く『能因歌枕』の尾張国の条に「ふたむら山」とあり、尾張国とする。『綺語抄』にも、「ふたむらやまはをはりのくに丶あり」とし、『和歌初学抄』、『和歌色葉』にも尾張国説は受継がれた。

『能因歌枕』より百年以上後になつて成立した『五代集歌枕』は三河国とし、『八雲御抄』は三河国としつつも、「通尾張山也」と尾張国とするかの言ひ方をする。歌学書の一部に三河国とする説が見え始めたのが、後世の三河国説の原因の一つとも考へられる。

四

尾張国である二村山に何故三河国とする考へが出て来たのかを考へたい。

橘為仲集

みかはのふたむら山をすくるに、もみちさかりなり

からにしきおらまくほしきこのもとはふたむら山のもみちなりけり

詞書に「みかはのふたむら山」とする。しかし

夫木和歌抄　巻第十五

みちの国へ下りけるに

唐錦おらまくほしき木のもとはふたむら山のもみぢなりけり

として、三河国とする詞書は夫木和歌抄では削られてゐる。

詞花和歌集　第三

武蔵国よりのぼり侍りけるに、三河のくにのふたむら山のもみぢをみてよめる

橘能元

いくらともみえぬもみぢのにしきかなたれふたむらの山といひけん

詞書に三河国の二村山とあるものの、

後葉和歌集　巻第九

武蔵国にまかりけるに二むらの山にて紅葉を見侍て

いくらともみえぬ紅葉のにしき哉など二むらの山といふらん

と後葉和歌集には三河国が削られてゐる。

後葉和歌集は藤原為経が詞花和歌集を難じて編纂した二十巻の私撰集である。和歌は秀歌として採録したものであるが、詞書の「三河のくに」のみが削られてゐるのは、その記載が誤であるとの認識からであると考へられる。

甲斐国にまかりけるみちにて二村山のもみぢをみてよめる

金葉和歌集　三奏本　第三　　橘能元

いくらともみえぬもみぢのにしきかなたれふたむらの山といひけん

と金葉和歌集三奏本にも和歌が載るものの、三河国の記述が無い。単に冗長な詞書を避けたとも考へられるけれど、二村山を三河国とすることに疑義があつての仕業ではなからうか。

天治二年（一一二五）より天承元年（一一三一）の間の成立といふ三河守為忠名所歌合に、

花園の里　藤野の村　衣の里　雨山　萩の山　赤坂　芦の谷の里　二村山　八橋　伊良子が崎　しかすがの渡

小松原　竹の谷の里

の十三ケ所の名所が採上げられてゐる。

しかし全てが三河国の名所ではない。伊良子が崎は伊良湖岬で今は三河国であるが、萬葉集　巻一に、

麻続王流㆓於伊勢国伊良虞嶋㆒之時人哀傷作歌

うつせみの命を惜しみ浪にぬれいらごの島の玉藻刈り食む

とあり、本来は三河国でなくて伊勢国であつた。『五代集歌枕』に「いらごのしま」を伊勢とし、『八雲御抄』に「いらごがしま」を伊勢とする。『歌枕名寄』には「いらこかしま」五首、「いらこかさき」五首を伊勢国とする。『三河刪補松』の「伊勢虞崎」の条に「元ト勢州、今㆓三州㆒」とあり、古くは伊勢国に属した。猶、『藻塩草』には「伊良虞崎　志摩国志摩郷」とある。『参河志』に、「考曰伊良虞上古は伊勢なる事勿論なり」とある。

即ち当時伊勢国ではあつたものの、三河国に近いといふことで三河国に加へて詠んだことになる。二村山も同じ事と考へられる。三河国と尾張国とを分つ境川はさして広い川ではなく、国境と強く意識されがたかつたし、境川から

二村山までは一里も無い近さ故に、尾張国の二村山でありながら三河国に加へたにちがひない。従つて三河守為忠名所歌合に二村山がある事は二村山の三河説の証拠となるものではない。

これまでの考察より平安時代の作品に見えるものは、三河国とする確かな根拠とはならないことが判つた。

西行の和歌として『三河雀』に、

三河なる二村山を別れては此世に我もあらじとぞおもふ

があり、三河国の証の如くに見えるけれど、『三河国古蹟考』に、「山家集イ後考此哥山家集ニ見エズ夫木ニモ見アタラズ可校」とあり、出典を山家集や夫木和歌抄とする伝へは誤であることを記す。後世の人が捏造したに過ぎない。

五

和歌の内容が尾張国であることを示すものがある。

しりしらすあふ人毎に鳴海潟しほひの道をとひ〳〵そゆく　　隣女和歌集　雅有

「ふたむらやまにて」の詞書がある。鳴海から熱田までの鳴海潟を通り抜けるに、『名所方角抄』に、干潮の時は道法五十町で、満潮の時は道法三里の迂回する上野の道を行くとある。旅人の心として少しでも近道を進みたく、干潮か満潮かは関心の的であり、鳴海の東の二村山で行き交ふ人毎に尋ねることを詠んだ。

玉くしげ二村山のほの〳〵と明行末は波路なりけり　　東関紀行　読人不知

二村山の頂きからは、西に鳴海潟、東南に衣の浦を望むことが出来る。古東海道の通る三河国の山には、かうした状況の当てはまる所は無い。

干潟ゆくなるみの浜へ道もあらは今もこえめやふたむらの山　　尾張旧廻記　冷泉為久

前にも述べた「しりしらぬ」と同じ趣きの和歌であり、鳴海に近い尾張国沓掛の二村山を歌ふ。

ほとちかくころものさとはなりぬらんふたむらやまをこえてきつれは　　経衡集　経衡

詞書に、「ふたむらやまといふところのかたはらに、ころものさと、いふところをみやりて」とあり、二村山の近くに衣の里があることを、詞書、和歌ともに述べる。衣の里は挙母であり、南の海は衣ケ浦である。『名所方角抄』に「衣の里、二村よりは北也。一里あまり成べし」とあり、沓掛の地の二村山である。

六

交通史や、紀行は全て二村山が尾張国であることを示す。和歌の一部に三河国と誤解させるものがあつたに過ぎない。香川景樹は中空の日記で、

そのかみ能元・西行などの此の二村山を三河と思ひて詠まれたるは、此山の流れほと〳〵彼国の境にも及びたれば也、昔はいと深く入り立ちしなるべし。

として、尾張国とすべきを三河国と誤つたと結論した。

『熱田神宮文化叢書　第五　熱田神宮の踏歌神事』に拠ると、熱田神宮踏歌頌文の第三段に、

東《ヒガシ》乃方ハ庭《ニハ》仁波千歳《ゼイ》乃松乃山長遠《ナカクトヲ》久　連《ツラナリ》　亘《ワタリ》利不絶《タヘズ》須

と東の方の山を歌ひ、

第十一段　東仁《ヒカシニ》波《ハ》錦《ニシキ》木、二疋乃《フタムラノ》山、西仁《ニシニ》波《ハ》栄《サカ》エ、熱田乃山《ヤマ》乃、榲《ナワエ》エ原《ハラ》羅、殺《キリ》木利尽《ツクス》須、

第十二段　朝日差《アサヒサス》須、両村《フタムラ》乃山《ヤマ》乃、石打破可《イシウチワルヘ》久毛《クモ》、不有《アラス》須、

第十三段　東哉《ヒカシヤ》、錦《ニシキ》き、二疋《フタムラ》乃山《ヤマ》、西仁《ニシニ》波《ハ》栄《サカ》エ長《ナカ》き、熱田《アツタ》乃杜《モリ》利、社《ヤシロ》乃中《ナカ》仁、杭《クヒ》久ひを打《ウ》チ立《タテ》天、

と「二疋《フタムラ》乃山《ヤマ》（両村《フタムラ》乃山《ヤマ》）」を歌ふ。

第三段で東の方に見える山と、山名を入れずに歌つたものを、第十一段、第十三段では固有の名で歌つたものである。今二村山から西を眺めると伊勢湾が見えるので、熱田神宮から見えると言ふのも過言ではない。熱田神宮から見える山は三河国の山ではない。尾張国の東の端にある二村山までは高い山が無く、西の熱田と対照し、尾張国の東方

にある山として二村山を歌つたものに違ひない。前記の書の解説に拠ると、原典は文永七年の奥書があり、元になつた本は平安末から中期にも遡る可能性があるとする。平安時代中期末期に二村山が尾張国の山であつた明徴である。平安時代、鎌倉時代の二村山は尾張国沓掛の二村山であることを確かめた。後世三河国とする考へが出たので触れておきたい。

一　三河国　五代集歌枕　八雲御抄　歌枕名寄　三河国とするのみである。

二　三河国の東端、高師山辺　覧富士記　十五日。大いは山とかやのふもとを過侍るに。ふりたる寺みえ侍り。本尊は普門示現の大士にておはしますよし申侍しかば。しばし法施などたてまつりし次。

君が代は数もしられぬさゝれ石のみる大岩の山となるまで

二むら山越侍るとて。

けふこゆる二むら山の村もみちまた色うすし帰るさにみむ

衣のさと此あたりにぞ侍らむ。

今橋（今の豊橋）、大岩、二村山と東に進み、次は遠江国になる。衣の里の近くならば尾張国でなければならないが、作者の堯孝の時代には三河国の東端の高師山辺と思つてゐたのである。高師山については拙稿「東海道名所記解釈の問題点　第三回」（「解釋學」第二十四輯）に「白須賀より西、豊橋市中部に掛けての広い地を指す。」とした。特定の高い山を指すのではない。富士歴覧記は今橋の里、二村山の麓、遠江国の鷲津と東行する。富士見道記は吉田（今の豊橋）、二村山、塩見坂、白菅（白須賀）と東行し、この時代に高師山辺に二村山を認めてゐた。但し平安時代、鎌倉時代の真の二村山は尾張国にあり、言はば似而非《えせ》二村山である。

都のつとに、

ふはの関、なるみ潟、たかし山、二むら山など過て、さやの中山にもなりぬ。

とあり、御伽草子さよひめの草子にも、

たかし二むらうちすきて、三かわをかぎりのさかひ川

として、遠江国の手前に二村山があるとし、かなり広く受取られてゐた。江戸時代の一目玉鉾には「しかすか渡」の北の辺に「二むら山」を描く。

三　三河国碧海郡　大塚彦太郎『更科日記講義』

郡名を記すのみ。碧海郡は尾張国と三河国との境の境川から矢作川までで、八橋を含む。海に近く平地のみで山は無く、誤である。

四　三河国の猿投山　『三河国古蹟考』『参河名所記』

猿投山は三河国西加茂郡（今は豊田市猿投町）と尾張国東春日井郡（今は瀬戸市東白坂町）とに跨る標高六百二十九米の山である。抜ん出て目立ち、古くから猿投山であり、二村山の別名ではない。

『名所方角抄』に、「衣の里、二村よりは北なり、一里あまりなるべし。」とあり、猿投山は衣の里より四里以上北にあり、二村山であることは有り得ない。誤である。

五　三河国額田郡　『増補大日本地名辞書』

額田郡の条の二村山の説明に、

西参河、東参河の分界を成す一嶺にして、其山脈は東北設楽郡の方まで拡延し、片麻岩層より成る。一名宮路山と云ひ、東海道の古駅路之にかかれり。

とある。宮路山の別名と考へてゐるやうである。宮路山の北側を古東海道が通つてゐた。しかし二村山と宮路山とは全く別の山として紀行に多く記され、同一とするのは誤である。又宮路山は額田郡ではなく、宝飯郡の山である。

六　三河国の法蔵寺附近の山　小堀宗甫紀行　富士一覧記

小堀宗甫紀行に、

ゆき〳〵て二むら山に至りぬ此の山の中に寺あり法蔵寺といふたちよりて一見

みかはなるふたむら山をはこにして中へ入れたるほうぞうじかな

と、岡崎市本宿町の法蔵寺の辺の山とする。

富士一覧記、たびの命毛にも見え、江戸時代には諸書に見えるに到つた。法蔵寺は山号を二村山といふ古寺である。『三河国刪補松』に、「山中ノ法蔵寺ヲ二村山ト云ニヨツテ、法蔵寺ノ事トスルハ誤也」とあり、伴蒿蹊の『閑田次筆』に、『大日本寺院総覧』の法蔵寺の条に「二尊の秘奥を発す」とあり、「二尊」が二村山の山号の由来らしい。

去年右の芝田氏きたりて三河の図を示されしついで、此事をたづねしに、今三河国藤河の東に、山中宝蔵寺といふ浄土宗の寺の山を、二むら山といへるは非なり。二村山は尾張に決す。

とある。法蔵寺辺とするのは、江戸時代に入つてから生じた似而非二村山である。

山鹿素行『海道記』に、「宝蔵寺の後の山を二村山と云ふ」と、法蔵寺の後に二村山があつたとするが、山号に附会したものであらう。

七　岡崎市附近　堀内秀晃『校注古典叢書　更級日記』

漠然としてゐる。今井貞爾『更級日記　訳注と評論』では「岡崎市東部」とする。やや具体性があり、額田郡とするのと同じ説なのであらうが、特定の山を挙げてゐない。

七

尾崎久彌「二村山考」の結論の正しさを確かめた結果になつた。念のため記せば、結論は左の通り。

一　平安時代、鎌倉時代の二村山は尾張国である。豊明市沓掛町にある標高七十二米の眺めの良い山で、西に鳴海潟、東南に衣ケ浦を望む。北に衣の里があつた。

二　交通史、紀行の両面より二村山が尾張国にあつたことが証明された。和歌の詞書や歌合の歌枕に三河国とするものが一部ある。これらは諸本の一部のみに存在する本文であつたり、三河国に近い他国の歌枕を便宜上入れたに過ぎず、三河国の証とはならない。歌学書も古いものは尾張国としてゐて、三河国とするものは一部である。

三　室町時代になると紀行に三河国の東端高師山の辺を二村山とするものがある。似而非《えせ》二村山である。

四　江戸時代になると岡崎市本宿町の法蔵寺辺の山を二村山とするものが出て来た。似而非二村山である。

十　星　崎

堀川院百首　　仲実

ほしさきやあつたのかたのいさりひのほのもしりぬや思こゝろを

星崎は歌枕として知られた。芭蕉の笈の小文に、

　　　鳴海にとまりて

　星崎の闇を見よとや啼千鳥

飛鳥井雅章公の此宿にとまらせ給ひて、「都も遠くなるみがたはるけき海を中にへだてゝ」と詠じ給ひけるを、自かゝせたまひてたまはりけるよしをかたるに、

　京まではまだ半空や雪の雲

とある。芭蕉については拙著『鳴海の芭蕉』（なるみ叢書　第二十五冊　鳴海土風会）参照。

星崎の範囲は広狭二様があり、「本地村　南野村　荒井村　牛毛村」の四ケ村が狭い。

四村の内では本地村が最も古い。村内の星の宮（本星崎町）は『愛知県神社名鑑』の「星宮社」の由緒に、社伝に舒明天皇の九丁酉年（六三七）神託により此の千竈の里に社殿を造営して初めて星神を祀る

とある。『東海道名所記』に「天龍の宮あり」とある天龍の宮は星の宮であると思はれる。榊原邦彦『緑区郷土史』参照。歌枕の松風の里、夜寒の里も本地村の浜辺にあつた。松風の里については拙著『枕草子及び平安作品研究』（和泉書院）第十六章、夜寒の里については「十二　夜寒の里」参照。

広い星崎は星崎七ケ村、星崎七邑の呼び名があり、「山崎村　戸部村　笠寺村　本地村　南野村　荒井村　牛毛村」の七村が入る。星崎庄には他に桜村、野並村が入る。

仲実の和歌は星崎と熱田とを詠合せてゐるので、星崎七ケ村の南の方ではない。山崎村や戸部村からの風景を想定して詠んだものである。これは題詠であるが実地に臨んで詠んだ和歌がある。

　星崎のかたをみて

和田のはら空もひとつの朝なきに波間にみゆるほし崎の浦　　雅経　明日香井和歌集

　星崎のうらをはるかにみわたして

春のよの海にいてたる星崎のほのかにみゆる浦のともし火　　尊海　あつまの道の記

　星崎と申所にて。今日は名月なり。空も心よく晴て。月もなをえ侍ぬとみえしかば。

ほし崎や熱田の方の空はれて月もけさよりなこそしらるれ　　雅世　富士紀行

　けふすぎきつるほし崎など思ひ出らる。

月影のわか住かたもはるゝよにほしさき遠くおもひ出つゝ　　堯孝　覧富士記

　六日つとめて

夜をこめてあつたがたより見わたせバひかりきらめく星崎の浦　　村上忠順　厚田紀行

南野村（星崎一丁目）の喚続神社の社宝に重量一・〇五瓩の隕石がある。寛永九年（一六三二）八月十四日に星崎の塩浜に落下した。当時の国立科学博物館の鑑定では日本最古の隕石であり、誠に星崎に相応しい。

十一　松炬嶋

『尾張和歌名所考』に、

○松炬嶋《マツゴノ》　熱田問答雑録を按にその氷上の地多多（マヽ）郡西大高村か

とあり、松炬嶋は尾張国の歌枕とみなされてゐるものの和歌は見当らない。しかし何処の地を指すかについて諸説がある。

一　大高村　『熱田神社問答雑録』

二　山崎村、新屋敷村、戸部村、桜村、笠寺村、本地村、南野村、牛毛村、荒井村　『尾張徇行記』

三　熱田　『朱鳥官符』

四　鳴海　『尾張視聴合記』

この中で四の説は『名古屋叢書　三編』第九巻　松濤棹筆　三　『尾張視聴合記』に左の通りある。

熱田七社を神拝し、玉の井の森・鮎市瀉・細引の浦・星崎・呼續の濱・松風里・夜寒・井戸田の里・笠寺なるミの丶松姤嶋を打過て、相原の宿に至り、根山・二村山にか丶り、

「なるミの丶松姤嶋」とあるものの、鳴海に松炬嶋があつた事は他に伝へを知らない。ここのみ割註となつてゐて、鳴海宿と言つた狭い意味ではなくて、熱田から鳴海までを鳴海潟と呼んだ広い意味での「なるみ」ではないかと思はれる。二説と同じ意味で言つたのであらう。即ち四説は二説に含まれ、一説、二説、三説を考察すれば良い。

『熱田神社問答雑録』に、

日本武尊東征凱旋ノ年、草薙ノ剱ヲ宮簀媛ノ家ニ留メタマヒ、宮簀媛老後親旧ニ告テ祠ヲ建テ、剱ヲ蔵メ、熱田ノ社ト号セリ、其地謂二松炬嶋一、

延久元年ノ記ニ云ク、崇《アガムト》二愛智郡ノ松炬嶋ニ一、是レ蓋シ今ノ氷上《ヒカミ》之地歟、

として、松炬嶋を氷上（大高）かとする。

『尾張国氷上宮正縁起』に宮簀媛命が草薙剣を斎き奉り、此地を松姤嶋と云ふとある。『熱田雑記』所収の『江崎松雄島鎮座記』に、「氷上ハ松雄島の旧里也」とある。『尾張国地名考』には松の小島は大高村にあるとの説を認め、松炬嶋は大高村であるとする。

『朱鳥官符』に大化二年に熱田太神が愛智郡会崎松炬嶋機綾村に天降つたとある。『熱田太神宮正縁起』に、

日本武尊、為二東夷征伐一、着二岸尾張国愛智郡江崎松炬嶋一、時自レ天幡降、翁捧二之王前一、則為二先駆一伏二東夷於平安一、以二其翁一為二幡綾氏一、名二其地於幡屋村一、

とあり、松炬嶋は熱田の幡屋（旗屋）村とする。『熱田大神宮御鎮座次第神体本記』に、

熱田皇大神一坐（尾張国吾湯市郡在江崎松姤嶋千竈郷）

とあり、熱田神宮の所在地を松炬嶋とする。

熱田神宮の摂社に松炬社があり、祭神は宮簀媛命である。松炬嶋と関係があるのではなからうか。宮簀媛命のいます社が松炬社であり、火上社、後の熱田神宮のいます所が松炬嶋と呼ばれてゐる訳である。

『尾張徇行記』の山崎村の条に、

此九ケ村ハ地脉ツヽキ、往古入海四方ニ縈回シテ一曲輪ノ所ナル故、総名ヲ松巨嶋ト云、一面地高シ、

とある。伊勢湾台風の浸水でこの通り再現され、事実である事は証明されたが、大高や熱田との共通性は無い。

『熱田神事記』の八月八日条に、

本宮神輿大福田御幸、大概五月五日御幸行列同断、此神事ノ起源ハ、人王六十代朱雀院御宇承平年中平親王将門為二誅伐一、熱田宮有二勅願一、神輿愛智郡星崎へ奉二御輿御幸一、一七日之勤事、則朝敵退治霊験有、

星崎山巓神輿御幸有シ跡、今御輿山ト云、

とある。同趣旨の文は『熱田祭奠年中行事故実考』に見える。

調伏の為に神輿の動座を為す場合、何故星崎に移す必要があるのであらうか。東国に近付ける為だけならば、『熱田神宮踏歌頌文』に見える「二疋乃山」（ふたむらのやま　二村山）が尾張国の東の端として相応しいのではないか。

久野園吉『松巨嶋』に、

熱田神宮は松巨嶋の千竈郷星崎の地から遷されたものと考えざるを得ず、星崎は熱田神宮の元宮の地であることは否定し難いことと、言わざるを得ないのである。

とし、星崎が熱田神宮の旧地であるとする。

星崎（本地村）の星の宮の境内社に上知我麻神社、下知我麻神社があり、久野園吉『南区の歴史を語る古跡』に、

この両社こそ熱田の上知我麻神社、下知我麻神社の元宮であるのみならず、この地一帯は熱田神宮の元宮の地であることもまた想像に難くない。

とある。『尾張志』に両社が熱田の本宮である事を記す。

永井勝三『鳴尾村史』に、

宮簀媛命が火上（大高）館にて、日本武尊から神剣草薙ノ剣をば授かり、遺命に依って奉斎おこたりなかったが、国造に任ぜられて次後は、松炬島の国造館にて神剣を奉斎されて居られた。

とし、火上から熱田に直ちに移つたのではなくて、火上から星崎に移り、熱田に移つたのは後代の事とする。

上知我麻神社は宮簀媛命の父乎止与命を祀り、下知我麻神社は宮簀媛命の母真敷刀俾命を祀る。宮簀媛命の父母を祀る地であるから、神輿をここまで振出したとするより、熱田神宮の旧地であるから、その地まで神輿を移して祈つたという考へ方が説得力に富むのではないか。

『厚覧草』に左の通りある。

熱田正縁記云、景行天皇四十一年、草薙剣氷上村に留る、其後宮簀媛、老後松炬島に社を建て納む。孝徳天皇大化二年尾張忠命等、詫宣に依て愛知郡会崎棧綾村に遷座なさしむ、則今の大宮是なり。熱田本記亦同し、右木下
　宇左衛門説。

大化二年は大化三年が正しいが、『塩尻』や『尾張国地名考』も大化年間の熱田への奉遷を支持する。氷上村とは別の地である松炬島に社を建て、そこから大化年間に熱田に移ったとするので、星崎に移った所を松炬嶋と呼んだと考へる事が出来よう。

『尾張国氷上宮正縁起』や『氷上山神記』には、氷上から熱田に移した事を記し星崎の事は見えない。しかし『氷上山古老口実』に、

　夫より宮簀媛命は草薙の神剣を宮同しく床共にして住給ふ、是を松姤嶋と申候、

とあり、草薙の神剣のある火上を松炬嶋と呼んだ事を伝へる。『尾張国氷上宮正縁起』にも同じである。
『熱田神社問答雑録』でも草薙の神剣のある地を松炬嶋と呼んだとある。直ちに熱田ノ社と呼んだとするのは後代に移つた熱田の地を重んじ過ぎたものであらう。

平家物語　剱巻に、

　武尊ハナホ近江国千ノ松原ト云フ所ニ悩ミ臥シ給ヒタリケルニ、松子島ニ留マリ給フ岩戸姫、尊ノ名残ヲ惜ミテアルモアラレヌ心地シテ、イカナルトモナニトカハセント思ヒニナリ給ヒテ尊ノ出デ給ヒシ其跡ニ任カセテ尋ネ行キ給フ程ニ、

とある。岩戸姫は宮簀媛命の別名であり、「松子島ニ留マリ給フ」とあり、宮簀媛命の居所を松子島と呼んだ事を述べる。火上の地である。

結論として次の通りとなる。
一　「松炬嶋」は宮簀媛命、草薙剣の所在地を呼んだものである。
二　宮簀媛命の存生時及び草薙剣が火上社に奉持されてゐた時は火上（氷上、大高）が松炬嶋と呼ばれた。
三　山崎村、新屋敷村、戸部村、桜村、笠寺村、本地村、南野村、牛毛村、荒井村が松炬嶋と呼ばれたのは草薙剣が本地村に祀られてゐた為であらう。熱田に移つた後も昔の名残で呼ばれた。
四　熱田が松炬嶋と呼ばれたのは大化年間に草薙剣が熱田に祀られてからの事であらう。
五　宮簀媛命を祭神とする熱田神宮の摂社松姤社から考へると、松姤は宮簀媛命の別称であり、宮簀媛命の在住地や、宮簀媛命と縁の深い草薙剣の所在地を松炬嶋（松姤嶋）と呼んだのであらう。そこで時代により松炬嶋の地は変る事となつた。地形から名付けられたのではない。

十二　夜　寒　里

宰相中将国信歌合　康和二年（一一〇〇）四月廿八日
十三番夜恋
左勝　　　　宰相中将
25おもひあまりながむる空のかきくもり月さへわれをいとひけるかな
右　　　　顕仲朝臣
26嵐吹よさむの里のね覚にはいとゞ人こそ恋しかりけれ
左右の歌ども、いとおかしうよまれてはべめれば、持などにもやとみたまうれども、「左の歌は、いますこし心すぐれたり。」と申さるめれば、げにさもやとうけたまはるばかりなり。

と宮内庁書陵部蔵桂宮本にある。
廿巻本には判詞は無く左の通り。

十三番夜恋

左勝　　　宰相中将

25おもひあまりながむるそらのかきくもりつきさへわれをいとひつるかな

刑部卿

26あらしふく夜さむのさとのねざめにはいとゞひとこそこひしかりけれ

夜寒の里は夫木和歌抄に未勘国とあるものの、この歌合の後に、

十八番　左　　　大夫

35こひしさになるみのうらのはまひさぎしをれてのみもとしをふるかな

右勝　　　佐

36人心なにをたのみてみなせがはせきのふるくひくちはてぬ覧

と俊頼の鳴海の浦の和歌を収める。夜寒の里も同じ尾張国の歌枕であると考へて差支へないであらう。

顕仲は永久四年百首和歌にも、

267袖かはす人もなき身をいかにせむ夜さむのさとに嵐ふくなり

と夜寒の里を詠んでゐる。

夜寒の里について『名古屋市史　地理編』に、

一　高蔵森の北　二　田島の辺　三　星崎の西　四　青抜川の北の森　五　春敲門の北の森　六　神宮の森の北　七　横須賀の中　八　熱田正覚寺の地　九　熱田茶屋の内　十　愛知郡牛立村　十一　愛知

郡牛毛村　　十二　旧山崎村　今、呼続町大字千竈の内　　十三　熱田より鳴海宿までの浦伝ひ　但し松風、寝覚
　をも含む
と十三説を挙げる。
　これを整理分類すると、
イ　熱田　一　二　四　五　六　八　九　　ロ　熱田より西　十　　ハ　鳴海潟　三　十一　十二　十三
ニ　知多郡　七
となり、熱田とする説が最も多い。
『名古屋市史　地理編』に
　一、二二の二ケ所には、今猶夜寒の字残れりと云ふとある。
『明治十五年愛知県郡町村字名調』には、
　知多郡大高村　　夜寒《よさむ》　　愛知郡東熱田村　　夜寒《よさむ》　　愛知郡千竈村　　夜寒《よさむ》
があるけれども、平安時代からの地名である証拠を見出し難い。
　富士紀行に、「夜さむの里と申も此国と聞侍しかば。」とあり、覧富士記に、「夜寒の里はこの国ぞかしとおもひ出侍て。」とあり、尾張国とするものの場所を限つてはゐない。しかし富士紀行は鳴海潟、星崎の和歌の次に夜寒の里の和歌を収めてゐるし、覧富士記にも鳴海潟の和歌の次に夜寒の里の和歌を収め、夜寒の里は鳴海潟と考へるのが適当である。イ、ロ、ニの説は否定されるべきであらう。
『名所方角抄』には熱田宿、鳴海、衣の浦の順番で尾張国の名所を述べ、鳴海の条に、
　星崎と云ハよひつきと鳴海との間也東には隅有西南ハ海辺也海辺なり夜寒の里松風里ハ西よりに一むらあり浦ち
かく両所共にみえたり

とあり、鳴海潟の名所であるとする。

江戸時代の道中記の類では夜寒の里を熱田とする書が有るものの、

『吾嬬路記』　星崎むら有名所也　夜寒の里は星崎の西にあり　浦に近し　松風の里も夜寒の里に並へり　皆名所也

『東海道巡覧記』　夜寒の里松風の里星崎村皆ならひて浦つたひなり

『東海道袖の玉鉾』　○左の海辺《うみべ》に星崎《ほしざき》の城跡　夜寒《よさむ》の里松かぜの里此辺の名所

『新版東海道分間絵図』　星崎　夜さむの里　松風の里　皆此辺也

『東海木曾両道中懐宝図鑑』　夜寒里星崎松風の里皆ならびて浦づたひなり

『七ざい所巡道しるべ　旅行便覧』　○右に宵《よい》月の浜○夜寒《さむ》の里○星崎○松風の里　みな浦つたひ也

『東海道・木曾路両面道中記大成』　左の海手に宵月の浜夜寒の里松風の里星さきなど云る名所あり

『懐の友』　○星崎の城址○夜寒の里○松風の里皆此近辺也

『細見道中記』　松風の里・夜さむの里・呼つぎの浜此辺也

『諸国道中旅日記』　鳴海明神の社笠寺観音呼付の浜夜寒のさと松風の里星さきなど云名所也

『江戸道中ひとり案内』　宵月の浜夜寒里松風の里星崎なとみなうらつ、き也名所也但笠寺の辺より行べし

とあり、松風の里、星崎と並ぶとする。星崎の本郷は本地村であり、松風の里は拙著『枕草子及び平安作品研究』（和泉書院）第十六章で考察し、本地村の西の浜にあつたとした。従つて夜寒の里も松風の里と同じく、本地村の西の浜にあつたのであらう。

七　横須賀、十　牛立村とする説があるさうだが、両地とも古東海道の道筋から離れてゐて、尾張国の歌枕として名高くなる筈が無く。ロ、ニは誤である。

イの熱田とする説は江戸時代の『厚覧草』など熱田関係の書に多く見られる。

『張州府志』の愛知郡形勝に、「古人以二松風夜寒一為二鳴海近里一。則恐非二熱田地名一。」として熱田とする説を否定してゐて、イは誤である。

『尾張志』にも、『張州府志』の説を継承して、「按に古人松風夜寒を鳴海のよみ合せにせし事多ければ熱田のうちの地名にはあらさるへし」とする。『尾陽愛智郡南野保正行寺記』に「夜寒里之民戸五六十許」とし、星崎の中の地名として伝へられてゐた。「奈留美」（鳴海土風会刊）第五号に収めた松巨嶋古図には「夜寒里」として山崎村の東に描き、天保十二年の「山崎村絵図」にも山崎村の中井川筋近くに「夜寒里」を描くが、星崎とかけ離れてゐて後世の伝承である。絵図でも『塩尻』巻五十二の「尾南略図」に「星崎庄　松風里　夜寒里」を並記するのを証とすべきである。

『俳諧千鳥掛』の素堂の序や、芭蕉真蹟の「ほしざきの」の詞書に拠つても確かめられる。

『一目玉鉾』の絵図も「松風の里」と「夜さむの里」とを並んで描く。両図に拠ると、夜寒の里は松風の里の南に在り、両所とも鳴海潟の浜辺にあった。

結論として、

一　夜寒の里は鳴海潟の名所である。

二　星崎の本地村の西の浜にあり、松風の里の南であつた。

三　熱田などとする説は誤である。

後　書

本書は『平安語彙論考』（教育出版センター）、『枕草子論考』（教育出版センター）、『枕草子研究及び資料』（和泉書院）、『枕草子及び平安作品研究』（和泉書院）に続く第五冊目の論文集である。

前書を引継ぎ枕草子の解釈、語句の読みについて諸註集成を行ひ未解決の問題点の究明に力を注いだ。又これまで見過ごされて来た諸本や濁点につき詳しく考察した。尾張国の歌枕の前人未踏の分野の解明を試みた。

国語学懇話会、東海解釈学会での研究発表及び著者の主宰する「解釋學」に掲載した論文を中心に本書が成つた。各場面で数々の御指導、御教示を得た事に深く感謝する。不備や考への及ばぬ所が多いと思ふ。今後も御指導賜れば幸に存ずる。

刊行に当りお世話になつた和泉書院の廣橋研三氏に厚く御礼申し上げる。

平成二十五年三月

榊　原　邦　彦

著者紹介

榊原邦彦（さかきばら　くにひこ）

編著書

『枕草子総索引』（右文書院　共編）
『枕草子本文及び総索引』（和泉書院）
『枕草子論考』（教育出版センター）
『枕草子研究及び資料』（和泉書院）
『枕草子及び平安作品研究』（和泉書院）
『枕草子抜書』（笠間書院）
『古典新釈シリーズ　枕草子』（中道館）
『古活字本狭衣物語総索引』（笠間書院　共編）
『今鏡本文及び総索引』（笠間書院　共編）
『水鏡本文及び総索引』（笠間書院）
『御伽草子総索引』（笠間書院　共編）
『古典新釈シリーズ　源氏物語(一)～(五)』（中道館）
『平安語彙論考』（教育出版センター）
『画入尊圓百人一首』（和泉書院　共編）
『学生・社会人のための表現入門』（和泉書院　共著）
『国語表現事典』（和泉書院）
『漢文入門』（和泉書院　共編）
『尾張三河の古典』（鳴海土風会　共編）

研究叢書435

枕草子及び尾張国歌枕研究

二〇一三年五月一五日初版第一刷発行　（検印省略）

著者　榊原邦彦
発行者　廣橋研三
印刷所　亜細亜印刷
製本所　渋谷文泉閣
発行所　有限会社　和泉書院
大阪市天王寺区上之宮町七－六
〒五四三－〇〇三七
電話　〇六－六七七一－一四六七
振替　〇〇九七〇－八－一五〇四三

ISBN978-4-7576-0668-5　C3395